KB175960

오키나와에서
말한다

OKINAWAHATSU by KAWAMITSU Shinichi
ⓒ 2010 by KAWAMITSU Shinichi Copyright
Originally published in Japanese by Sekaishoin, Tokyo in 2010.
This Korean language edition published 2014 by Institute of Japanese Studies,
Hallym University, Chuncheon

오키나와에서
말한다

초판인쇄 2014년 8월 22일
초판발행 2014년 8월 22일

지은이 가와미츠 신이치
옮긴이 이지원
펴낸이 채종준
기획 한림대학교 일본학연구소
편집 백혜림
디자인 이명옥

펴낸곳 한국학술정보(주)
주소 경기도 파주시 회동길 230(문발동 513-5)
전화 031) 908-3181(대표)
팩스 031) 908-3189
홈페이지 http://ebook.kstudy.com
E-mail 출판사업부 publish@kstudy.com
등록 제일산-115호(2000.6.19)

ISBN 978-89-268-6661-0 93830

한림대학교 일본학연구소
아시아를 생각하는 시리즈 ①

오키나와에서 말한다

/ **가와미츠 신이치** 지음
/ **이지원** 옮김

복귀운동 후 40년의
궤적과 동아시아

이담
Books

역자 서문

오키나와의 역사는 우여곡절의 연속이었다. 해상교역으로 번성했던 류큐왕국은 중국의 명·청 왕조와 일본 에도막부시대 사츠마번 양쪽에 복속된 채 수백 년을 지내다가 19세기 말에는 결국 일본제국에 병합되어 각종 차별을 겪었다. 끝내는 2차대전 말기, 일본 본토결전 준비를 위한 시간벌이였던 오키나와전투를 통해 주민의 1/4 이상이 희생당하는 참극을 겪으며 일본제국의 지배는 파탄을 맞았다. 2차대전 후에는 한때 '해방군' 역할을 했던 미군이 한국전쟁 이후 '총칼과 불도저' 정책을 통해 토지를 강제접수하고 군사기지를 확대하면서 오키나와는 다시금 갖은 탄압을 겪게 된다. 이에 대한 '저항'에서 출발한 '섬 전체투쟁'이 하나의 수단으로 시도한 것이 '평화국가'로 탈바꿈한 전후 일본으로의 '복귀'였는데, 운동과정에서 '조국=일본으로의 복귀'가 지상 목표로 고착되고, 미국과 일본은 이를 적절히 이용함으로써 1972년의 오키나와의 일본으로의 '반환', '복귀'가 이루어진다. 하지만 애초의 기대와는 달리 미군기지도 그대로 남고, 오히려 자위대마저 증파되며, 정치, 경제, 산업, 사회운동 등 전반에서 오키나와의 독자성을 잃고 일본 본토 체제에 계열화, 일체화되는 길로 접어들고 만다. 고조되는 오키나와의 불만을 무마하기 위해 일본 정부는 막대한 보조금을 투하했고, 자본은 대단위 공장건설이나 토목공사를 벌이고 해안에 대규모 관광휴양시설을 만들어갔다. 일정한 시간이 지나자 일견 오키나와의 경관과 생활수준은 나아진듯 보였고 오키나와 주민들도 '복귀'해서 좋았다는 답이 늘어나게 되었다. 하지만 여전히 오키나와는 '기지의 섬'이기를 강요받았고, 경제적 자립 기반은 크게 손상되고 말았다. 심심치 않게 터져나오는 추락사고, 군인의 폭행 등 각종 기지문제, 주변 강대국들의 동향에 따라 요동치는 지역 정세가 그 대가인 것이다. 너무도 아름답고 평온해보이는 태평양의 섬이지만 천혜의 요충지에 위치해 있다는 이유로 결국은 강대국의 이해와 흥정의 대상으로 농락당할 수밖에 없는 것이 이 섬의 숙명인 것일까?

이렇듯 오키나와는 흔히 강자에 의해 고통받는 약자로, 희생양 혹은 동정의 대상으로 비춰지기 쉽다. 하지만 그러한 일면적인 시각에서 벗어나, 그동안의 우여곡절과 참극, 고통을 밑거름 삼아 강자의 행태를 고발하고 분노할 뿐 아니라 오키나와 스스로가 걸어온 길에 대해서도 비판적으로 성찰하고, 또 절망하지 않고 끈질기게 더 나은 미래를 모색하고자 하는 능동적인 모습 역시 우리가 놓치지 말아야 할 '또 하나의 오키나와'일 것이다. 그리고 이 책은 그동안 한국인들에게 잘 알려지지 않았던 이

부분을 잘 보여주고 있다. 원저는 가와미츠 신이치(川満信一) 저, 『오키나와발−복귀운동 후 40년(沖縄発−復帰運動後40年)』(世界書院, 2010)이고, 여기에 저자의 글 두 편을 더하여 우리말로 옮긴 것이다. 이 책의 저자는 오키나와 안에서도 중심지인 본섬이 아닌 미야코섬 출신이고, 또 미야코섬 안에서도 중심지가 아닌 바닷가 변두리 마을에서 태어나 자라며 '표준어'인 일본어를 습득하는데만도 삼중사중의 장애를 이겨내야 했다. 어린 시절 2차대전의 참상도 겪었고, 대학시절 미 군정 치하에서 오키나와가 '군용지 강제접수' 등 부당한 대우를 받는 것을 보며 사회운동에 참여하게 된다. 류큐대학 졸업 후에는 『오키나와타임스』 기자로 일하며 일본을 '조국'이라 부르며 전개되는 '복귀운동'에 대해 의문을 품고 논진을 전개하기 시작하였고, 이는 아라카와 아키라(新川明), 오카모토 게이토쿠(岡本恵徳)와 더불어 '반복귀론' 혹은 오키나와의 '자립'을 구상하는 3대 사상가로 평가받는 계기가 된다. 1980년대에는 『신오키나와문학』의 편집장으로서 오키나와가 나아갈 길을 모색하는 특집을 꾸리고, 「류큐공화사회헌법C사(시)안」을 발표한다. 이후 저자는 시인으로 활동하며 오키나와의 자립과 동아시아의 미래에 대한 사상을 닦아왔다. 이 책은 바로 저자의 어린 시절 경험으로부터 오키나와의 '복귀운동'을 대하며 겪은 감상, 그 이후 40여 년이 지난 현재에 이르기까지의 흐름과 미래 구상에 대해 이야기하고 있다.

　　　　　　　　　　＊　＊　＊

　이 책을 번역출간하게 된 것은 상당 정도는 우연이었다. 오키나와에 대해서 거의 문외한이던 역자가 오키나와 연구와 관련을 맺게 된 것은 2004년 서울대학교 사회발전연구소 동아시아연구센터의 <동아시아 미군기지의 정치사회학>이라는 프로젝트(한국학술진흥재단 기초학문연구)에 참여하게 되면서였다. 20명 이상이 모여 연구한 성과는 2008년에 『기지의 섬, 오키나와』와 『경계의 섬, 오키나와』라는 두 권의 책으로 출간되었지만, 추가적인 학습과 연구가 절실하다는 것을 더욱 깨닫는 계기가 되기도 하였다. 하지만 오키나와 연구에만 전념할 수 없는 사정도 있어 손을 대지 못하다가 작년(2013년)이 되어서야 더 지체해서는 안 되겠다고 생각하게 되었다. 둔감해진 감각을 되살릴 겸 학교 도서관에서 오키나와 관련 도서를 검색해보았는데, 관심이 가는 십 여권의 책 중에 이 책도 있었다. 수년 전 다름아닌 내 스스로가 구입신청을 해놓고는 책이 들어온 지도 모르고 까맣게 잊고 있었던 것이다. 뒤늦게 멋쩍어하면서 문고판이라 분량 부담도 적어 우선 손에 들게 되었는데, 제1부가 저자의 어린 시절에 관한 옛날 이야기식 대담으로 시작되는지라 흥미를 갖고 바로 읽게 되었고, 제2부의 '류큐공화사회헌법C사(시)안'은 그 독특한 제목 이상으로 기묘하고도 매력적인 전문만으로도 깊은 인상을 받았다. 또 동아시아라는 제목이 포함된 3부의 경우 재일한국인과 제주도, 한반도에 관한 내용이 큰 비중을 차지한다. 저자의 논지는 보는 이에 따라 달리 평가할 수 있겠지만 오키나와 못지않게 굴곡진 한반도의 역사와 현실에 대한 적지 않은 애정과 관심이 담겨 있었다. 책을 통해 받은 이런 인상들이 번역을 통한 국내 소개를 마음먹게 된 계기이다.

이 책의 저자 가와미츠 신이치는, 앞서 말했듯이 '반복귀론'의 대표적 논자 3인 중 하나로 세상에 알려졌다. 오키나와의 현대사에 익숙지 않은 경우라면 '반복귀론'이란 용어 자체도 생소할 수밖에 없을 테고, 또 어쩌면 이 책의 내용 전체가 낯설게 다가올지도 모른다. 특히 오키나와에 대한 대중적 개설서나, 객관적이고 체계적인 서술을 특징으로 하는 일반 학술서와 달리, 저자의 주관적인 회고담, 기본 인식에 대한 공유를 전제로 전개되는 대담, 주장이 뚜렷한 평론 등으로 구성되어 있기 때문에 더욱 그러하다. 또 저자의 문체는, 직업적인 학자가 아닌 시인이라는 기질과 특성이 반영된 때문일까 특유의 매력과 기운이 흐르는데, 그 대신 세세한 설명을 생략하고 좌고우면하지 않고 곧바로 이야기할 바를 하는 스타일이기도 하다. 이런 점도 감안하여, 또 특히 학부생이나 일반인 독자를 고려하여 200개 이상의 역주를 붙여 본문의 내용을 보충하긴 하였으나, 그럼에도 바로 접근하기에는 무리일 수도 있다. 그 경우에는, 먼저 아라사키 모리테루 저·정영신 역『오키나와 현대사』(2008), 메도루마 슌 저·안행순 역『오키나와의 눈물』(2013) 등이 좋은 입문서가 될 수 있을 것이다. 이미 오키나와의 현대사에 대한 기본적인 이해를 갖춘 경우라면 기존의 교과서적이고 균형 잡힌 정리를 넘어서서 개성과 주관이 뚜렷한 저자의 글을 통해 또 다른 각도에서 오키나와의 일면을 알게 되고, 한반도와 동아시아에 대해서도 돌아보는 자료가 될 것이다.

* * *

이 책은 3부로 구성되어 있으나, 내용상으로는 크게 4개의 부분으로 나눌 수 있다. 실린 글의 요지와 의의에 대해서는 가와오토 츠토무의 훌륭한 <해제>[1]를 참조할 수 있으므로, 여기서는 필요한 한에서 덧붙이기로 하자.

모든 사상, 이론의 기저에는 그 주창자의 원형적 체험이 있기 마련이다. 제1부의 대담과 글은 저자의 유소년기의 기억과, 사회의식에 눈을 뜨고 현실에 참여하는 2·30대의 경험과 사고를 보여주는데, 그중에서도 미 군정 하에서 벌어진 이사하마(伊佐浜) 투쟁에서 무장한 미군병사의 총검을 맞고 내팽개쳐진 체험이 이후 '사상의 핵(核)'이 되었으리라는 점을 오키나와 근현대사연구자 야카비 오사무(屋嘉比収)는 강조한 바 있다.[2] 본서의

---

1 원저에는 책의 뒷부분에 <해제>가 있었으나, 독자의 편의를 위해 역서에서는 앞부분에 배치하였다. 또 <해제>에도 각주를 달아 인명, 사건 등에 대해 설명을 덧붙였고, 본문에도 처음 나오는 경우에 한해 그 주를 다시 달아놓았다.

대담 속에서는 본토의 뉴레프트와의 논쟁을 거치면서 근대국가 비판의 입장을 확고히 하게 된 것으로 기술되어 있지만, 일본 치하에서는 저자의 바로 윗세대들이 오키나와전투를 통해 국가의 군대가 국민의 생명과 재산을 보호해주는 존재가 아님을 뼈저리게 느꼈다면, 저자(및 그 동 세대)는 한때 오키나와인들을 전쟁과 굶주림의 공포에서 해방시켜주었던 미군의 돌변한 모습을 통해 동일한 경험을 겪고, 또 국가권력의 본질이 무엇인가를 뇌리에 새기게 된 것이다. 이 체험이 저자의 사상 형성에 근저에서 작용했으리라 짐작할 수 있다.

제2부의 글과 대담은 주로 헌법을 둘러싼 논의들인데, '류큐공화사회헌법C사(시)안'(이하 '헌법사안'으로 약칭)은 그 백미에 해당한다. 1981년에 작성된 이 글은 여러모로 논란이 되어왔다. 저자 스스로도 일본 '복귀' 후의 현실에 깊은 폐색감을 느끼면서 이를 돌파하기 위한 방책으로 시도했다는 점에서 시대에 구속된 것이기도 하고, 대담자인 히야네 가오루가 언급하듯이 "류큐'공화국' 및 '공화사회'라는 두 개의 헌법초안과 익명좌담회를 지금 돌이켜보면, 국가, 권력, 법, 자본주의에 관한 개념이 어지럽게 뒤섞여 있는 등 당시의 시대적 제약"이 지적되기도 한다. 또 좀 더 이해하기 쉽게 표현하고, 초안의 대략적인 실현방안이 제시되었으면 좋겠다는 생각이 드는 게 당연할 정도로

2 屋嘉比收, 「＜反復帰論＞をいかに接木するかー反復帰論, 共和社会憲法, 平和憲法」, 『情況』, 2008年10月号.

내용이나 형식 면에서 모두 모호하고 상징적인 면도 많다. 특히 '전문'은 단숨에 써 내려간 기세가 느껴지는 명문인 동시에, 쉽게 번역하기 힘든 난해함을 내포하고 있기도 하다. 하지만 '평화헌법'으로 불리던 일본국헌법이 어느새 '미 점령군에 의해 패전국에 강요'된 측면이 강조되며 '헌법개악'으로 향하는 사태를 맞이하여, 30여 년 전에 저자가 작성한 '헌법사안'은 주권자인 주민 스스로가 자신이 속할 소속집단의 헌법을 기초한 사례라는 것만으로도 높이 평가되고 다시금 주목받고 있다. 일본의 여성학자이자 사회학자인 우에노 치즈코는 아베 2차내각 이후 '개헌' 위험성이 더욱 높아진 지금, '개헌' 대 '호헌'의 단순히 분법에 얽매일 것이 아니라 주체적으로 헌법을 '선택'하는 제3의 길, '선헌'(選憲)의 입장을 제기하며, 가와미츠의 '헌법사안'을 소개하고 책에 전문을 수록하고 있다.[3] 이는 본 서에서 보듯이 가와미츠가 이전부터 주창한 아래로부터의 풀뿌리 '창헌(創憲)'운동의 연장선에 있는 것이기도 하다.

또 이 역서를 한창 준비하던 지난 6월에 '헌법사안'의 경위에 대해 저자가 직접 밝히고 또 그 의의에 대해 10명의 쟁쟁한 필자들이 집중적으로 논의한 책도 출간되었다.[4] 이 책의 집필자 중의 한 사람인 중국의 쑨거는 "이 작품의 탄생은 동아시아 사상사에 있어서의 하나의 사건"이라고 위치지웠고, 책의 공편자

---

3 上野千鶴子, 『上野千鶴子の選憲論』, 集英社, 2014.
4 川滿信一・仲里効 編『琉球共和社会憲法の潜勢力－群島・アジア・越境の思想』, 未来社, 2014.

이기도 한 나카자토 이사오는 "류큐산(琉球産)의 기묘한 사상적 과실은, 바로 그 기묘함 때문에 오히려 이 시대의, 또 이 시대의 정형(定型)을 뒤집어버린다"(후기)고 표현하였으며, 또 이 책의 출간을 기념하여 열린 최근의 심포지엄에도 참가한 마루카와 데츠시 메이지대학 교수는 (일본의 헌법 문제를 넘어서) "동아시아(나아가 그 바깥)의 평화의 '연합'의 기초가 될 수 있다는 생각"에서 "당장 복수의 외국어로 번역될 필요가 있다"[5]고 확언하고 있다. 역자로서는 여러모로 주목의 대상이 되고 있는 '헌법사안'을 우리말로 소개할 수 있게 된 것을 기쁘게 여긴다.[6] 역사적, 현실적 이유에서 국가중심적 사고가 당연시되는 것이 우리의 처지이지만, 오히려 그렇기 때문에 오래도록 곱씹어 볼 만한 '화두'가 될 수 있으리라 생각된다.

제3부는, 내용상 재일한국인과 한반도, 동아시아를 다룬 부분과 '이바'의 사상에 대한 부분으로 나눌 수 있을 것이다. 언어와 자료의 제약 속에서 가와미츠 선생이 한반도에 대해 얻을 수 있는 지식은 일정한 한계가 있을 수밖에 없으나, 재일한국인, 제주도, 한반도의 현대사, 또 고대로까지 거슬러올라가는

---

5 丸川哲史「いま, なぜ, 琉球共和社会憲法か」, 『沖縄タイムス』, 2014. 7. 6.

6 역자가 아는 한, '헌법사안'이 국내에 공개적으로 소개된 것은 2013년 서울대학교 통일평화연구원에서 신조 이쿠오(新城郁夫) 류큐대학 교수의 발표문 「독립론으로부터 독립하고, 공생사회를 구상하기 – 가와미츠 신이치(川滿信一)의 <류큐공화사회헌법시안(琉球共和社会憲法試案)>고(考)」를 통해 내용의 일부가 알려진 것, 또 『황해문화』 최근호(2014년 여름)에 실린 쑨거(중국사회과학원)의 글 「'이념'으로서의 평화와 '사상'으로서의 평화」에서 이 '헌법초안'을 평화운동의 전범으로 제시하고 있는 것 정도가 아닐까 한다.

한일관계, 그 어느 것에 대한 것이건, 애정과 통찰을 느낄 수 있다. 특히 번역출판건으로 연락이 이루어지자 원저에는 실리지 않은 재일한국인의 사상과 한반도에 대한 글 두 편을 추가로 보내셨고, 이후로도 동아시아 관련으로 집필한 글 다수를 보내주셨다. 역자의 능력 부족으로 좀 더 많은 글을 소개하지 못하고 글 두 편만을 '증보'하게 된 것을 아쉽게 생각한다. 근대국가 비판의 입장에 서 있는 저자는 한국의 민주주의 및 민족주의의 한계성에 대해서도 지적을 하는데, 이 부분은 다차원적인 관점에서 여유를 가지고 논의를 해볼 만한 과제일 것이다.

한편 최근 들어 중국의 급부상과 일본의 우경화, 미국의 '아시아 회귀'를 계기로, 동아시아 일대는 자칫하면 '영토'를 둘러싼 무력충돌로도 번질 수 있는 긴장 분위기가 조성되고 있다. 이때 직접적인 분쟁의 무대가 되는 것은 중국이나 일본의 안마당이 아니라 십중팔구 '변경'의 섬 지역이다. 저자는 수년 전부터, 제주도−오키나와−대만−해남도를 포괄하는 '쿠로시오로드 비무장지대' 창설, 또 그 기본정신을 구현할 '동아시아 초국경(越境) 헌법안' 작성, 나아가 '동아시아 기축통화', '동아시아 공동체' 구상 등을 제안하고 있는데, 단편적인 수준의 언급이긴 하나 공리공론과는 거리가 먼, 오키나와의 역사와 현실에서 우러나온 절실함이 배어있음을 느낄 수 있다. 저자도 지적했듯이 동아시아 평화를 위해 우선적으로 해결되어야 할 과제인 남북한의 화해와 함께, 동아시아라고 하면 한중일 세 나라와 국가 중심적으로만 사고하는 관성에서 벗어나 이러한 섬 지역의 실정과 긴장완화 전략에 대해서도 우리의 시야를 넓혀야 할 지점에 와 있다.[7]

　마지막으로 실린 글은 '이바(異場)'의 사상에 관한 것이다. 오키나와의 일본 '복귀'의 현실에 절망을 거듭하던 상태에서 써낸 독창적인 '헌법사안'이나, 아베 내각하에서 추진되는 개헌 공세에 대해 수세적인 호헌으로 맞서는 것이 아니라 이 '위기'를 오히려 주체적인 창헌(創憲)을 할 절호의 '기회'로 파악하며 47개 도도부현이 고시엔야구대회를 치르듯 각자의 헌법안을 만들어 경쟁하여 신헌법을 만들자는 저자의 대응을 보노라면, 어떠한 거센 풍랑에 휩쓸려서도 키를 놓지 않는 끈질김과 '역전의 사고'를 가능케 하는 창발성에 감탄하게 되는데, 이러한 사상적 영위는 '이바'의 사상의 산물인 것이다. 불교철학과 연계되는 저자의 이 사상적 성취에 대해서는, 해제자도 그 수준에 이를 능력이 없다고 토로하였지만 역자 역시 마찬가지이다. 본문에서도 설명하듯이 "다른 장소에 사고와 감성의 자세(stance)를 두는 사상", "시간과 장소를 포괄하고 있는 역사나 일상과는 다른 지점에서 사고와 감성의 태도를 결정하고, 거기에서 다시 현실로 돌아오는 사상, 그것이 '이바의 사상'이고 인간의 진정한 진보에 참여

7　중국의 일각에서는 센카쿠/댜오위다오 분쟁과 관련하여 오키나와의 관할권문제에 대해서도 언급하기 시작했고, 오키나와에서는 사상 최초로 '류큐민족독립연구총합학회'가 발족(2013. 5)되었다. 이런 동향에 대해서도 아울러 관심을 기울여야 할 것이다.

하겠다는 생각"인데, 본 서에 실리지 않은 다른 강연에서는 더 쉽게 설명하는 대목이 있어 좀 길지만 옮겨본다.

"이바의 사상이란, 요약하자면 일상에서 비일상의 세계로 디딤발을 옮기는 사상입니다……('헌법사안'처럼) 정치상황 및 생활의 현실에서 동떨어진 듯한, 이런 꿈같은 이야기는 장난끼(遊び心) 없이는 할 수 있을 리가 없습니다. 하지만 매일매일의 생활 주변을 잘 관찰해봅시다. 성실하게 일하여 버는 것, 그것이 대부분 사람들의 일상이라고 이해하고 있습니다만, 오로지 일만 할 뿐 쓸데없는 짓은 생각도 않는다는 사람은 사실 거의 없을 겁니다. 여가 시간, 잡스러운 생각하기, 꿈꾸기도 일상이며, 동시에 비일상입니다.

즉 프로야구나 경마, 축구, 그 밖의 스포츠, 관광여행 등은 비일상이지만, 이 비일상과 일상을 정신없이 오가는 것이 보통 사람들의 생활이며 심리상태입니다.

부엌에서 무를 다듬던 아주머니가, 젊었을적 연애했던 '그 사람'을 언뜻 떠올리며 과거의 세계로 마음이 흘러갑니다. 그러다가 손을 잘못 놀려 손가락을 다쳐 아얏! 하고 소리 지르며 현실로 돌아옵니다.

또는 3억 엔의 꿈을 꾸면서 품 안에 복권을 소중히 간직하던 거렁뱅이가, 추첨 때의 가슴 두근거림도 어느 순간 지나가버리고, 지갑 속의 라면값을 확인하고 있습니다. 자, 그렇다면, 일상과 비일상의 어느 쪽이 현실인 것일까요?

어느 쪽이라고 말한다면, 일상이 아닌 비일상의 환상 혹은 사상 쪽이, 일상적인 사고방식보다도 더 강하게 우리를 추동하는 힘을 지니고 있음이 드러납니다. 문학이나 그림, 음악을 비롯하여, 경마장의 열기, 축구장, 야구장, 아니 모든 스포츠에서 보이는 환희. 파칭코 및 도박장에서의 몰입, 작게는 개인의 삶의 방식으로부터 크게는 세계에 이르기까지, 놀이, 유희가 아닌 현실은 거의 없습니다.

그리고 그중에서도 최상급의 것이 승리한다고 믿고 환호성을 질러대며 달려가는 '전쟁'입니다…… 전쟁이라는 폭력환상도 '이바의 사상'이며, 군사훈련이라는 가상전쟁놀이에서 시작하여 대참사로 발전합니다. 그다음은 파멸입니다. '이바의 사상'이란 정신의 '쓸데없는 소비'라는 놀이이지만, 이 쓸데없는 놀이는 무의미한 것이 아니라 개인의 존재를 방향지우고, 나아가 집단을 구성하는 힘을 현실화하기 때문에 한낱 놀이로만 취급할 수는 없습니다.

한편에서는 힘과 정복을 꿈꾸는 환상, 다른 한편에서는 조화와 평온을 꿈꾸는 환상, 이 쌍방에서 '이바의 사상'이 전개되고, 그 어느 쪽이 현실화되느냐에 따라 세계는 방향지워져 왔습니다. 즉 이 세상의 전투(battle) 환상에 맞서서, '헌법사안'의 시도가 이루어졌고, 또 다양한 평화운동이 전개되고 있는 것입니다."8

저자의 '이바의 사상'은 본 서에서는 각각의 장소와 4단계의 방법으로 더 구체화되어 있다. 하지만 아주 쉽게 접근하자면 이상의 설명과 같은 것이다. 불교를 비롯한 동양사상을 바탕으로 한 사색의 산물이라고 하지만 단순한 유심론(唯心論)이나 현실도피로 빠지지도 않는다. 흔히, 미래는 꿈꾸는 자의 것이라고 하지 않는가. 어떤 꿈을 꾸고, 또 그 꿈을 실현하기 위해 움직이며 살아갈 것인지, 혹은 자신의 꿈은 접은 채 남의 꿈을 위해 끌려다닐 것인지, 저자는 결국 이 책을 통해 개개인에게, 오키나와에, 한반도에, 동아시아에 말을 걸고 있는 것이다.

* * *

끝으로, 이 역서를 출간하는 데 도와주신 여러분들께 감사의 말씀을 남기고자 한다. 무엇보다도 역자와의 대면도 없이, 전화와 서신 교환만으로 흔쾌히 번역출판을 수락해주고 관련 정보와 자료를 제공해주신 저자 가와미츠 신이치 선생께 감사드린다. 저자는 최근에도 개인지 『카오스의 얼굴』을 꾸준히 간행하면서 변경 섬들의 비무장지대 구상과 동아시아 공동체 발전을 위한 논의를 목표하고 있음을 밝히고 있다. 1932년생으로 여든을 훌쩍 넘기셨으나 약주도 잘 하시고 원기왕성하신 가와미츠

---

8 川満信一, 「異場の思想と東アジア越境憲法」 2011년 4월 1일(강연용 원고).

선생의 더 큰 활약을 기대해 마지 않는다. 또 가와미츠 선생과의 통로를 이어준 이리오모테섬(西表島)의 이시가키 킨세이(石垣金星) 선생께 감사드린다. 이시가키 선생은 수년간 전개된 야에야마(八重山)지구 다케토미쵸(竹富町) 교과서 채택문제를 둘러싼 싸움의 대표이셨는데 결국 재판을 통해 승리를 거두셨다. 오키나와 나하시에 있는 <편집공방(編集工房)BAKU>는, 가와미츠 선생과 역자 사이에서 자료전송 및 문답을 주고받는데 매번 많은 도움을 주셨다. 감사할 따름이다. 또 오로지 학문 보급의 열정으로 십 수년간 일본학과 동아시아 관련 출판활동을 이끌어 오시고, 특히 오키나와에 대한 출판에 관심을 보여주신 한림대학교 일본학연구소 서정완 소장님, 언제나 크고 작은 일 처리를 도와주시는 심재현 연구원, 번역과정에서 문학 및 불교 사상 관련으로 도움을 주신 한림대학교 국제교육원 안정화 선생님, 오키나와 프로젝트를 함께 한 이래 언제나 힘이 되어주는 진필수 서울대학교 일본연구소 HK연구교수, 정영신 제주대학교 SSK 전임연구원, 서울대학교 아시아연구소 김민환 연구원, 또 번역원고를 한 권의 책으로 완성해주신 한국학술정보 여러분들께 감사드린다. 이분들의 도움에도 불구하고 본 역서에 부족함이 드러난다면 그것은 전적으로 역자의 책임이다.

2014. 8. 이지원

한국어판 서문

국제적인 경제·정치적 역관계가 동아시아의 상황을 어디로 이끌어갈지 예측하기가 쉽지 않습니다. 한동안은 제2차대전의 경험을 반성하면서 각국이 군사 중심의 정책을 억제하고 표면적으로는 평화주의를 내걸어왔습니다. 그러나 군대는 자기증식성을 지닌 조직이며 평화주의의 깃발 아래에서도 이미 충분히 성장을 거듭해 왔습니다. 각국의 정치가 군대 중심의 사상(思想)에 좌우되게 될 경우, 평화를 지킨다는 명목으로 충돌하는 사태가 다분히 일어날 수 있습니다. 중국, 한국, 일본의 삼각관계는 주변 섬들 및 해역의 영유를 둘러싸고 불꽃을 튀기고 있으며, 오키나와는 그 발화점(發火點)이 될 수 있다는 위기감을 강요받고 있습니다. 대국 간의 본격적인 전쟁과 같은 사태는 병기(兵器)의 진화에 따른 상호견제의 방식으로 회피할 수도 있겠지만, 대국 간의 주변에 산재하는 작은 나라나 지역에서는 분쟁이라는 이름의 전화(戰禍)가 그치질 않습니다. 이러한 세계적 상황을 배경으로, 평화헌법의 3원칙을 해석개헌이라는 고식적인 수단을 통해 무효로 해버리는 억지 논리가 일본의 동향을 위태롭게 만들고 있습니다.

일이 끝난 후에 반성한다는 식의 태평한 자세는 이제 더 이상 허용될 수 없을 것입니다. 고래(古來)로부터의 아시아의 반성과 지혜를 통해, 곳곳에 설치되는 덫을 피할 방법을 전력을 기울여 창조해내야 합니다. 본 서는 이를 위해 '가난한 자가 마음을 담아 피운 등불 하나'(貧者の一灯)라고 생각합니다. 민족이니 인종, 문화의 차이 등 '다름'에 주의를 기울이는 사상적 경향으로부터 '같음', '공통'을 발견하는 것으로 사상의 각도를 바꾸고, 비(非)권력자들이 살아가는 사회조직을 지향하는 것. 이것이 오키나와전투를 통해 신산(辛酸)을 겪은 나의 체험에서 우러나온 사상입니다. 각론으로 들어가면 방법 및 의견 차이도 많이 있을 것입니다. 하지만 커다란 목표로서 지향하는 것은 '같음', '공통'이라는 신념입니다. 미래를 모색하는 한국의 모든 분들에게 이 책을 바치고자 합니다.

이지원 선생을 비롯하여 번역출판을 위해 애써주신 여러분들께 깊은 감사의 뜻을 전합니다.

2014년 7월 10일 가와미츠 신이치(川満信一)

| 해제 | 가와미츠 신이치 선생의 글에 대하여

가와오토 츠토무(川音勉)[9]

나카자토 이사오(仲里効)[10]씨는 아라카와 아키라(新川明)[11], 고 (故) 오카모토 게이토쿠(岡本恵徳)[12], 가와미츠 신이치 세 분을 가리켜 '마의 트라이앵글'이라고 부른다.

아라카와・가와미츠・오카모토가 오키나와의 전후 사상의 전면에 그 모습을 드러낸 것은, 총서 '우리 오키나와'(わが沖縄) 의 제6권 『오키나와의 사상』(沖縄の思想, 1970, 木耳社)을 통해서 이다. 아라카와 아키라는 「'비국민'의 사상과 논리─오키나와에 서의 사상의 자립」(『非国民』の思想と論理─沖縄における思想の自 立), 가와미츠 신이치는 「오키나와의 천황제 사상」(沖縄における 天皇制思想), 그리고 오카모토 게이토쿠는 「수평축의 발상─오키

---

9 오키나와문제연구가, 편집자. <오키나와문화강좌>(沖縄文化講座) 주재. 2013년 별세.
10 오키나와 출신의 문필가, 평론가(1947~). 1995년 잡지 『EDGE』 창간에 참가, 편집장 역임.
11 오키나와 출신의 저널리스트(1931~). 『오키나와타임스』 기자 및 사장, 회장 역임.
12 오키나와 미야코섬 출신, 류큐대학 교수, 문예평론가(1934~2006).

나와의 공동체에 대하여」(水平軸の発想－沖縄の共同体について)를 집필했다.

이 글들은 당시 고양되던 복귀운동의 심정과 논리 속에서 국가에 의한 병합(倂合)의 논리와 상호보완적인 관계를 이루는 내셔널리즘을 간파하고, 이를 근저에서부터 비판해가는 사상적 강도(強度)를 지니고 있었다. 외재적인 관점에서 취하는 접근이 아니라, 오키나와에서 삶을 누리는 자로서 스스로의 역사(自己史)를 드러내면서, 내부로부터 격렬하게, 그것도 예각적으로 딛고 넘어가며 사상을 실천하는 방식이었다. 또 일본이라는 국가와의 관계로 인해 천황제와 동화주의에 포박당해가는 오키나와 민중의 의식상태에 주목하였다. 이것은 복귀운동 속에 유입되어 있는 심리적 메커니즘을 정정해가는 작업이기도 했다. 동시에 오키나와가 지리적·역사적으로 축적해 온, 일본과는 다른 고유한 시간을 <이족성(異族性)>이라는 관점에서 발견하고, 또 이러한 <이족성>을 반(反)복귀·반(反)국가의 사상적 원기(原基)로 단련해가는 능동적인 시도였다고 자리매김할 수 있다.

당연히 이 세 사람은 '반복귀론'이라는 점에서 공동보조를 취했지만, 그 문학·사상은 결코 하나로 묶을 수는 없는 독자적인 목소리와 문체를 지니고 있었음은 물론이다. 그러나 이분들의 문학·사상은 우리들에게 있어서 오키나와의 전형기(転形期) 사상공간의 예각적인 트라이앵글이었음은 부정할 수가 없다. 오키나와의 전후 세대는, 이른바 세 분의 사상적인 개성이 가미

된 트라이앵글의 흡인력에서 그리 간단히 벗어날 수 없었다. 아니 그보다는 오히려 그 흡인력 및 사상적 강인함과 격투하는 속에서, 자신의 목소리와 생각을 가다듬어가는 것 외에는 다른 방법이 없었던 것이다. (「떨리는 삼각형 지금 되살아오다 '반복귀'의 바람(ふるえる三角形いまに吹き返す＜反復帰＞の風)」/『世界』 2006年12月号)

　이 책은 삼각형의 강력한 한 변을 이루는 가와미츠 선생이 잡지『정황(情況)』에 게재한 논고를 중심으로 엮은 대망의 평론집이다. 1970년 투쟁과 '복귀'를 눈앞에 둔 오키나와의 사상·정치상황을 선명하게 그려낸 「전환기에 선 오키나와 투쟁」을 수록함으로써, '반복귀론'에서 '자립·공화사회헌법안', 동아시아 '초국경헌법론'에 이르는 가와미츠 정치비평 선집이 되는 셈이며, 또한 독특한 불교철학 이해에 근거하여 사상적 기반을 닦는 지침서이기도 하다.

제1부 복귀운동의 시대를 되돌아본다

● 반복귀론(反復歸論)에서 자립의 사상으로 ─ 근대국가를 넘어서는 오키나와의 시선

'복귀' 25년이 되던 1995년 5월, 나하시민회관에서 이틀에 걸쳐 연인원 천 명이 모인 가운데 '오키나와 독립을 둘러싼 격론회'가 열렸다. 그리고 이 자리에서 오키나와의 반복귀·자립·독립론은 되살아났다. 이 글은 '반복귀론' 이후부터 지금까지의 경과를 되돌아보는 이 책 전체의 소개에 해당한다. 이 권두 인터뷰를 통해 우리는, 1969년 당시의 박력이 아직까지 살아있는 다음 글 "전환기에 선 오키나와투쟁" 이후 현재에 이르기까지 저자의 문제의식이 어떻게 지속되고 심화되어 왔는지에 대해 알 수 있다.

1995년 10월 미군 해병대원 세 사람에 의한 범죄[13]에 항의하는 현민대회가 8만 5천 명이 모인 가운데 진행되었다. 이 정세 하에서 96년 4월, 미일 양국 정부에 의해 후텐마기지를 반환하기로 합의되었다. 동시에 '미일 안보 재정의(日米安保再定義)'[14]

---

13 1995년 오키나와 주둔 미군 3명이 12세의 초등학교 소녀를 납치해 성폭행한 사건.
14 냉전시대에 미국이 일본에 일방적으로 안보를 제공하는 형태였던 미일안보체제를 탈냉전 정세에 맞추어 상호적인 군사동맹관계로 격상시킨다는 미일의 합의를 말함. 1995년 조지프 나이의 이른바 '나이 구상'에서 시작되었고, 1996년 클린턴─하시모토의 '미일안전보장공동선언'으로 그 기본 방향을 합의했으며, 1997년 새로운 '미일 방위협력을 위한 지침'으로 이어졌다. 2000년대에는 미군 재편을 거치면서, 미국의 전쟁에 자위대가 동맹 파트너로서 적극 결합하는 형태로 발전하고 있다.

가 진행되어, 같은 해 12월에는 '후텐마 대체시설'로 본섬 동해안에 해상 헬기 기지를 건설한다는 방안이 미일특별위원회(SACO)에서 합의되었다. 이듬해 97년 8월에는 캠프 슈워브 연안에서 시추(試錐,boring) 조사가 시작되었다. 같은 해 12월에 행해진 나고(名護) 시민투표에서는 새로운 기지 건설 반대 의사가 표명되었음에도 불구하고, 히가 데츠야(比嘉鉄也) 나고 시장은 기지 수용을 표명하고 사임했다. 98년 3월의 시장선거에서는 전 시장의 뜻을 계승한 고(故) 기시모토 다테오(岸本建男)가 당선되어, 새로운 기지 건설의 움직임이 강해졌다. 이 시점에서 헤노코 앞바다에 거대한 부양물체(浮揚物體)를 설치하는 공법이 유력시되고 있었다. 본문 내의 '탄저균과 독가스 저장 시설'이라는 지적은 이러한 사정에 기인한다.

● 전환기에 선 오키나와투쟁 – 복귀의 슬로건을 버리자!

1968년 11월, 최초의 류큐 민정부 주석 공선이 이루어진 결과, 혁신계의 야라 초뵤(屋良朝苗)가 당선되었다. 이로써 전후 일본 사회의 55년 체제에 해당하는 정치시스템이 등장하고 오키나와의 짧은 '전후'가 시작되었다. 이 공선 주석 탄생 직후 가데나기지에서 B52 추락사고가 발생하고, 이에 항의하는 69년 2·4 총파업이 공전의 규모로 준비되었다. 그러나 미군의 탄압과 일본정부 및 총평(総評)·동맹(同盟)의 개입으로 결행되기 직전, 야라 주석은 '회피'를 요청하기에 이르렀고 총파업은 좌절되었다.

이 사태는 그대로 72년 '복귀'＝재합병으로 이어지는 것이었다. 70년 투쟁을 고려한 "복귀 슬로건을 버리자"는 호소는, 이처럼 크게 정세가 변화하는데 맞추어 주체의 전환을 촉구하는 것에 다름 아니었다. 이 논고의 발표 후 얼마 안 되어, 69년 11월 사토(佐藤)·닉슨 회담·미일공동성명을 통해 '72년 오키나와 반환'이 결정되었다. 이것은 오키나와 '복귀운동'의 역사적 역할이 사실상 종식되었음을 의미한 것이며, 따라서 이로부터 68년 이후의 '반복귀론'에서 비롯되는, 투쟁의 새로운 전망에 대한 모색이 시작되었던 것이다.

제2부 오키나와 자립를 향한 입헌초안(立憲草案)

● 류큐의 자치와 헌법

고이즈미 '구조개혁' 노선을 이어받아 등장한 아베 정권(2006년 9월~2007년 9월)은 '전후 체제로부터의 탈각', '명문개헌(明文改憲)'[15]을 내걸고, 2007년 5월에는 '개헌절차법'의 성격을 갖는 '국민투표법'을 성립시켰다. 이 글은 헌법 9조 개헌을 명확한 목표로 삼았던 이 정치적 반동의 시기에 공표되었다. 그 후 같은 해 7월의 참의원선거에서 자민·공명 연립정권은 민주당에

---

15 헌법을 개정 운용하는 데 있어서 명문(규정)을 개정하는 방식. 명문개정없이 헌법의 해석을 극한적으로 확대하는 방식이 '해석개헌'이며, 2014년 7월 2일 아베 2차 내각은 해석개헌 방식으로 집단적 자위권 행사를 용인하는 각의결정을 하였다.

대패하여 아베 정권은 타격을 입고 스스로 무너지면서 후쿠다(福田) 정권으로 교체되어 개헌 공격은 일단 뒤로 물러나게 되었다. 하지만 2009년에 정권이 교체되고, 정치정세가 격변하는 가운데에도 개헌이 정치 일정에 등장하게 되었다는 사실은 변하지 않는다. 이 상황에서 저자는 국민적 규모의 '헌법 초안'의 기초(起草)를 호소한다. 여기에는 류큐에서 바라보는 전후 일본국가에 대한 비판적 관점이 담겨있다. 독자 여러분을 향해 일본사회가 행해온 근대·전후 국가 비판에 대해 재검토할 것을 촉구하는 것이다.

● 류큐공화사회 헌법C사(시)안

'복귀' 10년이 다가오는 즈음의 일이었다. 이 안이 처음 게재된 『신오키나와문학(新沖縄文学)』 제48호(1981년 6월 발행)는 "특집 류큐공화국으로의 가교(架橋)"라는 주제로 짜여졌다(편집 후기에는, 이 48호부터 편집장이 아라카와 아키라에서 가와미츠 신이치로 바뀌었다고 기록되어 있다). 헌법안으로는, 또 다른 초안으로 나카소네 이사무(仲宗根勇)가 기초한 "류큐공화국헌법F사(시)안"이 수록되었고, 이 두 가지 안을 둘러싼 좌담회도 열렸다. 그 밖에 소특집으로 "수필 '소국과민(小国寡民)' 꿈의 가교"도 실려있고, "류큐호(琉球弧)에"(6편), "류큐호에서"(10편) 등 다양한 사람들이 기고하고 있다. 또 이 시기를 전후하여 NHK의 여론조사상 "복귀해서 좋았다"는 응답이 "좋지 않았다"는 응답을 웃돌게 되었다. '시대 전환'(世替わり)의 혼돈을 거쳐 '야마토 세상'(ヤマト世)의 현

실을 점차 받아 들여갔다는 뜻일 것이다. 78년 12월에는 '복귀' 후 처음으로 자민당 니시메 준지(西銘順治)가 지사 선거에서 당선되었다. 합병 이후 현실적으로 정치적, 경제적인 면에서 '본토 계열화'가 진행되고, '복귀운동'을 어떻게 마무리할 것인지 고민하는 가운데, 오키나와의 자립·해방을 추구하면서 암중모색을 계속한 시기였다고도 말할 수 있다. 하지만 바로 그렇기 때문에 '반복귀론'의 이념적 결정화 작업이 대항적인 '헌법안'으로 정리될 수 있었고, 일본 사회의 사상적 확산 상황에 비추어 볼 때 그 의의는 한없이 크다고 할 수 있다. 또한 오늘날 되돌이켜 보아도, 세계사적인 시각에서 볼 때 '새로운 사회운동'이 현실성을 갖고 등장한 것과도 같은 공시성(共時性)이 확인된 것이다. CTS(석유비축기지) 반대투쟁 '킨만(金武灣)을 지키는 모임'에서 비롯된 제1회 '류큐호 주민운동교류합숙'(79년), 한 평(一坪) 반전지주회(反戰地主会) 발족(82년) 등, 현재로 이어지는 운동 역시 이 시기에 출발한 것은 우연이 아니다.

● 왕복서한 오키나와를 둘러싼 대화

　다음 좌담회와 함께 2008년 5월에 나하에서 개최된 심포지엄 "다가올 자기결정권을 위하여-오키나와·헌법·아시아"를 준비하기 위한 기획의 하나이다. 다른 논자[쑨거(孫歌)[16]·나카자

16 중국사회과학원 문학연구소 연구원. 사상적 차원에서 동아시아론을 활발히 전개하

토 이사오·마츠시마 야스카츠(松島泰勝)[17]·타이라 코지(平恒次)[18], 최진석(崔真碩)[19], 아라카와 아키라]에 의한 것을 포함하여『오키나와타임스』에 게재된「왕복서한」모두가『정황』2008년 10월호에 수록되어 있다. '국가주의자'를 표방하는 사토 마사루(佐藤優) 씨와 '공화사회' 헌법기초자인 가와미츠 씨의 '오키나와의 국체'를 둘러싼 미묘한 엇갈림도 매우 흥미롭다.

● 반(反)국가의 사상 자원(思想資源)과「류큐공화사회 / 공화국헌법 <사·시안>」의 의의

'반복귀론'에 이르기까지의 자신의 사상 형성, '헌법안'의 시대배경, '초국경헌법'의 사정(射程), 현대사상에 대한 입장 등을 명쾌하게 이야기하고 있다. 81년 '헌법안'이 없었다면 이 심포지움도 이루어지지 않았다는 뜻에서 '사상자원'인 것이다. 일본 사회의 사상적 '자원'이 존재하게끔 하는 작업이 우리에게 요구되고 있다. 상대역을 맡은 히야네 가오루(比屋根薰)[20]는 가와미츠 선생의 다음 세대에 해당한다고 할까. 처음 이름을 접한 것

고 있다.

17 오키나와 출신의 경제학자(1963~), 류코쿠대학(龍谷大学) 교수, 2013년 5월 '류큐민족독립총합연구학회' 창설, 회장.

18 오키나와 출신 경제학자(1926~). 일리노이대학 명예교수.『일본국개조 시론』(日本国改造試論: 国家を考える, 講談社, 1974)을 통해 류큐독립론을 제창.

19 히로시마대학(広島大学) 교수.

20 오키나와 출신 문예평론가(1947~). 1995년「B'zをめぐる冒険－ヤポネシア論と異族論の行方」으로 오키나와문예연감평론상(沖縄文芸年鑑評論賞) 수상.

은『신오키나와문학』(제71호, 81년 3월 발행)의 「특집 도리오 도시오(島尾敏雄)와 오키나와」의 좌담회 "'야포네시아론'과 오키나와"에서였다. 젊을 때의 다카라 벤(高良勉)[21], 나카자토 이사오의 풍모를 전해주는 사진이 함께 남아있다. 야포네시아론에서 '국가론'이 결여된 점을 언급한 것이 인상적이었고, 문학비평을 할 때마다 주목해왔다. 이후, 나카자토 씨로부터 소개받아 나는 지기(知己)를 얻었다. 독특한 인품을 지닌 오키나와의 문인이다.

제3부 한반도・아시아・이바(異場)로부터의 시선

● '재일', '차별', '조국'을 넘어

가와미츠 선생의 첫 평론집『오키나와・뿌리로부터의 문제제기(沖繩・根からの問い)』의 책머리에 실려있는 글이 「미크로 언어대로부터의 발상(ミクロ言語帯からの発想)」이었다. 여기에서도 야나기타 구니오(柳田国男)의 지적을 소개하고, "경우에 따라서는 일본어(공통어)에 이르기까지 4중의 언어장벽을 돌파해야 한다"라고 적었는데, 그것은 가와미츠 선생 스스로의 경험이기도 했을 것이다. 바로 그렇기 때문에 "'재일'이라는 개념을 접하고", "우리들의 실존은 휘몰아치는 사회적 관계성에 벌거벗은 채 맞서고 있는 것일 뿐"이라는 감회가 도출되는 것이 아닐까.

---

21 오키나와 출신의 시인(1949~). 오키나와현 공문서관 사료편집실 주임전문원(主任專門員). 본명은 다카미네 쵸세이(高嶺朝誠).

동시에 그것은 국민국가가 가져오는 차이와 대립을 간파하고, 보편을 향해 더욱 넓혀가는 저자의 관점이기도 하다.

● 제주도의 해풍―4.3 제주도 학살사건 60주년 집회에 참가하여

이 에세이의 주제는 1997년부터 2002년까지, 대만, 한국, 오키나와, 일본의 각지에서 여섯 차례에 걸쳐 개최된 심포지엄 「동아시아의 냉전과 국가테러리즘[「東アジアの冷戰と国家テロリズム」, 서승(徐勝) 교수의 편집에 의한 같은 제목의 기록책자가 오차노미즈서점(お茶の水書房)에서 출판되어 있다]를 빼놓고는 생각할 수 없다. 이 사상적 고찰작업을 기초로 '동아시아 쿠로시오(黑潮) 로드'의 '초국경 헌법'도 이 지역의 탁월한 사회구상으로서 리얼리티를 획득할 수 있었던 것이 아닐까.

● 이바(異場)의 사상이란 무엇인가

가와미츠 선생의 사상적인 경위(境位)를 불교철학 이해를 통해 제시한 것이라 볼 수 있다. 저자의 이에 대한 관심은 1960년대 말로 거슬러 올라간다고 하는데, 도저히 아마추어가 따라잡을 수 있는 수준이 아니다. 다만, 관계성을 객관화하는 시좌(視座)는 히로마츠(廣松)[22]의 철학과 통하는 점이 있다고 느낀다. 요

---

22 히로마츠 와타루(廣松涉)를 가리킴. 일본의 철학자(1933~1994). 동경대 교수, 학생운동 지원, 마르크스연구로 저명, 주객(主客) 이분법을 지양한 독창적인 철학을 전개함.

시모토(吉本)의 '관계의 절대성'에서 '객관성'으로의 변화라든지, 히로마츠의 "서구의 관계성이라는 것은 웬만해선 이해하기 힘들다"는 이야기에 대한 단편적 기억들이 떠오르곤 한다.

이상, 감히 불손하게 글을 적어 보았다. 독자, 저자의 너그러운 용서를 비는 바이다. 처음에 소개한 나카자토 씨의 평가에 이어서, 벤야민(W. Benjamin)[23]을 흉내 내 말하자면, 내게 있어서 가와미츠 선생은 동아시아 사상(思想)의 밤하늘, 남천(南天)에 빛나는 대삼각(大三角)의 정점이며, 따라서 무명(無明)의 시대를 사는 내 자신이 일본사회 변혁을 위한 현재적인 행동을 모색할 때의 지침이다. 늘 몸에 지니고 다닐 수 있는 좌우(座右)의 글이기도 하다. 선생의 변함없는 건승과 활발한 발언을 기대해 마지 않는다.

가와미츠 선생의 근황은 개인 잡지 『카오스의 얼굴(カオスの貌)』[24]을 통해 확인할 수 있다.

(오키나와문화강좌)

---

23 유대계 독일인 철학자, 문학・문화비평가(1892~1940). 『기술복제시대의 예술작품』 등으로 잘 알려짐.

24 2007년부터 간행. 가와미츠 개인의 시, 평론으로 구성. 2014년 8월 현재 12권(1호~10호 및 별책 2권)이 발간되었으며, 온라인으로는 http://chaosmg.exblog.jp/에서 그 내용을 참조할 수 있다. 그림 6 참조.

文化と思想の総合誌

新沖縄文学

特集　琉球共和国へのかけ橋

平恒次／木崎甲子郎／宇井純／岡部伊都子／色川大吉
中野好夫／森崎和江／松本健一／大湾雅常／安里清信
井上清／姜在彦／牧港篤三／平良良昭／金城朝夫　他

48

琉球「共和国」「共和社会」憲法草案（二案）

創作／海はしる　　　　仲若直子

<그림 1> 『신오키나와문학』 48호의 표지

石鼓

明治二七、八年の日清戦争と
いうタテマエだったが、結着がついたときは遼東半島、台
湾、澎湖島を脅しとったうえ、庫平銀二億両もふんだくっ
たという。胸いっぱいの勲章たちが偉張り出したのもムリ
はない。

また、十年後の明治三七、八年には、日露戦争を仕掛け、
農村や漁村の働き盛りの男たちの生命を代償に、韓国、満
州、旅順、大連の租借地、樺太などをごっそりせしめたと
いう。勲章のデコレーションたちが有
頂天になったのもムリはない。

さて太平洋戦争では、勲章の重さで
すっかり思考のバランスを失った軍首
脳と官僚たちが、鬼ケ島征伐のシナリオを大まじめに実演
した。ワラ人形の鬼を竹で突いている間は、国民総役者で
よかったが、鬼畜米英は、思わぬ原爆金棒まで持ち出し、
モモ太郎家中は「宝の山」をせしめるどころか、背骨を踏
んづけられて降参したのである。

「日本国」への見切り

胸いっぱいの勲章たちは、さすがに名役者であった。身
内の死に泣きくれ、餓鬼地獄を這いずりまわる国民をまえ
に、いち早く衣装替えをして、「反省の名人」になり「われ、
われ日本国民は間違っていた」と深刻に頭を抱えてみせた。
われわれ日本国民……という文脈のなかに、すでに現在
の日本大国主義の路線がひそかに準備されていたのではな
いか?

戦争の理念または理念の戦争に対し、より私的に敗北し
た人々だけが、国と国との関係を力で解決しようとする論
理の落とし穴を間違いなく見定めた。そういう人たちのか
き消されがちな・ことば・にもっと耳を傾けることが、ま
すます大切になってきたようだ。いま一度、モモ太郎紙芝
居のシナリオを再演するくらいなら、そんな国は亡びてし
まった方がよい。

いま、わたしたちが人類的な規模で
直面しているほんとの悩みは、産業社
会がつくり出すカゲの産物を、背負い
きれなくなってきたということであ
る。たとえば①医薬品の商品化、遺伝子工学の暴走③工業
中心主義の生産組織がもたらす社会環境の破壊④労働のあ
り方から、必然的に破壊と喪失へ向かわざるを得ない女と
男の性の不自然化など……。そして平和時においてさえ急
速に深刻化するこれらの悩みは、軍事化によって加速度を
増す。

そう考えるとき、日本国に見切りをつけて理念の「琉球
共和社会」建設へと志向するのは、絶望を希望へと転換す
るための避けられない試行だといえよう。だが、その試行
の最大の障壁は日本国家権力と沖縄内の無気力であろう。

<그림 2> 『신오키나와문학』 48호의 권두언 「석고」

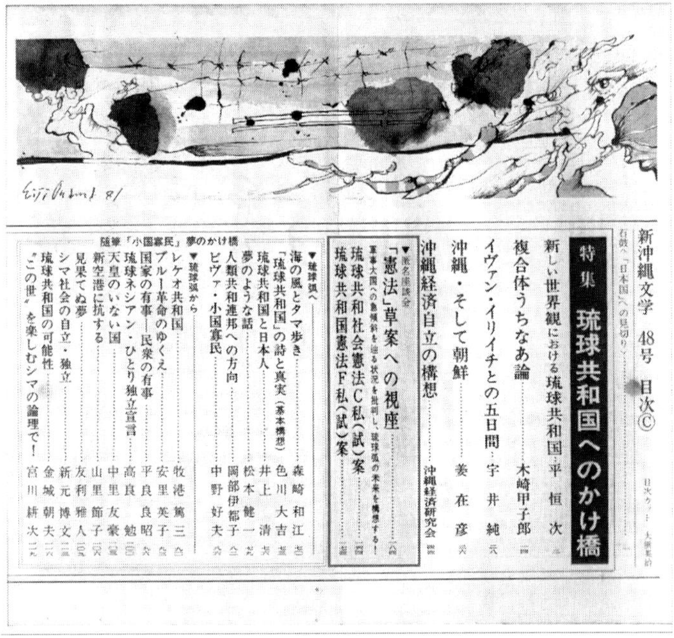
新沖縄文学 48号 目次©

石投へ「日本国」への見切り

特集 琉球共和国へのかけ橋

新しい世界観における琉球共和国 平 恒次
複合体うちなあ論 木崎甲子郎
イヴァン・イリイチとの五日間 宇井 純
沖縄・そして朝鮮 姜 在彦
沖縄経済自立の構想 沖縄経済研究会

▼匿名座談会
「憲法」草案への視座
軍事大国への急傾斜を迫る状況を批判し、琉球弧の未来を構想する！
琉球共和社会憲法C私(試)案
琉球共和国憲法F私(試)案

随筆「小国寡民」夢のかけ橋

▼琉球弧へ
海の風とタマ歩き 森崎和江
「琉球共和国」の詩と真実（基本構想） 色川大吉
琉球共和国と日本人 井上 清
夢のような話 松本健一
人類共和連邦への方向 岡部伊都子
ピヴァ・小国寡民 中野好夫

▼琉球弧から
レケオ共和国 牧港篤三
ブルー革命のゆくえ 安里英子
国家の有事—民衆の有事 平良良昭
琉球ネシアン・ひとり独立宣言 高良 勉
天皇のいない国 中里友豪
新空港に抗する 山里節子
見果てぬ夢 友利雅人
シマ社会の自立・独立 新元博文
琉球共和国の可能性 金城朝夫
〝この世〟を楽しむシマの論理で！ 宮川耕次

<그림 3> 『신오키나와문학』 48호의 목차
(사각 강조선 안은 익명좌담회 및 2개의 헌법사안)

▼匿名座談会

「憲法」草案への視座

▼百年後の沖縄のイメージ
▼破壊される労働の "場"
▼両「私案」をめぐる問題点
▼なぜ、憲法をつくるのか?
▼憲法構想の基本理念のあり方
▼私的所有と「性」をめぐって
▼国家、その領域と権力
▼暴力としての「法」と村内法
▼生産に伴う共同の志向と分配
▼マクロ化とミクロ化への分岐

―――〈出席者〉―――

A（詩人・エッセイスト）
B（ジャーナリスト）
C（共和社会憲法）起草者・詩人）
D（国立大学教員）
E（私立大学教員）
F（共和国憲法）起草者・公務員）
G（国立大学教員）
H（図書編集者・民間労組員）

<그림 4> 『신오키나와문학』 48호의 특집
<류큐공화국으로의 가교> 익명좌담회

<그림 5> 『신오키나와문학』 48호에 실린 「류큐공화사회헌법C사(私)안」
(필적은 원저자인 가와미츠의 것)

<그림 6> 개인지 『카오스의 얼굴』
별책(2010) 표지

일러두기

1. 이 책은 川満信一, 『沖繩發－復歸運動から40年』(世界書院, 2010)을 완역하고, 저자의 글 두 편을 더 추가한 것이다. 원제를 직역하면 『오키나와발－복귀운동으로부터 40년』인데, 저자와 협의하여 『오키나와에서 말한다－복귀운동 후 40년의 궤적과 동아시아』로 하였다.

2. 외래어 표기는 기본적으로는 한글맞춤법 통일안의 외래어 표기법을 따랐다. 단, ツ발음의 경우는 원음과 동떨어진 '쓰'가 아닌 '츠'로 표기하였다. 또, 오키나와 인명·지명 표기 및 일부 일본어 단어의 경우 일부를 원음 표기에 가깝게 수정하였다.
   예) 쓰토무→츠토무, 걍 신에이→캰 신에이,
   　　야라 조뵤→ 야라 초뵤,
   　　주오대학→ 추오대학, 지요다→치요다

3. 원저자의 주는 본문 내의 [ ]안에 표기되었다.
   역주는 모두 각주로 처리하였다. 단, 본 역서의 발간에 즈음하여 저자의 추가 설명을 얻은 경우 각주에 이를 표기하였다.

차 례

제1부 ::::: 복귀운동의 시대를 되돌아보며

제1절 반복귀론(反復歸論)에서 자립의 사상으로−근대국가를 넘어선 오키나와로부터의 시선

오키나와라는 중층구조와 일본 45 / 환상에 불과한 '조국'으로의 복귀 53 / 근대국가를 넘어서는 길로서의 자립 60 / 기린의 시선과 토끼의 시선 72

제2절 전환기에 선 오키나와 투쟁−복귀 슬로건을 버리자

전통적인 부(負)의 의식에서 정(正)의 의식으로 81 / 오키나와 경제계의 혼란 84 / 지배권력의 손으로 넘어간 '복귀' 교섭 88 / 혁신당들의 혼미 90 아이치 외상 방미를 둘러싼 야라 주석의 움직임 95 / 복귀협 내부의 동요 103 / '사토 방미'에 앞서 106 / 교직원회의 이기주의 107 / '뻔뻔하게 지껄이지 마라' 109

제2부 :::: 오키나와 자립을 향한 입헌초안(立憲草案)

제3부 ∷∷ 한반도·아시아·이바(異場)로부터의 시선

제1부

복귀운동의 시대를
되돌아보며

반복귀론(反復歸論)에서 자립의 사상으로─근대국가를 넘어선 오키나와로부터의 시선

─오늘은 미군기지 문제와 관련해서, 요즈음 대두되고 있는 오키나와를 둘러싼 다양한 논의들의 사상적 배경과, 가와미츠 신이치 씨의 지론인 오키나와 자립론(沖繩自立論)에 대해 이야기를 들으려고 합니다. 인생의 대부분을 오키나와 문제에 매달려 싸워 온 가와미츠 씨의 개인사를 듣는 것으로부터 이 문제에 접근하고 싶습니다. (정황情況 편집부)

오키나와라는 중층구조와 일본

가와미츠 나는 미야코섬(宮古島)[1]의 히라라(平良)시에서 태어났습니다. 히라라시 중심에는 상점가가 있고 그 주변에는 가리마타(狩俣)나 히사마츠(久松) 같은 촌락들이 있는데, 나는 히

---

1 오키나와 본섬의 남서쪽에 위치한 섬. 역사적으로는 오키나와 본섬에 의해 차별을 받는 동시에, 더 남서쪽에 있는 야에야마 제도(八重山諸島) 쪽을 차별하는 위치에 있기도 했다.

사마츠에서 소학교까지 다녔습니다. 히사마츠는 마을 사람 대부분이 고기잡이를 하면서 농사를 짓는 곳인데, 마을을 중심으로 건너편에는 나하만(那覇湾)이 있고, 주위는 전부 밭입니다. 풍부한 산호초 덕분에 거기에서 건져 올린 물고기를 상점가 시장에서 팔았지요.

차별은 가장 가까이에 있으면서도 뭔가 성질이 다른 존재에게 가해지는 경우가 많을 겁니다. 어릴 때, '누자키 사부이(ヌザキ・サーブイ)'[2]라고 꽤나 차별을 받았습니다. 야나기타 구니오(柳田国男)도 『해상의 길(海上の道)』이라는 책에서 미야코의 언어문제를 다루고 있는데, 다라마(多良間)[3]의 수재가 일본어를 익히려면 우선 미야코 본섬에 있는 중학교를 나와야 합니다. 거기에서 우선 미야코 본섬의 방언을 습득하고 그다음에는 나하의 사범학교에서 오키나와 방언을 익힙니다. 그리고 나서야 간신히 일본어에 도달합니다. 야나기타는 이런 언어의 4중 장벽에 대해 지적했던 겁니다. 결국 이것은 층층이 쌓아올려진 지배 구조이기도 한데, 작은 오키나와지만 나름대로 내부에도 차별의 구조가 복잡하게 존재합니다.

---

2 미야코에서는 시내에 사는 사람들이 변두리의 농어촌 사람들을 차별했다. 누자키(ぬざき)는 노자키(野崎)의 미야코 방언으로, 저자의 출신지인 농어촌의 지명. '사부이'는 候(そうろう)의 사투리다. 억양의 차이를 차별의 대상으로 삼아 누자키 사부이(누자키입니다)라고 부르며 경멸했다는 뜻이다.

3 미야코 제도의 섬. 미야코 본섬의 남서쪽에 위치한다.

나 자신도 언어의 장벽과 차별의식을 하나하나 물리치면서 지금 이렇게 일본어를 구사하게 된 겁니다.

─미야코 도시 지역에 사셨나요?

가와미츠 미야코 본섬에서 히라라 상점가에 가장 가까운, 시내에 농산물이나 해산물을 공급하는 히사마츠라는 곳에서 살았습니다. 비린내 나고 촌스러운 곳이죠.

─그러면 일단 시내에 동화되지 않으면 안 되었던 셈이네요.

가와미츠 그렇습니다. 하지만 나는 처음부터 그런 걸 거부하고 있었어요. 무슨 말인고 하니, 황민화교육 덕분에 소학교 1학년 때부터 혹독하게 일본어의 읽기 쓰기 훈련을 받았기 때문에 고등학교에 진학했을 때는 이미 공통어를 사용하고 있었습니다.

하지만 나는 시내에 살던 녀석들과 억양이 달랐습니다. 억양 차이로 출신지를 바로 알 수 있었죠. 그런데 오키나와 본섬에 가면, 히라라의 시내 중심가에서 으스대며 쓰던 일본어의 경우가 오히려 미야코 사투리가 더 강하게 느껴집니다. 나는 내 시골 사투리를 감추는 훈련을 하고 있었기 때문에 오키나와 본섬과 아마미오시마(奄美大島)에서 오는 학생들과도 원만하게 의사소통을 할 수 있었습니다. 하지만 우리들을 바보 취급했던 상점가 녀석들은 미야코 사투리가 강하다는 이유로 차별을 받았지요.

ㅡ전쟁 때는 미야코에 계셨던 거죠.

가와미츠 나는 1932년생이니까 아주 업(業)이 깊은 시대에 태어난 셈입니다. 전쟁 중에는 초등학생이어서 함포사격과 공습을 피해 자연 방공호 안에 숨어 있었습니다. 미야코에는 육군과 해군 비행장이 있었는데, 비행장을 만들기 위해서 집집마다 누군가 근로봉사를 가야만 했습니다. 나는 아버지가 안 계셨고 큰아버지들도 전쟁에 나가 어디에 있는지도 모르는 상태여서, 남자가 없었기 때문에 초등학교 6학년인 내가 가야 했습니다. 보통 마을사람들이 자기 밭에서 묵묵히 일을 하고 있으면, 군용트럭이 와서 남녀노소 상관없이 닥치는 대로 싣고 비행장 건설장에 끌고 갑니다. 마을 어른들이 단체로 일하다가 해방되어 돌아올 때 신이 나서 떠들던 모습은 지금도 인상 깊게 남아 있습니다. 나보다 네다섯 살 손위의 누나들은 '새하얀 후지산'으로 시작하는 「애국의 꽃(愛国の華)」이라는 군가를 불렀습니다. 노역이 끝나고 기분 좋게 노

곤한 가운데, 석양이 지는 바다를 바라보며 흔들리는 트럭 위에서 그 노래를 듣고 있노라면 무척이나 기분이 좋았습니다.

사실 그토록 작은 섬에 그 정도 규모의 군대가 몰려들면 아주 작은 일로도 공황상태가 됩니다. 처음에는 수송선을 통해 군대용 식료품이 들어왔지만, 공습이랑 함포사격으로 바다가 봉쇄되자 그때부터는 난리가 났습니다. 감자나 고구마나 먹을 수 있는 구황작물들은 닥치는 대로 먹었습니다. 미야코에서는 구렁이는 신(神)입니다. 우타키(御嶽)에는 신적인 존재인 구렁이가 잔뜩 살고 있었습니다. 우타키는 일본 본토의 신사(神社)처럼 마을 수호신을 기리는 곳입니다. 군인들은 거기서 구렁이를 잡아와 가죽을 벗기고 장어구이를 하듯이 요리를 했습니다. 좋은 냄새가 나기는 했지만 심한 공포감을 느꼈습니다. 할머니들은 "야마토 푸리무느(大和狂人, 즉 일본의 미치광이)들은 신의 껍질을 벗겨 먹는 자들이니 장차 제대로 되는 일이 없을 거다"라고 말했습니다.

— 미군이 상륙해왔나요?

가와미츠 섬에 상륙하지는 않았습니다. 하리미즈항(張水港) 쪽에 정박하고 있던 수송선이나 화물선을 노리고 미야코섬 반대쪽에서 함포사격을 가했습니다. 우리들 머리 위로 함포탄이 휘이 휘이하는 소리를 내며 날아갔죠.

－비행장을 노린 것이겠지요?

가와미츠 비행장은 오히려 공중폭격의 대상이었죠. 폭탄을 떨어뜨려 활주로를 구멍 내면 쓸모가 없어집니다. 일본군 비행기도 몇 대 없었던 것 같아요.

오히려 우리들의 전쟁 체험은 전쟁이 끝나고 일본군이 물러간 다음의 일입니다. 식료품이 전혀 없어서, 바다에 가라앉은 화물선에 군용미가 쌓여있는 것 같다는 정보를 듣고 가지러 가는 겁니다. 배 화물 창고 바깥쪽의 쌀은 그나마 괜찮았지만, 바닥 쪽의 쌀은 바닷물에 며칠씩이나 잠겨 있었기 때문에 배 기름과 녹이 스며들어서 시커먼 상태였습니다. 그래도 필사적으로 물로 씻어내면 다갈색의 가느다란 심이 남았는데, 이 심을 햇볕에 말려서 오지야(雜炊)[4]를 만들었어요. 정말 심한 악취가 났습니다. 군인들은 우타키의 신인 구렁이를 껍질을 벗겨 먹었고, 우리들은 바닷물 속에서 썩고 있는 쌀을 먹은 거지요. 기아와의 싸움이 우리들의 전쟁체험인 겁니다. 침몰한 배에서 썩은 쌀을 건져 올리다가 실제로 마을

---

4 채소와 된장 따위를 넣고 끓인 죽.

사람들이 파도에 휩쓸리기도 하는, 목숨을 건 작업이었습니다.

―중학교는 미야코에서 다니고, 고등학교부터 오키나와 본섬
　에서 다니셨나요?

가와미츠 고등학교까지 미야코에서 다녔습니다. 미야코중학교
가 미야코고등학교로 바뀐 다음에 입학했지요. 대학교에 입
학하면서 처음 오키나와 본섬에 갔습니다. 미야코에는 제대
로 된 일거리도 없고, 그 무렵에는 군대에 관련된 일이 가장
경기가 좋을 때였으니까, 오키나와 본섬에서 그런 일을 할
심산이었지요. 그런데 주변 친구들이 모두 류큐대학(琉球大
學)에 응시를 하니까 나만 남겨진 것 같은 기분 때문에 약이
올라서, 돈을 빌려서 수험료를 내고 일단 응시를 하기는 했
지요. 류큐대학에 갈 생각이 없었으니까, 시험 결과에는 신
경도 쓰지도 않고 오키나와 본섬 중부 근처에서 군대에 관
련된 일을 찾고 있었어요. 그런데 선배가 "류큐대학에는 기
숙사가 있어서 미군들한테서 아르바이트가 들어오기도 하니
까, 일단 등록을 하고 기숙사로 옮기는 게 유리하다"고 해서
입학 수속을 밟았습니다.

―아르바이트를 하고 싶어서 대학에 입학한 거네요. (웃음)

군대에 관련된 일이란 어떤 일이었습니까?

가와미쓰 이것저것 했지요. 제일 기억에 남는 건, 나하 군항에 미군 화물선이 들어오고 있었는데 거기서 미군 식료품 컨테이너를 정리하던 일입니다. 군 화물선이어서 일이 거칠었어요. 마치 내리꽂는 것처럼 지상 1미터쯤에서 컨테이너를 떨어뜨리는 겁니다. 제대로 거리를 두지 않으면 위험했지요. (웃음) 그걸 리프트에 실어서 쌓아올리는 겁니다. 컨테이너를 쌓아올린 다음에 천막을 뒤집어씌워야 하는데, 이 야전용 천막이 어찌나 투박스럽던지 겨울이 되면 바닷바람 때문에 천막이 판자처럼 느껴졌습니다. 위에 올라타서 아무리 주름을 펴려고 해도 마음대로 안 됐죠. (웃음)

그리고 한 가지 더 기억에 남는 일이 있습니다. 일단 문 앞에서 포탄을 맞아 여기저기 구멍이 뚫린 미군 코트를 입어요. 그리고 다음 문 앞에서 수건 같은 것을 목에 두르고, 다시 지하로 내려가서 문 입구에서 코트를 하나 더 입습니다. 일단 들어가면 문을 꽉 닫으라고 합니다. 그리고 안쪽으로 들어가면 완전히 다른 세계, 나중에 알았지만 거기는 거대한 지하 냉동고였는데, 하얀 붕대로 감은 것이 천정까지 쌓아올려져 있었어요. 처음에는 군인 사체를 본국으로 이송하는 건가 생각했는데, 알고 보니 도축된 고깃 덩어리였어요

그걸 내려서 운반하는 아르바이트였습니다. 평소에는 더운 곳에서 생활하니까 냉동고에서 하는 작업은 꽤나 고된 일이었습니다. 고기 조각이 마치 칼날 같아서 살짝 닿기만 해도 코트가 찢어져 버렸어요

환상에 불과한 '조국'으로의 복귀

-그 무렵 오키나와의 투쟁은 어떤 상황이었습니까?

가와미츠 내가 류큐대학을 들어간 게 1952년이었는데, 그때는 '언론의 암흑시대'라고 불리던 시기였습니다. 지금은 일본공산당(日本共産党) 오키나와 지부가 된 오키나와인민당(沖繩人民党)의 기관지와 류큐대학의 학생신문 등에 대해 이루 셀 수 없을 만큼 언론탄압이 계속되었지요. 미군은 53년까지 계약권(契約權)으로 군용지를 빌려 쓰고 있었는데, 한국전쟁이 발발하자 토지수용령(土地收用令)을 내리고 토지를 강제 접수하기 시작했습니다. 나하시의 오로쿠(小禄), 구시카와(具志川)시의 곤부(昆布), 이에지마(伊江島), 이사하마(伊佐浜) 등이 차례로 당했지요.

-미군이 점령했을 때 이미 일본군의 토지였던 곳을 접수했을 텐데, 다른 곳은 자유계약이었습니까?

가와미츠 형식에 지나지 않았지만 처음에는 자본주의의 원칙을 따른다고 했어요.

―그런데 53년 이후에 강제접수를 당했다는 것은, 역시 역사적으로 보면 한국전쟁이었군요. 참가하셨던 첫 번째 투쟁이라면….

가와미츠 이사하마(伊佐浜) 토지투쟁입니다. 나 같은 문학인들이 참가하게 된 건 좀 사정이 있었어요. 그때가 국비 유학이나 자비 유학으로 본토에서 교육받던 사람들이 돌아오던 시기였던 겁니다. 그 사람들이 조직책으로 돌아온 거예요. 게이오(慶應), 도쿄(東京), 추오(中央)대학을 졸업한 네댓 명이 모여서 나에게 경제학교과서를 가지고 공부모임을 하자고 제안을 해서, 류큐대학 문예부 사람들이 참가하게 됐지요. 그때부터 본토에서 출판물이 조금씩 손에 들어오게 됐습니다. 프롤레타리아 문학이나 사회주의 리얼리즘, 그때 가장 많이 영향을 준 것이 구라하라 고레히토(蔵原惟人)와 사사키 기이치(佐々木基一)가 번역한 루카치(Lukács György)[5]의 사회주의 리얼리즘론이었습니다. 우리들은 가뭄에 단비 만난

---

5 20세기를 대표하는 헝가리의 문예사상가, 마르크스주의 사상가(1885~1971).

것처럼 정신없이 빨아들였죠. 그러던 차에 이사하마 토지투쟁이 일어났습니다. 내가 2학년 때 『류큐문학(琉球文学)』이 창간되었는데, 5호까지는 뚜렷한 방향이 정해져 있지 않았습니다. 그러던 것이 6호부터 완전히 바뀌게 되었지요.

―본토의 영향 때문입니까?

가와미츠 그렇습니다. 프롤레타리아 문학과 사회주의 리얼리즘론과 국민문학론 등이 뒤섞여서 들어왔는데, 그걸 오키나와식으로 이해하여 갔던 겁니다. 그러고는 제일 먼저 기성문학을 하는 사람들에게, 그런 방식으로는 오키나와 문학의 방향을 제대로 드러낼 수 없다고 주장했습니다. 그리고 7호에서는 「오키나와 문학의 과제」라는 제목으로 프롤레타리아 문학론 같은 걸 쓰고요.

8호 때에는 출판되어 이미 길거리 서점에 진열되었는데, 오키나와 민정부(沖縄民政府) 교육정보부가 류큐대학에 압력을 넣어서 대학 당국이 회수했습니다. 이사하마 토지투쟁은 패배했지만, 이것이 하나의 정치운동이 되어 섬 전체투쟁(島ぐるみ闘争)으로 발전하지요. 적정한 토지료를 내라, 계약연수를 더 짧게 하라는 등 네 가지 원칙을 내세운 4원칙관철운동(四原則貫徹運動)[6]을 전개했습니다. 이것이 60년대로 이

어지는 투쟁입니다. 우리들이 막 대학을 졸업했을 때였는데, 그때부터 섬 전체투쟁이 정치운동으로 엄청나게 달아오르기 시작한 겁니다. 결국 우리들한테서 바통터치를 받은 한 학년 후배들이 전부 뒤집어쓰고 퇴학처분을 받았지요. 나는 내 인생 전체를 미군기지에 휘둘리게 되고요.

—당시에 복귀에 반대하는 입장을 취하고 계셨지요.

가와미츠 그때 주류는 야라 초뵤(屋良朝苗)[7]를 대표로 하는 복귀운동, 즉 '조국으로 복귀하자'는 것이었습니다. 우리는 그 흐름이 '조금 위험한 것이 아니냐'며 다른 이론을 내놓은 겁니다. 왜 '위험한가' 하면, 복귀운동을 추진한 사람들 대부분이 제2차대전이 벌어지기 전에 천황제교육을 받은 사람들이었는데, 전후에는 일단 '민주주의'와 '평등'이라는 단어를 사용했지만 과거의 천황국가가 어떤 것이었는지에 대한 절실한 반성도 없었고, 전후에 새롭게 출발한 일본이라는 '국가'가 도대체 어떤 것인지에 대해서도 전혀 생각이 없었어

---

6 네 가지 원칙은 다음과 같다. ① 토지수매 및 영구사용, 토지사용료 일괄처리 반대 ② 적정한 보상, 토지사용료 매년 지급 ③ 적정한 손해배상 ④ 신규 토지 접수 반대.

7 오키나와 출신 교육자, 정치가(1902~1997). 일제하 교원 출신, 미군 통치하에서 오키나와교직원회 회장, 조국복귀협의회 의장, 오키나와행정주석 역임. 일본 '복귀' 후 1976년까지 오키나와현 지사 재임.

요. 그러니까 '어머니의 품으로 돌아가자'라든가, '조국'이라든가 하는 서정적인 지점으로 수렴되어 가는 건 당연한 결과였지요.

그렇게 서정화된 형태로 '국가'를 추구한다는 건 말이 되지 않아요. 오키나와는 일본이 패전함으로써 그 결과물로 잘려져 미국의 직접통치 아래 놓이게 된 겁니다. '국가'의 형편에 따라 붙이기도 하고 자르기도 합니다. '국가'라는 것은 일본에서 말하는 '하나의 민족, 하나의 문화, 하나의 국민'이라는 묘한 개념으로 성립되는 게 아니에요. 우리는 그걸 미군의 직접 점령하에서 27년 동안 뼈에 사무치도록 깨닫게 됐습니다. 그래서 일본으로 복귀한다고 해도 그 전제로 '일본은 어떤 나라가 되어야 하는가', '일본을 올바른 방향으로 나가게 하기 위해서 오키나와는 무엇을 해야 하는가'라는 문제의식이 있는 복귀가 아니면 안 된다는 것이 당시에 말하던 반복귀론이었습니다.

─가와미츠 씨에게는 사상적인 문제가 무척 중요한 것 같습니다만, 그 점에 관해 여쭤 봐도 될까요?

가와미츠 노동조합위원장을 하다가 『오키나와타임스(沖繩タイムス)[8]』 본사에서 지국으로 쫓겨났는데, 그 전에 류큐대학 마

르크스주의연구회 사람으로부터 굉장히 혹독한 반론이 있었어요. 그때까지 인민당을 중심으로 활동하고 있었던 나의 사고방식에 상당한 충격을 주었지요. 그때까지는 본 적도 없던 뉴레프트에 관련된 자료를 보게 되고, 60년 안보투쟁에서 싸운 일본공산주의동맹 쪽 사람들의 사상에 접근해 가게 되었어요. 그러다가 그때까지 함께 해 온 류큐대학 동료들과도 노선 차이로 인해 점점 멀어지게 되었습니다.

나는 64년부터 『오키나와타임스』 가고시마(鹿児島) 지부에서 근무하게 되었는데, 그 무렵부터 요시모토 다카아키(吉本隆明)[9]를 중심으로 한 본토의 전후사상을 찾아 헤매게 됩니다. 그러자 다양한 과제가 튀어나왔습니다. 국가의 변경에 놓인 사람은 무엇을 강요받는가, 우리처럼 작은 섬의 사람들이 국가라고 하는 '공동환상(共同幻想)'에 도달하기 위해서 어떤 공동환상의 중층(中層)을 겪는가라는 문제입니다. 실제로 몇 층이나 되는 공동환상의 단계를 겪어야만 했습니다. 공동환상이라는 단어 자체가, 우리처럼 밑바닥에서부터 기어 올라온 사람들에게 그 다층성을 보여 주고 있는 것입니다.

---

8 1948년 창간. 류큐신보(琉球新報)와 함께 오키나와현에서 발행되는 대표적 신문. 가와미츠 신이치 및 아라카와 아키라(新川明) 등이 기자로 일함.
9 일본의 사상가, 시인, 평론가(1924~2012).『공동환상론(共同幻想論)』등 다수의 저작을 남김. 소설가 요시모토 바나나의 아버지이기도 하다.

1968년에 본사에서 조합운동을 하지 않는다는 조건으로 돌아오지 않겠느냐는 이야기가 있어서, 알겠다고 하고 돌아왔습니다. 그 당시 오키나와는 교직원조합을 중심으로 한 복귀운동이 고비를 맞고 있었습니다. 다른 한쪽에서는 미군이 기지합리화를 이유로 상당수의 사람들을 해고해서 전주둔군노동조합(全駐留軍労働組合)이 격렬하게 철회투쟁을 전개하고 있었고요. 그런데 미군이 하던 주석임명제도가 개정이 되어서, 69년에는 3대 선거 즉, 입법원의원총선거, 행정주석통상선거, 나하 시장선거가 동시에 실시되었습니다. 이 선거로 혁신 진영의 야라 주석이 탄생하였고, 그 기세를 몰아 '복귀'를 실현시키겠다는 논조였는데, 나는 그런 흐름에 정면으로 반대한 겁니다. '동일민족'이라는 것을 전제로 '복귀'를 외치고 있지만 그런 건 어디에도 존재하지 않는다, 모두가 희망하는 이념을 실현한 근대국가는 어디에도 없다, 헌법과 같은 자연법 아래에 지배와 통치를 위한 실정법이 있을 뿐이다, 게다가 일본에서는 이미 헌법 이념조차도 풍화되어 가고 있지 않은가, 이런 상황에서 헌법 원칙만을 내세우고 '조국으로 돌아가자'고 하는 것은 환상에 불과하다고 비판한 겁니다.

그리고 일본 정부는 오키나와 쪽의 의견을 받아들여 복귀를 실현시키는 것이라는 모양새를 취하면서, 국정에 참가를 시키기 위해 임시 법제화를 진행했지요. 그러자 '복귀운동에 매진하자!', '반미다!'라고 외치던 사람들도 '복귀'라는 것이 오키나와에서 바라는 것처럼 핵무기를 없애고 미군기지를 없애는 복귀가 아니라는 것을 깨닫게 되었습니다. 하지만 선거가 다가오니까 각 당에서는 후보자를 내세우고 준비에 들어갔습니다. 우리들은 그때 국정참가 거부투쟁을 결정한 겁니다.

'오키나와 근대사연구회'라는 이름으로 학생운동의 각 분파들에게 참여를 호소했지만 분파투쟁으로 삐거덕거려서, 결국 류큐대학 마르크스주의연구회가 중심이 되어 국정참가 거부집회를 개최했습니다. 그리고 복귀라는 환상의 좌절을 극복하기 위해서 오키나와는 사상적, 정신적으로 자립을 재정비해야만 한다는 오키나와 자립론을 전개하기 시작한 겁니다.

근대국가를 넘어서는 길로서의 자립

－왜 반복귀론에서 자립론으로 전환하신 겁니까?

가와미츠 메이지정부의 류큐 처분 이후에 상당한 문화적 차별이 존재했는데, 겉으로는 천황의 백성이자 일본 민족이라고 했지만 실질적으로는 교묘한 지배 수단이었고, 괴롭힘과 차별의 대상이 되었습니다. 그와 같은 차별의 실태를 근거로 해서 독립론은 꽤 오래전부터 나오고 있었던 겁니다.

메이지시대에 공동회(公同会)라는 조직이 있었습니다. 일본과 더불어 문명을 개화하자는 개화당(開花党)과 원래의 류큐국이 좋다는 완고당(頑固党)이 다투고 있었는데, 공동회는 양쪽이 합쳐져서 만들어진 겁니다. 메이지정부는 현청을 만들었지만, 윗자리는 본토 출신의 공무원들이 차지하고 있어서 우리들의 자립성과 주체성을 발휘할 수 없다면서 자신들의 행정기관을 만들자는 운동이었습니다. 공동회는 류큐 왕의 동생에 해당하는 쇼인(尚寅)을 일단 지사(知事)로 하고 그다음부터는 세습으로 하자는 어리석은 발상을 하고 있었기 때문에 국회에서 웃음거리가 되고 사라졌지만요. 여하튼 메이지 무렵부터 역사적인 원한에 근거한 독립론이 뿌리 깊게 계속된 겁니다. 오키나와 독립론은 특히 역사적인 원한과 이질문화론(異質文化論)에 바탕을 두고 있습니다.

메이지 이후의 천황제국가는 천황을 받드는 종교국가와 유럽형 근대국가를 하나로 만든 겁니다.

우리는 '국가'라는 단어를 무의식적으로 사용합니다. 하지만 맹자가 말하는 국가는 국(國)과 가(家)의 의미라고 생각합니다. '국'은 영토를 가지고 거기에서 살고 있는 사람들과 그 통치권을 포함하는 이름이고, '가'는 전혀 별개의 뜻입니다. 요시모토 다카아키의 환상론에서 보면 개인적 환상, 대환상(對幻想), 공동환상이라는 세 단계 중에서 대환상에 속하는 것이 '가', 공동환상으로 성립되는 것이 '국'입니다. 그런데 일본은 대환상인 '가'와 공동환상인 '국'을 억지로 접합시킴으로써 '국'이 '가'가 되도록 한 겁니다. 그렇게 관념화시킴으로써 '단일민족 단일국가'라는 기묘하고 경직된 관념이 메이지 이후에 성립된 겁니다. 여기에서 근대를 뛰어 넘어, 일본의 국가 체질을 어떻게 극복할 것인가라는 문제가 부상하게 되었습니다.

1980년대의 오키나와 자립론은 이 과제를 해결하자는 결의였습니다. 이에 입각해 류큐공화사회헌법(琉球共和社會憲法) 초안이라든가 류큐공화헌법(琉球共和憲法)이 시도된 겁니다. 역사적인 원한에 뿌리를 둔 독립론은 결국 한이 쌓이고 쌓여서 '일본에서 벗어나자'라는 논리에 도달할 수밖에 없었습니다. 이질문화론에 바탕을 둔 독립론도 '너하고는 살수 없으니 이혼이다'라는 식이 됩니다. 그러나 일본 국가의 특수성과 왜곡, 근대국가의 한계를 극복하고, 자기 존재와 또 다른 사회시스템을 생각하고자 하는 자립·독립론은 단순히 일본 대 오키나와라고 하는 도식으로는 처리할 수 없는 문제를 안고 있습니다.

자립론은 오키나와만의 문제가 아닙니다. 지금 세계 모든 나라의 국민들은 국가에 조종당하고 국가에 몸을 내맡긴 채 살아가고 있습니다. 따라서 국가라는 것으로부터 어떻게 벗어날 것인가를 생각하는 것이 진정한 자립입니다.

— '아시아'도 거기에서 나오는 겁니까?

가와미츠 대(對) 일본국가라는 관계성에서 비롯된 생각 말고 다른 타개책은 없을까라는 생각에서 '아시아'라는 키워드를 꺼낸 겁니다. 다케우치 요시미(竹內好)[10], 오카쿠라 텐신(岡倉天心)[11], 기타 잇키(北一輝)[12]를 교재로 삼기도 하고, 추오코론샤(中央公論社)의 대승불전(大乗仏典)을 읽기도 하는 사이에 근대 국민국가를 넘어설 하나의 지표 같은 것이 보였습니다.

---

10 일본의 중국문학자, 문예평론가(1910~1977). 루쉰(魯迅) 연구 및 번역, 중일관계론, 일본문화 등의 주제로 활발한 평론활동을 하였다. 근년 동아시아와 근대에 대해 숙고하는 맥락에서 그의 사상이 재주목받고 있다. 마루카와 데쓰시, 스즈키 마사히사 엮음, 윤여일 옮김 『다케우치 요시미 선집 1·2』(2011, 휴머니스트) 참조.

11 메이지시대 일본 미술계의 지도자이자 사상가(1863~1913). 미술교육제도와 고미술보호제도를 확립했고, 서양화 섭취를 통한 새로운 전통미술 창조라는 일본화(日本畵) 혁신운동을 선도했다. 『동양의 사상』, 『일본의 각성』, 『다도』 등을 영어로 출판해 서양에 일본의 미학을 소개하기도 했다.

12 일본의 사상가, 사회운동가(1883~1937). 메이지유신의 참뜻은 민주주의에 있다고 주장하고 메이지 헌법상의 천황제에 대해 강하게 비판. 중국으로 건너가 신해혁명을 지원, 귀국 후에는 쿠데타에 의한 국가 개조를 주장, 국가사회주의자, 파시스트로서 2·26사건에 관여했다는 죄목으로 처형되었다. 마쓰모토 겐이치 지음, 정선태·오석철 옮김 『기타 잇키』(2010, 교양인) 참조.

―무엇이 보였습니까?

가와미츠 유럽 근대 국민국가를 성립시킨 바탕에는 과학적 합리주의가 깔려 있습니다. 자연과학의 합리주의는 불교 사상에서 보자면 분열과 방편에 지나지 않습니다. 방편은 방편일 뿐 본질이 아닙니다. 결국은 본질은 혼돈이자 비합리이고, 분별과 차별은 인간이 살아가기 위한 방편에 지나지 않습니다. 여기에 돌이 있으니까 넘어지지 않도록 하자라든가, 저기에 큰 나무가 있으니까 그 아래에서 비를 피하자라는 것은 하나의 분별이며 차별입니다. 그러나 본질론으로 들어가면, 돌도 나무도 관계성에 의해 물질이라는 형상을 만들고 있을 뿐, 본질로 돌아가면 '관계성'이라는 '공(空)' 밖에 보이지 않습니다. 현실적인 사회의 구성(organization)을 그런 공론(空論)에서 접근하는 겁니다. 그러면 인간의 욕망이 어떤 흐름을 만들고 있는지가 비교적 쉽게 보입니다. 국가라는 테두리는 서로 다른 사회의 테두리입니다.

―그런 생각은 '죽은 자들의 시선'과 같은 겁니까?

가와미츠 '죽은 자들의 시선'은 불교 사상으로 들어가기 전에 말한 겁니다. 오히려 우리들이 강요를 당하는 현실적인 터전에서 한 말인데, 거기에는 불교의 공론이 들어가 있지 않았습니다.

−하지만 그런 현실인식을 지지하고 있는 것이 결과적으로 공론으로 이어졌지요?

가와미츠 그렇지요. 결과적으로는 그렇게 됩니다. 현실인식이 생각지도 못한 곳에서 본질인식으로 연결된다는 것은 나중에 든 생각입니다.

예를 들면, 헤겔은 존재라는 것을 관계성의 관점에서 파악하고 존재의 본질은 에테르라고 말합니다. 분석적 인식이라는 점에서 지금의 자연과학, 즉 유럽의 지식은 대단한 것이라고 생각합니다. 단, 석가나 용수(龍樹)[13]나 노자, 장자는 현실세계를 전체로 보고 추상화하는 사상 방법을 찾아낸 거지요. 이것은 처음부터 존재 그 자체를 분석적으로 인식해 가는 방법이 아니라, 전체로서 인식해 가는 방법입니다. 여기서 세계와 존재를 인식하는 기본자세의 차이가 생깁니다.

−그런 관점으로 오키나와를 바라보면 어떻게 되는 겁니까?

가와미츠 기본적으로 지금의 세계, 국가라는 제도가 어떤 사고를 바탕으로 성립된 것인가 하는 면에서부터 보겠습니다. 자

---

13 대승불교 중관파(中觀派)의 시조 '나가르주나(Nagarjuna)', 용수보살(龍樹菩薩). 이 책의 제3부 '이바'의 사상 참조.

본주의 사회는 다른 사람을 배제하더라도 욕망이 증폭되어 가는대로 사회관계를 방임하는 사회입니다. 그것을 '자유'라는 기만적인 이름으로 표현하고 있지요. 하지만 인간은 어떤 관념이나 사상의 방향을 바꿀 수 있습니다. 자본주의 사회에서 '만들어진' 사람들의 욕망은 어디까지나 '만들어진' 것에 불과합니다. 인간이 가지고 있는 욕망성은 관념이나 사상을 바꾸고, 그럼으로써 사회 전체를 구성하면서 사람들의 욕망을 증식시킵니다. 배가 부르면 아름다운 음악을 연주하거나 그림을 그리거나 하는 식으로 나타납니다. 인간의 욕망은 끝이 없습니다. 하지만 인간의 욕망을 뒤섞은 엉성한 논리로는 인간을 파악할 수 없습니다. 욕망은 업(業)이자 카르마(Karma)이고, 카르마는 매우 시대성이 강한 것입니다. 우리들의 욕망은 이 시대에 무엇을 지향하게 하고 어느 방향을 강요하고 있는가라는 점을 생각해야만 합니다. 욕망은 어떤 체제나 조직에 의해 외부로부터 강제된 것이라고 나는 생각합니다. 강제된 욕망을 무의식적으로 받아들이고 있는 자신의 욕망을 해부하고, 억제해야 할 것과 확장시켜야 할 것을 선택하는 것이 근대를 극복하는 가장 중요한 과제라고 생각합니다.

이런 관점을 취하면 다양한 문제가 보이기 시작합니다. 얼마 전에 일본 엔트로피(entropy)학회가 오키나와에서 열렸는데 류큐독립론에 대해 이야기를 해달라는 부탁을 받았습니다. '류큐독립론은 내게는 중요한 문제가 아니다', '우리들이 직면하고 있는 것은 카르마의 혁명'이라는 이야기를 했습니다. 생산에 수반되는 엔트로피 문제를 해결하고자 해도 무리입니다. 시대가 강요하고 있는 욕망 형성 방식에 근본적인 메스를 대고, 증식시켜야 할 욕망과 억제해야 할 욕망을 분류해야 합니다.

장 보드리야르(Jean Baudrillard)[14] 등과 같이, 근대 국민국가가 만든 사회시스템을 상대화하지 않은 채 생쥐처럼 사고의 쳇바퀴를 도는 것은 사고의 피로함을 부각시킬 뿐, 해방감이나 미래에 대한 희망 따위는 주지 않습니다. 우리들이 갇힌 시대적 제약은 어디까지나 한정된 것이기 때문에, 시간이 경과하면 그 시대가 그와 같은 논리와 사상에 감금되어 있었다는 것을 알 수 있을 겁니다. 예를 들면, 장자가 홀연히 현실에서 뛰쳐나와 허구의 세계에 자신을 이행시키는 것처럼, 존재 세계를 대상화하는 시선의 다양성이 필요합니다.

─오키나와에 가 보면 오키나와라는 곳은 정말 다층적인 공간이라는 느낌입니다. 평화기념공원은 죽은 자들의 공간이

---

14 프랑스의 철학자, 사회학자, 미디어이론가(1929~2007). '시뮬라시옹', '기호의 소비' 등으로 알려짐.

지배하고 있고, 죽은 자들을 둘러싸고 온갖 사상이 소용돌이치고 있습니다. 그리고 기지 안에도 미군들의 논리와 그곳에서 일하고 있는 노동자의 논리가 있고, 섬 전체에는 보통 사람들 각각의 입장과 논리가 있고, 또 거기에 일본 본토에서 새롭게 날아든 욕망이 있습니다.

가와미츠 개개의 사상과는 상관없이 현실은 어떤 흐름을 형성해 가지요. 예를 들면 도쿄에서 오키나와를 보면 하나의 개성 있는 공간으로 이미지화됩니다. 그러나 실제로는 다층적인 환상공간(幻想空間)으로 이루어져 있습니다. 그러니까 '이것이 오키나와다'라고 할 수 있는 것은 없습니다.

― 도쿄에서 하는 말들과 오키나와에서 하는 말 사이에는 차이가 있는 것 같습니다.

가와미츠 텔레비전을 보면, 어떤 언론인이 오늘은 '지금 일본은 몰락하고 있다'고 말해 놓고 다음 날이 되면 '아직 돈이 있으니까 괜찮다'고 합니다. 그냥 마구 휘저어 놓을 뿐입니다. 뭘 노리고 있는 걸까요? 말에 혼(言靈)이 없어요. 언론들은 각각의 환상 영역에까지 내려가지도 않고 그저 헛바퀴만 돌고 있을 뿐입니다. 젊은이들이 따라오지 않기 때문에 안 된다는 의견도 있는데, 그런 견해에 대해서는 내 고집을 부리고 싶습니다.

인간은 사물을 생각하는 능력이 있기 때문에 지금의 젊은 이들 중에서도 진지하게 사상을 추구하고 싶어 하는 사람이 분명히 나올 겁니다. 우리가 이들에게 반드시 전수해야만 하는 것을 하나도 만들지 못한다면 말이 안 되는 거 아닙니까? 우리가 메이지시대를 대상화할 수 있는 것은 당시 그들이 열심히 사고했기 때문이고, 그 결과물이 유산으로 남아 있기 때문입니다. 세상에서 인기가 있건 없건, 그 시대에 열심히 사고하지 않으면 안 됩니다.

―그 점에서 오키나와 자립론, 또는 독립론에는 아주 매력적인 시사점이 있는 것 같습니다.

가와미츠 만국진량의 종(万国津梁の鐘)[15]을 거는 걸로 끝날 게 아니라, 현실적인 이데올로기로 전개될 날이 오겠지요.

―기지문제를 가지고 독자적인 외교를 함으로써 일본 정부에 압력을 가하는 것도 가능하지 않을까요?

---

15 만국진량은 세계를 연결하는 다리라는 뜻을 가진 종으로 1458년 쇼타이큐(尚泰久) 왕의 명령으로 주조되었다. 옛날에는 슈리성 정전에 걸려 있었다고 전해지는데, 현재는 오키나와 현립박물관에 보존되어 있다.

가와미츠 그건 중요하지요. 여러 나라들과 흥정을 하는 겁니다. "오키나와 기지가 아시아에서 꽤 중요한 거 같은데, 경매에 부칠 테니까 여러분도 와 보세요"라고요. 놀다 보니 진짜가 생기는 거지요. 그렇게 해서라도 상황이 바뀐다면 되는 겁니다. 속 편한 인간이 하는 이야기라고 하겠지만요.

– 일본 정부를 통한다면 어떻게든 되지 않을까 하는 환상이 깨진 것은 아니었습니까?

가와미츠 깨지기만 했을까요, 완전히 뒤집어졌지요.

– 일본 정부를 넘어서서 해야 하는 것이겠지요?

가와미츠 타이라 교수[16]는 지금의 일본국 헌법 안에서도 오키나와가 독립할 수 있다고 합니다.

– 하지만 헌법은 이념이라서 현실문제에 있어서는 여러 문제가 생길 것 같은데요.

---

16 오키나와 출신 경제학자(1926~). 일리노이대학 명예교수. 『일본국개조 시론』(日本国 改造試論: 国家を考える, 講談社, 1974)을 통해 류큐독립론을 제창.

가와미츠 국가라는 것이 어떤 것인지는 역사적 교훈으로 남아 있습니다. 청일조약 체결을 전후해서 청나라는 일본의 압력을 받아, 미야코와 야에야마(八重山)는 청에 분할하고 오키나와 본섬은 일본에 분할한다는 분도조약안(分島條約案)에 승인하는 지경에까지 갑니다.[17] 하지만 혼란스런 시대 상황 속에서 흐지부지되었지요. 그 시점에서 분도조약이 성립되었다면 미야코 출신인 나는 중국의 교육을 받고 중국어를 하는 중국인이 되었겠지요.

―정말 국가의 횡포로군요.

가와미츠 왜 근대국가가 그토록 완강하게 영토에 선을 그었는가. 그건 모든 것을 자원화하려는 관점에 서 있었기 때문일 겁니다. 바다를 한 기업이 에워싸 버리면 가까이에 있는 사람들은 거기에서 수영을 할 수 없게 됩니다. 그 영역 안에 있는 것을 기업의 돈벌이 수단의 자원으로 삼으려니까 선긋기에 집착할 수밖에 없지요. 공공(公共)이라는 사상을 잃게 되는 거지요.

---

17 정확히는 '류큐 처분' 이후 반발하는 청에 대해 일본 측은 이처럼 이분할 방식의 분도안을 제안했고, 청은 삼분할 방안(류큐국 존속, 이북은 일본령, 이남은 청국령)을 제안했다. 그 어느 쪽이건 가와미츠의 고향인 미야코섬은 청국령이 된다.

―그런데 나고(名護)의 헬리콥터 기지(heliport)[18]에 대해서는 어떻게 생각하면 좋습니까?

기린의 시선과 토끼의 시선

가와미츠 헤노코(辺野古)[19]에 있는 나고의 헬리콥터 기지 문제는 나고 지역만의 문제가 아닙니다. 왜냐하면 현재 미군기지는 전국 14개 도부현(都府縣)에 95개소가 있고, 그 전용면적이 316평방킬로미터, 자위대와의 공동 사용지를 합하면 981 평방킬로미터라고 합니다. 그러면 981에서 316을 빼면 665입니다. 665평방킬로미터는 일본군이 사용하고 있는 겁니다. 군대는 미군뿐이라는 생각에서 현 상황을 파악하면, 자기도 모르는 사이에 과거의 군국주의로 흘러가 버립니다. 이 사실에 가장 민감한 것이 아시아 나라들이에요. 지금 신문들은 정말 둔감해서 틀려먹었어요. 세계 무기 거래가 4백억 달러에 달했다, 동아시아에서 여전히 거래액이 확대되고 있는데 전년도와 비교하면 8% 증가한 것으로 총액이 390억 달러에

---

18 헬리포트라는 명칭은 미일 양국정부가 계획 초기단계에 명명한 것인데 나고의 신기지를 작은 헬리콥터장으로 오인하게 하는 문제를 내포하고 있다(거번 맥코맥 외 지음, 정영신 옮김, 『저항하는 섬, 오끼나와』, 창비, 2014, 187쪽 참조). 여기서는 헬리콥터 기지로 옮기기로 한다.

19 오키나와 나고시의 지명. 90년대 후반, 후텐마(普天間)비행장의 대체 이전 후보지로 지목되었으나 주민들의 저항에 부딪히면서 오키나와 반기지운동의 최전선이 되었고 십수 년 이상 세계적인 주목의 대상이 되고 있다.

달한다는 정도로 달랑 한 줄 제목의 2단 기사로만 취급했어요.

이미 미일 신(新)가이드라인이 획책되었을 때부터 아시아의 긴장은 한계에 이르렀습니다. 예전에 캄보디아의 노로돔 시아누크(Norodom Sihanouk)[20]는 프랑스에서 무기를 사들이고, 폴 포트(Pol Pot)[21]는 중국과 소련에서 무기를 사들여서 국내에서 전쟁을 하여 난장판이 되었다는 이야기가 있었습니다만, 이런 구도가 중국, 한반도, 일본으로 무대를 확대하고 있어요. 세계의 무기거래상이 은밀하게 활동하고 있기 때문에 이 지역의 무기 거래액이 급격히 확대되고 있다고 생각됩니다. 이런 상황 속에서 기지문제는 오키나와의 문제라는 발상을 하고 있으면, 우리도 모르는 사이에 981평방킬로미터에 이르는 자국군에게 뒤통수를 맞게 됩니다.

현재 일본에 있는 미군기지의 75%가 오키나와에 있다고 합니다. 하지만 오키나와의 미군기지는 기능적으로는 90%를 넘는 것입니다. 헬리콥터 기지는 상자 모양으로 되어 있는데, 이 상자 속에 저장시설이 있는 건 아닐까? 그렇다면

---

20 캄보디아의 전 국왕, 정치인(1922~2012).
21 본명은 샐로스 사르(Saloth Sar, 1925 혹은 1928~1998). 캄보디아의 독립운동가, 노동운동가, 군인, 정치인. 공산주의 정당 크메르 루주의 지도자이자 민주 캄푸치아 공화국의 총리(1976~1979)로 극단적인 정책과 대량 숙청을 전개함. 이른바 '킬링필드'의 주역.

무엇을 생각할 수 있을까? 1970년대에 소련 탄저균연구소에서 탄저균이 새어나왔을 때 소련 당국은 서둘러서 주변 마을을 소각 처분했어요. 그것이 발각되었을 때 미국은, 소련이 그런 무기를 개발한다면 우리도 만들어도 괜찮다고 선언한 겁니다. 제2차대전 당시에 사용했던 폭탄 같은 옛날 무기들은 한국전쟁과 베트남전쟁에서 폐기처분이라도 하듯 쏟아 부었지요. 베트남에 떨어뜨린 폭탄의 양이 제2차대전에서 사용된 양보다 많았다고까지 합니다. 그렇게 해서 미국의 군사산업은 생산설비를 신무기용으로 교체했습니다. 이라크는 세균살포용으로 개조한 무인 경비행기와 장거리미사일을 보유하고 있는데, 장거리 미사일은 탄두에 탄저균을 탑재하고 있다고 합니다. 무인기는 걸프전쟁 전에 구입한 폴란드제 농업용 탄발기 M18을 개조한 것으로 보유 대수는 알 수 없지만, 카메라와 컴퓨터를 탑재하고 탄저균을 1톤까지 운반할 수 있어서 도시 공격에 사용한다면 한 대만으로 수만 명을 살상할 수 있다고 합니다. 게다가 이라크는 러시아인 과학자를 고용해서 최대 16기 장거리 미사일을 탄저균 운반용으로 개조했다고 합니다.[22] 하지만 미국이라면, 이 정도 군비는

---

22 이 대담은 이라크전쟁 전에 이루어진 것이어서 당시 미국이 발표한 언론보도에 기초하고 있다. 그러나 실제로 이라크전쟁 과정에서 드러난 바에 따르면, 이라크는 생화학무기를 생산하는 대규모 공장이나 그것을 이용한 장거리 공격 능력이 없었던 것으로 밝혀졌다.

훨씬 옛날에 했다고 생각해야 해요. 헬리콥터 기지가 혹시 바다 위에 떠 있는 탄저균과 독가스 저장시설은 아닐까 의심스럽습니다. 난징대학살과 같은 아시아에 대한 불명예스러운 행위를 다시 한 번 반복할 거라면, 일본이라는 국가는 없어지는 게 낫다고 생각합니다. 헬리콥터 기지문제는 일본 국민의 상상력을 시험하는 장치로 봅니다.

—마지막으로 앞으로의 전망에 대해 말씀해 주십시오.

가와미츠 어제 텔레비전에서 심야토론을 하는 것을 봤는데, 높으신 양반들은 참 큰일이에요. 그 사람들은 기린의 시선을 가지고 있어요. 기린은 멀리까지 넓게 볼 수 있을지는 몰라도 토끼나 뱀의 시선은 가지지 못하지요. 자기 발밑을 못 보니까 발이 걸려서 넘어지는 겁니다. 기린의 시선을 가지는 것도 중요하지만 동시에 토끼의 시선을 가져야지요. 오키나와 남부에는 위령탑이 많은데, 그 아래 잠들어 있는 유골들의 시선, 즉 이 세상의 이해관계와 전혀 상관이 없는 죽은 자들과 같은 높이의 시선을 갖지 않으면 세계를 판단하기 어려울 겁니다.
　현재진행 중인 세계의 흐름을 볼 수 있는 눈을 가지려면, 현재의 이해관계에서 완전히 자유로운 시선을 가져야만 합니다.

　나의 오키나와 자립론은 경제문제에서 비롯된 것도 아니고, 또 '그렇게 하는 것이 심리적으로 편하다'는 지역적 이기주의에 근거한 것도 아닙니다. 오키나와가 21세기를 맞이해 세상을 위해 어떤 역할을 할 수 있는지를 생각하는 것이 오키나와의 자립인 겁니다. 미일 신가이드라인이 만들어지고, 오키나와 기지가 동아시아를 비롯한 중근동과 세계를 주시하는 군사기능을 담당하는 것은 살아있는 한 절대 용납할 수 없는 일입니다. 미군이 오키나와 기지에서 출격해 베트남전에서 벌인 참상을 지금도 생생히 기억하고 있습니다. 그 같은 역사적 체험을 바탕으로 세계인들에게, 특히 아시아인들에게 어떤 역할을 할 수 있을지 최선을 다해 생각하고, 그 자세에서 벗어나지 않는 것이 오키나와의 자립입니다.

(1998년 『정황』 6월호)

전환기에 선 오키나와 투쟁
―복귀 슬로건을 버리자

> 아 너의 숨죽인 발걸음과 노랫소리는
> 어떤 폭력[23]보다도 견디기 어려워
> 환상의 조국 따위는 어디에도 없으니
> 환상의 바다 깊이 가라앉자 그리고
> 거친 소용돌이가 되자
> 배도 고래도 다가오지 못하게 회오리가 되자

밤에 고개를 넘을 때는 절대 노래 같은 걸 불러서는 안 돼. 그러면 도깨비가 북슬북슬 털이 난 양 팔다리를 네 어깨에 걸칠 거야. 그때 깜짝 놀라서 뒤돌아보거나 소리를 치면서 도와달라고 해서는 안 돼. 만약 네가 돌아보면 그 도깨비는 두 배로 커질 거야. 네가 도와달라고 하면 도깨비는 그 숫자만큼 늘어날 거야. 무게에 짓눌려 찌부러져서 빨간 흙이 된 사람들하고 도깨비에게 둘러싸여서 옴짝달싹 못 하고 아단(阿檀) 나무가 된 사람들이, 바로 저 카라산(カーラ山)이란다.

---

23 원문은 私刑(린치).

어릴 때 어머니로부터 이 이야기를 들었을 때, 나는 머리털이 곤두서서 머리가 두, 세 배나 커진 것 같은 전율에 휩싸였다.

서슴없이 "그럼 어떻게 하면 돼?" 하고 물으니 집이면 집, 밭이면 밭, 네가 가려고 했던 곳만 계속 생각하면서 걸어가면 된다고 했다.

이 도깨비 이야기가 무슨 연유로 전해져 왔는지는 모른다. 단순히 마을에서 멀리 떨어진 산속 어두운 비탈길이 가져온 환상에서 나온 것인지, 아니면 중압의 밑바닥에 놓인 미야코섬 서민들의 권력에 대항하는 자세를 상징한 것인지. 어느 쪽이 되었든, 지금 오키나와 민중들이 요술에라도 걸린 것처럼 적을 향해 들고 있었던 칼을 어느 사이엔가 거꾸로 쥐고 자신들을 찌르려고 하는 사태는, 어릴 때 들었던 이 도깨비 이야기를 떠올리게 한다. 정체를 알 수 없는 거대한 도깨비가 우리들의 어깨에 양 팔다리를 걸치고 있는데, 도와달라고 외치면 한 놈이 더 나타난다. 계속 늘어나는 도깨비의 무게를 어떡하면 좋을까. 오키나와는 답답하게 짓누르는 혼돈 속에 놓여 있다.

오키나와현 조국복귀협의회(沖繩県祖国復帰協議会. 이하, 복귀협)가 벌인 아이치 기이치(愛知揆一)[24]의 미국 방문을 반대하는 궐기대회가 불발로 끝난 것은 이러한 혼돈의 상징이다.

---

24 일본의 정치가(1907~1973). 사토 내각에서 외무대신으로 오키나와반환을 위한 미일 교섭을 담당함.

철저한 반공 공세 속에서 미 군사 권력과 대결하기 위해서는 '조국복귀'의 슬로건도 일종의 민중의 지혜로서 유효한 것이었다. 그러나 '조국복귀'는 60년 안보투쟁 이전, 즉 일본 인민에게 체제 변혁의 가능성이 보였던 시점에서만 오키나와의 민중사상과 하나가 되었을 뿐, 그 이후에는 서로 양립할 수 없는 것으로 변해 갔다.

류큐대학 학생회 신문은 이미 1962, 63년부터 '조국복귀운동'의 이론이 부재하다는 점과 그 안에 포함된 민족주의의 위험성에 대해 규탄했고, 그 후 학생운동의 주류가 된 카쿠마루(革マル)[25] 계열도 복귀운동의 문제점에 대해 집요하게 탄핵하였다. 그러나 이는 대중운동 속으로 효과적으로 침투하지 못했다. 미군의 지배권력이라는 문제는 계급투쟁의 요소를 끌어낼 수 있는 성격의 것이 아니었기 때문이다.

만약 오키나와가 독립국이었다고 한다면, 야라 정권의 확립은 인민정부로서의 기능을 다한 것이 되었을지도 모른다. 하지만 오키나와는 독립국이 아니었기 때문에 오키나와 내의 민족해방투쟁이 완결되어도, 그 시점에서는 아무것도 해결되지 않는 것이 된다. 즉 민족주의를 근간으로 하는 복귀운동은 야라 정권의 확립에 의해 종지부를 찍었다고 해도 좋을 것이다.

---

25 일본 혁명적 공산주의자동맹 혁명적 맑스주의파(日本革命的共産主義者同盟革命的マルクス主義派)의 약칭. 혁공동(革共同)계의 신좌익그룹. 1962년 결성, '반제국주의, 반스탈린주의'를 주창함.

유감스럽게도 본토의 인민들은 오키나와의 투쟁을 선취하지 못했고, 체제 측이 선수를 쳐서 아시아 군사동맹을 포석으로 '오키나와 반환'을 계획에 올린 이상, 오키나와 투쟁은 지금까지의 민족주의를 불식하고 스스로를 새로운 지평으로 끌고 가지 않으면 안 되는 상황에 직면해 있다. 이른바 오키나와의 '복귀운동'은 자기부정의 막다른 궁지에 몰려 다시 한 번 '오키나와 사상'과 '오키나와 정신'의 독립을 필요로 하고 있다.

요시다(吉田) 내각[26]이나 기시(岸) 내각[27]이 교묘하게 오키나와를 버림돌(捨石)로 사용한 것처럼, 사토(佐藤)[28] 내각의 반환 계획으로 인해 오키나와가 미국과 자위대에게 이중으로 포위되는 숙명에 놓인다면, 우리들은 당분간 이를 거부하는 투쟁을 선택할 수밖에 없다. '반환저지' 투쟁을 철저히 하고, 그럼으로써 본토 인민들에게 '오키나와 투쟁이란 무엇인가'라는 질문을 다시 한 번 들이밀 수밖에 없는 지점에 서 있다. 지금까지의 오키나와 투쟁을 부정하고 철저하게 지배와 피지배의 본질적인 관계로 되돌아가지 않는 한, 투쟁의 전망은 보이지 않는다. 단순한 '복귀거부', '반환저지' 투쟁은 체제 동향에 대한 반어적인 의미로 받아들여지는 이상, 지금까지의 '복귀운동'과 오십보백보가 될 것이다.

---

26 요시다 시게루(吉田茂)를 중심으로 한 내각. 1946~1954.
27 기시 노부스케(岸信介)를 중심으로 한 내각. 1957~1960.
28 사토 에이사쿠(佐藤栄作)를 중심으로 한 내각. 1964~1972.

운동의 전체적인 흐름에 제동을 걸어 스스로를 전체주의로부터 해방시키고, 오키나와 열도 안에 사상의 추를 내리지 않으면 거의 의미가 없다. 단지 '복귀 거부'에 머무르는 것은 류큐왕국의 망령에 사로잡혀 환상을 꿈꾸는 향토역사가들의 독립론이나, 본토자본이 미치지 못하는 곳에서 미군의 종속 아래 자기 기반을 확고히 해온 일부 지역자본들이나, 기지 주변 매춘업자들의 바람에 지나지 않는 것이기 때문이다.

'아이치 방미(訪美) 반대 궐기대회'가 불발로 끝난 경위를 통해서 오키나와의 투쟁이 어떤 국면에 이르렀는지를 구체적인 사실에 근거해 밝히고, 11월 사토 방미와 70년 안보투쟁의 정점을 향하고 있는 오키나와의 움직임을 파헤쳐 하나하나 비판을 가함으로써, 역동적인 투쟁의 가능성을 찾아내지 않으면 안 된다.

전통적인 부(負)의 의식에서 정(正)의 의식으로

지난 5월 31일 아이치 외상의 방미에 앞서, 입법원은 27일에 각 파 교섭회를 열고 아이치 방미에 어떻게 대처할 것인가 협의했다. 그러나 역시 대미교섭에 임하는 본토 정부의 자세를 둘러싸고 여당과 야당 사이의 주장이 대립한 나머지 결렬되고 말았다.

여야당의 대립은 야라 주석과 오키나와 사회대중당(沖繩社會

大衆党 이하, 사대당)을 중간항(中間項)으로 한 대립이었다. 오키나와 반환 문제를 주제로 하는 미일 교섭에 대한 엇갈린 평가 때문이 아니라, 미일 교섭에 의해 초래될 오키나와의 장래에 대한 선택상의 대립이었다.

말하자면, 이번 미일 교섭에 의해 오키나와 기지가 미일 공동 관리체제로 이행되면, 미군은 일부 감소되지만 일본 자위군은 상당수 상주하게 될 것이라는 것, 따라서 오키나와 기지는 철거는커녕 지금까지보다 더 강화·확대될 것이라는 전망에 대해서는 여야당이 모두 일치했다. 그다음에는 그렇게 되는 것이 오키나와에게 득이 될까, 실이 될까라는 선택의 문제였는데, 야당인 자민당(自民党)은 득이 된다고 하고, 야당 3파 중에서 인민당과 사회당은 실이 된다고 하고, 야라 주석과 사대당은 그렇게 되는 것도 싫지만, 어쨌든 복귀를 해야만 한다는 입장으로 크게 나뉘었다.

이것도 싫지만, 저것도 싫고, 그렇다고 해서 오키나와 자체의 선택이 받아들여질 리도 없고, 피억압 지대인 오키나와 안에서도 또다시 억압과 피억압이라는 몇 층의 관계도가 구성된다.

오키나와 사람들의 의식구조의 특징은 긍정과 단정이라는 명확한 자기선택의 명사(名辭)를 극도로 꺼린다는 점이다. 그것은 오키나와의 역사가 사츠마(薩摩)의 지배로부터 시작해 메이지, 쇼와에 이르기까지 지배권력의 중층 구조에 의해서 결정되어 왔기 때문에, 민중 속에 필연적으로 정착된 부(負)의 의식이라

할 것이다. 이러한 부의 의식이, 근세부터 현대에 이르는 오키나와 역사의 결정적 고비에서 스스로의 역사를 선택하는 주체적 행위를 모호하게 만든 커다란 요인이 아니었을까.

아이치 방미를 둘러싼 입법원 각파의 움직임은 이 점을 명확히 뒷받침하는 것으로, 그 속에는 정치에 있어 필연이라고 해야 할 단정적인 사고의 흔적이 완전히 결여되어 있다. 이에 대해 오키나와의 곤란한 상황, 오키나와의 깊은 고통이라고 평가하는 것은 일종의 응석의 심리이고, 냉엄한 논리를 정서로 치환하는 주체상실자의 관점일 뿐이다. 이것도 싫다, 저것도 싫다는 것은 선택의 포기가 아니다. 오히려 그것은 현재 오키나와에 있어서는 치열한 선택이며, 근세사 이후 지배권력의 중층구조 하에서 우리들 속에 정착된 부의 의식을 통해 공격적인 정(正)의 의식으로 전환해 가는 출발점인 것이다. 70년부터 72년, 73년까지의 오키나와의 상황을 예측하고 또 타개하기 위해 당장 필요한 것은, 개인의 의식 및 사고방식을 변혁시키고 현실 정치에서 단정적 명사를 되찾는 일은 아닐까. 억압의 밑바닥에서 표출된 민중의 언어는 지배권력에 대한 무기이며, 또한 무기로서 유효성을 가지도록 단련시켜야 한다. 그러나 지배권력은 언제나 그렇듯 민중의 언어무기를 가로채서 역으로 그것을 지배의 수단으로 바꿔 버린다. 그것은 최근 오키나와 반환에 대한 사토 정부와 오키나와 자민당의 동향을 보면 확실해진다.

오키나와 경제계의 혼란

자민당은 아이치 방미를 둘러싼 입법원 각파 교섭회에 원(院) 대표를 파견하고 방미를 격려하는 노선을 취했다. 그것은 대략 다음과 같은 사고에 근거하고 있다. 즉 아이치 방미를 앞두고 『오키나와타임스가』 기획연재한 『오키나와는 요구한다』에서 보면, 자민당의 니시메 준지(西銘順治)[29]총재는 일본사회당의 에다 사부로(江田三郎)[30] 서한에 대해 반론하면서 "사회당은 안보폐기 후의 국토방위에 대해 어떤 견해를 가지고 있는가? 본토 수준의 미일안보 적용이라는 선에서 시정권 반환이 실현될 경우, 그것에 반대하는 것인가? 철저하게 기지철수와 안보폐기가 달성되지 않는 한 오키나와의 본토복귀는 무의미하다는 것인가? 복귀가 지연되어도 좋다는 말인가? 만약 그렇다면 오키나와 문제는 70년 안보투쟁을 위한 수단에 지나지 않는 것으로, 오키나와 반환을 기본목표로 하는 우리들의 견해와 다름이 명백하다"는 반론을 폈다. '복귀'라는 슬로건이 미 군사지배의 억압에서 해방되고 싶다는 민중의 바람에서 나온 것이라는 것을 완전히 생략하고, "복귀가 지연되어도 좋다는 말인가"라는 식의 역공을 취했다. 전후 20여 년 동안 오키나와 자민당은 한결같이 복귀

---

29 오키나와 출신 정치가(1921~2001). 나하 시장, 오키나와 자민당 총재, 중의원, 오키나와현 지사, 오키나와개발청, 경제기획청 정무차관 등 역임.
30 일본의 혁신계 정치가(1907~1977). 참의원, 중의원, 일본사회당 서기장, 사회시민연합 대표 등 역임.

시기상조론(復歸時機尙早論)을 주장해왔는데, 그것은 미일 원조를 통해 자립경제의 기반을 확립하고 나서 복귀하자는 말이었다. 그런데 67년 11월의 사토 방미를 전후해서는 원내 다수당으로서 70년 복귀를 목표로 삼겠다고 결의했고, 이번의 아이치와 사토의 방미에서는 72년도를 목표로 설정하겠다고 주장하고 있다.

오랫동안 주장했던 복귀 시기상조론을 갑자기 '일단 조기복귀'라는 노선으로 바꾸고 아이치와 사토의 미국 방문을 격려하더니, 결국 혁신 쪽에서 일관되게 주장해 온 '즉시 복귀'를 자민당이 빼앗아간 것이다. 그렇다고 자민당이 지금까지 주장한대로 기지경제에서 벗어나 자립경제의 기반을 세운 것도 아니고, 세울 전망이 보이는 것도 아니다.

니시메 총재는 "기지철거는 말할 것도 없고, 기지경제에서 벗어날 수 있는 구체적인 비전을 가진 정책을 만들라"고 에다 일본사회당 서기장에게 요구하고 있다. 지금까지 장기간에 걸쳐서 정권을 장악해 왔으면서도 스스로 정책을 세우고 그것에 근거해 국가는 이러저러한 정책을 실현하라고 요구하는 것이 아니라, 막판에 와서 정책결정을 일본사회당에 요구하는 것은 말이 안 된다. 그리고 자민당이 기지경제에서 탈피하기 위한 국가정책도 정하지 못한 채, 왜 복귀시기상조론에서 조기복귀로 돌변했는가라는 점에 바로 중요한 이유가 숨겨져 있다고 보인다. 미군 지배를 추종함으로써 지역자본의 이기주의 확보를 도

모해 온 자민당이 "일본 국민의 한 사람으로서 헌법 아래 함께 울고 웃는 것은 지극히 당연한 것"이라며 이제까지의 복귀운동이 내포하고 있던 위험한 민족주의를 강조하고 나왔을 때, 미일 군사동맹 강화에 대응하는 자본 재편성에 편승하려는 태도를 볼 수 있었다.

이런 자민당의 움직임과 관련해 경제계에서는 커다란 동요와 혼란이 일어났는데, 이러한 혼란은 당연히 반환계획이 진전됨에 따라 한층 더 표면화될 것이다.

경제계는 복귀에 수반될 국책투자에 대한 기대와 보다 직접적으로 본토 자본과 계열화함으로써 자기보전을 하려고 72년 목표 설정에 적극적인 태도를 보이는가 하면, 복귀를 가능한 뒤로 미루고 싶어 하는 심리도 보이고 있다. 미군 관련 산업체나 복귀로 인해 본토 자본과 경쟁이 더욱 심해질 사업체는 당연히 복귀에 반대한다. 이미 오키나와 반환으로 생겨날 미군기지 인수문제나 점령지역 구제기금(GARIOA Fund)[31] 및 프라이스법[32]에 근거한 국가의 매입이 구체적인 문제로 떠올라서 오키나와의 달러의 행방이 검토되고 있고, 보험회사를 비롯한 상당수의

---

31 Government Appropriation for Relief in Occupied Areas Fund. 제2차 세계대전 후에 미국이 점령지역을 구제하기 위해 지출한 원조자금.

32 류큐제도의 경제·사회적 발전 촉진에 관한 법률(Act to Provide for Promotion of Economic and Social Development in the Ryukyu Islands). 미 연방의회 프라이스 의원의 발의로 만들어졌다. 일본은 이 법률로 인해 연간 600만 달러(후에 1,700만 달러로 증액)의 지원을 받았다.

자본이 본토에서 진입하고 있다. 오키나와의 달러 통화는 약 7천만 달러로 추정되는데, 복귀를 한다면 그 달러가 미국으로 귀속될 것인지 일본으로 귀속될 것인지가 문제가 되고 있다. 미국이 오키나와의 공공시설에 투자한 금액은 대장성(大藏省) 추산으로 약 20억 달러인데, 그중 약 16억 달러가 군사시설에 관련된 것이고 나머지 4억 달러가 점령지역 구제기금을 초기 투자로 하는 전력공사, 수도공사, 개발금융공사, 석유관계시설 등이다. 이들 공공자산의 대부분이 오키나와 자체 생산에 의한 것이라는 것은 분명하지만, 복귀에 수반될 공공자산의 매입도 오키나와의 의사를 반영하지 않고 미국과 일본 간에 진행될 듯한 분위기이다. 미국과 일본 사이의 거래는, 예를 들면 일본 쌀 수매와 캘리포니아 쌀 수매문제에서 보는 것처럼, 미일자본에 의한 오키나와 시장쟁탈전을 수반하며 진행될 것이다. 이런 사태 속에서 중소기업체와 작은 상사(商社)들은 자금 융통이 이루어지지 않아 계속 도산하고 있다. 하층민들은 무엇을 위한 복귀인지 이해할 수 없는 실정이다. 요컨대 사토 정부는 오키나와 자민당을 통해 정치적인 차원의 연계는 맺었지만, 그 뒷면의 공작은—물론 그것을 알 리도 없겠지만—오키나와 경제계 전체를 납득시킬 수 있는 것이 못되었다.

지배권력의 손으로 넘어간 '복귀' 교섭

류큐공사(琉球工事) 전무이사인 도쿠야마 간조(渡久山寬三)[33] 씨는 "반환 시기는 72년, 기지는 본토 수준으로 하자는 것이 오키나와의 여론이므로, 미합중국의 이해와 협력을 얻어 실현되길 바란다." 그러나 "만약 법률제도를 본토와 무조건 동일하게 하는 것으로 충분하다고 한다면, 오키나와현은 수년 내에 최하위의 과소(過疎) 현으로 전락할 것이다." "본토 정부에 적절한 오키나와 정책을 요구하는 바이며, 그 정책을 실현시킬 자신이 없거나 그를 위한 준비기간이 필요하다고 한다면, 즉시무조건 복귀에 제동을 거는 것은 당연한 일"이라며 동남아시아의 경제협력기지로서 본토 수준, 플러스알파 조치를 요구하고 있다.

또한 오키나와 상공회의소 전무이사 아사토 요시오(安里芳雄) 씨는 "1969년도에 본토 정부는 174억 엔의 원조를 결정했지만, 이 액수는 뒤떨어진 오키나와의 모든 격차를 시정하기에는 절대로 부족한 금액이다. 매년 4백억 엔은 필요하고, 더구나 1974년도부터 3개월 동안은 7백억 엔이 더 필요할 것이다. 파격적인 원조가 없는 한 격차를 시정하기는 어렵다. 또한 오키나와현이 전후 본토 정부에서 당연히 교부받아야 했던 액수는 어림잡아 2천억 엔이었으므로, 이 돈을 지급해 주길 바란다"고 말하며,

---

33 1914~2002. 오키나와 수필가 클럽 회장, 극동방송 이사장, 류큐 기독교봉사단 이사장 등 역임.

기지철수를 하면 경제가 혼란에 빠진다, 핵(核)을 유지한 즉시복귀보다는 4, 5년 늦어지더라도 핵을 없애자고 주장했다. 큰손들의 생각은 대략 이 두 사람의 의견을 통해 읽어낼 수가 있다. 오키나와 자민당 정치가들과 재계인들의 의견을 열거해 보면, 정치가들은 복귀한다고 해도 오키나와 기지는 그다지 바뀌지 않을 것이고, 오히려 기지가 확대 강화되고 그에 따르는 경제적 이익을 보장받을 수 있다는 계산이다. 하지만 재계는 복귀 즉, 기지 축소 또는 철수를 그에 따르는 혼란과 약체화로 받아들이고 불안과 동요를 감추지 못하고 있다. 오키나와 자민당이 사토 정부와 연대해 조기복귀를 밀어붙인다면, 그때까지 당을 지지해 온 보수 세력 안에서 이해가 상반된 대립이 생겨 내부분열을 초래할 가능성이 있다. 사토 방미, 70년 안보, 오키나와 복귀라고 하는 일련의 미일외교가 구체화되면 지금까지의 정계 지도가 내부분열로 인해 재편될 것이다. 어찌 되었든 오키나와의 복귀, 반환, 탈환은 이미 지배권력의 손아귀로 넘어갔고, 그것은 더 이상 지배체제에 대해 아무런 저항의 의미도 가지지 못하는 것이 현실이다. 피억압계급에게는 아무런 변화도 가져오지 않는다는 기본 사실도 인식하지 못한다면, 오키나와의 투쟁은 결국 꼭두각시놀음에 불과할 것이다.

지금 미일 지배자들이 거래를 하는 방식으로 오키나와 반환이 실현된다고 한들, 거기에는 오키나와의 또 다른 희생이 기다리고 있을 뿐이다. 투쟁에는 억압과 피억압, 지배와 피지배라는 기본적인 관계가 있을 뿐, 이민족이냐 같은 민족이냐 라는 지배자의 형태를 선택하는 것은 결코 투쟁이 아니다. 이 기본적인 관계가 어느 틈엔가 복귀 슬로건에 의해 사라지고, 지배 형태를 선택하는 방향으로 왜곡되었다. 미일 지배권력의 합작에 의한 억압에서 해방되고 싶어 하는 20여 년에 걸친 민중의 투쟁이 조국 복귀라는 대의명분에 의해 발목을 잡힌 것이 오키나와의 현실이고, 대의명분에 집착하는 기성 혁신정당의 시대감각은 엄청난 착오가 아닐 수 없다.

혁신당들의 혼미

혁신 여당 중에서 인민당과 사회당은 아이치의 미국 방문을 반대 또는 저지하고 있고, 사대당은 방미를 격려하지도 않지만 방미반대에도 동조할 수 없다는 입장이다. 한편, 여당은 아이치의 미국 방문에 감사를 표한 야라 주석을 중심으로 엄청난 혼돈을 겪고 있다.

인민당의 세나가 가메지로(瀨長亀次郎)[34] 위원장의 견해를 살펴보면, "지금 일본 국민들 앞에는 미일안보조약과 오키나와 반환문제를 둘러싸고 두 가지 길이 제시되었다. 하나는 오키나와의 즉시·무조건·전면 반환과 미일안보조약 폐기를 쟁취함으

---

34 오키나와의 정치가(1907~2001). 중의원의원, 나하시장, 오키나와 인민당위원장, 일본공산당간부회 부위원장 역임.

로써 일본의 독립과 아시아 평화를 확립하는 길이다. 또 하나는 일본을 전쟁에 휩쓸리게 할 위험성을 가진 미일안보조약을 유지하고, 오키나와 "핵기지 보유, 자유사용권 반환"에 의한 본토의 핵무장화와 핵군사동맹을 확립하는 길이다. (생략) 오키나와 현민과 대부분의 일본 국민이 바라고 있는 것은, 이 같은 전쟁과 침략, 대미종속 체제의 연장과 강화가 아니다. 하늘에는 B52, 땅에는 핵무기 저장소, 바다에는 원자력잠수함과 방사능이라는 인간으로서 최악의 생존조건조차 빼앗긴 현실을 타파하고, 독립·민주·평화의 일본 국민이 되기를 희망하고 있다. 그 길은 오키나와의 즉시·무조건·전면 반환 실현과 미일안보조약 파기를 통해 열린다. 그러나 사토 자민당 정부는 교묘하게 '핵기지 보유, 자유사용권 반환'을 주장하고 그것을 지렛대 삼아 미일군사동맹을 강화하려 하고 있다. '핵 제거, 자유사용'이라고 말하기도 하지만 이것은 '핵 보유, 자유사용'을 감추기 위해 갑옷 위에 옷을 걸친 것에 지나지 않는다. '핵기지 보유, 자유사용권 반환'은 '반환'이라는 이름을 가진 현상유지에 머무르는 것이 아니라, 오키나와가 한층 더 위험한 침략기지가 됨으로써 오키나와 현민의 생활과 권리가 더욱 침략당하고, 나아가 일본 전체가 '오키나와화(化)'되는 길을 여는 것으로, 진정한 오키나와 반환과는 전혀 거리가 먼 것이다. 현재 '반환이 가까와졌다'는 선전 뒤에서 오키나와 기지의 총체적 증강이 계속되고 있는 것은, 바로 이를 반증하고 있다."

그리고 이상의 견해에 근거해 아이치와 사토의 미국 방문 저지라는 노선을 내놓았다.

오키나와 사회당 기시모토 도시사네(岸本利實) 서기장도 거의 비슷한 견해를 보였는데, "미일의 이해와 신뢰에 근거한 반환이 실현된다면, 그 후 현민들의 생활과 권리, 일본 전체의 정치적 동향, 그리고 일본의 진로에 어떤 영향을 미칠지는 생각만 해도 오싹하다"고 하면서 반대 및 저지 방침을 취하고 있다.

이렇게 되고 보니 복귀운동의 최전선에 섰던 인민당과 사회당이 지금은 본질적으로 복귀에 대한 견제역할을 맡지 않을 수 없게 되었다. 그렇다면 인민당이 말하는 민족의 독립·평화·민주주의라는 기본 슬로건은 현재 사토 정권이 벌이고 있는 오키나와 반환의 의도와 대립할 수밖에 없다. 그 슬로건으로 본다면 미일군사동맹을 강화하고 일본의 핵무장화를 저지하는 것, 즉 안보폐기가 대전제가 되는 것으로, 안보폐기와 기지철수를 수반하지 않는 오키나와 반환은 민족의 독립·평화·민주주의에 역행하는 것이 된다.

'즉시 무조건, 전면반환'이라고 해도 그것은 아무튼 복귀만 하면 된다는 것이 아닐뿐더러, 오키나와가 복귀했으니까 민족독립이 달성되었다는 것도 아니다. 거기에는 안보폐기와 기지철수라고 하는 까다로운 조건이 붙어 있어서 결코 조건 없는 반환이 아닌 것이다. 그런데 현재 추진 중인 미일 간의 거래가 이대로 진행되다가는 오키나와가 희망한 복귀형태와 전혀 다른 모습이 된다는 것이 공공연해진 이상, 인민당과 사회당은 사토 정부가 주도하는 오키나와 반환에 단호하게 '복귀거부', '반환 저지'라는 대립명제를 내세우고 싸워야만 한다. 두 정당이 그것을 분명히 내세우지 못하는 것은 하부 대중의 망설임과 복귀운동을 통해 혁신세력을 추종해 온 대중의 통일에 균열이 생기는 것은 아닐까 하는 우려 때문으로 보인다.

아무튼 미 군사지배와 그것에 종속된 매판지역자본의 억압으로부터 자유롭고자 했던 민중의 정신적 권리주장이, 복귀 슬로건과 자연스럽게 하나가 되던 시대는 이미 과거가 되었다.

혁신파의 비장의 카드였던 '복귀', '반환', '탈환'이 이제는 민중의 저항력을 체제강화와 확대에 이용하는 슬로건에 지나지 않다는 것을 알게 된 이상, 인민당과 사회당이 그들의 통일노선을 위해 '복귀' 간판에 얽매인다면 민중을 기만하는 것이고, 오히려 그들이 중요하게 여겨온 통일노선의 결정적 붕괴를 초래할 것이다.

지역 자본의 이익을 대전제로 안보체제 전면 긍정과 조기복귀로 재빠르게 선회한 자민당은, 폐쇄적인 지역자본보호라는 종래의 방침을 버리고 미련 없이 미일 자본계열화에 들어감으로써 동남아시아 무역중계기지를 구상하고 있다. 미일 간의 안보체제가 지금의 방향으로 진행된다면 오키나와 기지는 없어지지 않을 것이고, 오히려 자위대가 새롭게 뛰어들어 미일 공동관리체제가 이루어지므로 기지 수입이 끊길 염려는 없다. 기지가 있기 때문에 힘을 얻은 자민당의 입장에서 보면, 기지의 강화와 존속이라는 목표가 설정되면 그다음은 복귀에 따르는 국가교부세(國家交付稅)와 임시조치법에 의한 격차시정 예산이라는 국가재정 투자와 융자의 액수가 문제가 될 뿐이다. 따라서 지금의 자민당은 오키나와에 있어서 조기복귀 요구의 최전선 세력인 것이다.

현실적인 군사지배의 억압으로부터 자유로워지기 위한 수단에 불과했던 복귀가 어느 사이엔가 목적화되어 버렸기 때문에 오늘날과 같은 희화적인 상황이 만들어지고 말았다. '복귀'라는 간판을 버리지 않는 한, 인민당과 사회당의 기본적인 생각이 무엇이든 그것은 자민당과 구분되지 않는 운동단체에 불과할 뿐, 체제강화의 보완적 역할이라는 면도 도를 넘는 수준에 이르렀다고 하지 않을 수 없다.

50년대 미 군사 권력의 맹렬한 '반공 공세' 속에서 그에 대한 저항의 지혜로 조국복귀가 구상되었다. 그러나 억압자에 대한 민중의 지혜로운 무기는 지금 거꾸로 피지배계급을 억압하는 흉기로 변했다.

지배자가 몰래 훔쳐간 무기를 미련 없이 버리고, 민중의 새로운 지혜의 무기를 창조할 필요가 있는 것이 오키나와의 현실이다. 지배자의 음모를 알면서도 그것을 지원하는 슬로건에 계속 매달릴 필요가 털끝만큼도 없음을 강조해야만 한다.

아이치 외상 방미를 둘러싼 야라 주석의 움직임

한편, 아이치 외상의 미국 방문을 둘러싸고 가장 기괴한 행태를 보인 것은 사대당과 야라 주석이다. 사대당의 평소의 지론과 실질적인 행동결정 사이에 깊은 골이 생기고 만 것은 제1여당으로서 야라 정권에 충실하기 위한 딜레마 때문이었을 것이다.

같은 당의 타이라 고이치(平良幸市)[35] 서기장은 가와시마 쇼지로(川島正次郎)[36] 부총재의 서한에 대한 반론으로 다음과 같이 말하고 있다. "(가와시마) 부총재는 '필리핀, 대만, 오키나와, 한국은 공산권에 대항하기 위한 전략 체제였다'고 말하고 있지만, 그 점은 대동아전쟁을 유발시켰다는 ABCD포위망[37]을 연상시키고, 안보조약의 위험성을 떠올리게 한다." "국가의 안전을 생각하는 것은 국가로서 당연한 일이지만, 그 방법은 군비에 국한되지는 않는다. 오히려 제2차대전에 대한 반성과 핵무기의 출현은 군비를 축소하고 결국은 부정하는 방향인 것이다."

아이치 외상과 사토 수상이 미국을 방문하는 의도가 무엇인

---

35 1909~1982. 1950년 오키나와사회대중당(沖繩社会大衆党) 결성에 참가해 초대 서기장을 지냈다. 1976년 오키나와 지사로 당선되어 야라 초보의 정책을 승계했다.

36 1890~1970. 『도쿄니치니치신문(東京日日新聞)』 기자 출신으로 정치에 입문해 자민당 간사장, 부총재 등을 역임. 오랫동안 자민당 내 제2의 실력자로 군림했다.

37 2차대전 때 미국, 영국, 중국, 네덜란드가 자신들의 이익을 보전하고 일본의 아시아 팽창주의를 막기 위해 만든 포위망. 미국은 필리핀에서, 영국은 말레이시아와 미얀마에서, 네덜란드는 인도네시아에서, 즉 각자의 식민지를 거점으로 중국과 함께 일본을 포위해 공격한다는 내용. 일본 측에서는 이러한 압박이 아시아태평양전쟁의 배경이 되었다고 본다.

지는 이미 알고 있다. 그렇다면 사대당도 아이치 외상의 미국 방문에 대해 명확한 태도를 취하는 것이 원칙일 것이다. 그럼에도 불구하고 "격려도 하지 않지만 반대도 하지 않는다"라는 애매한 자세를 취하는 것은 무슨 까닭인가. 거기에는 야라 정권과의 뒤얽힌 관계가 있고, 혁신정권이 수립되었을 때 필연적으로 마이너스 요소로 작용할 보수 반동적 자기규제가 있었다고 할 것이다.

혁신정권은 격렬한 민중투쟁을 통해 더욱 강력해지는 플러스 면도 있지만, 현실적인 생산구조와 사회구조가 요구하는 행정 운영상의 끝없는 반동화라는 마이너스 면도 있다. 또한 정권의 안정을 도모하기 위해 하부조직의 투쟁을 압살하려고 하는 지배자의 에고이즘도 있다. 민중의식과 사상의 첨예화라는 면에서 생각하면, 혁신정권의 탄생은 오히려 민중의 투쟁에 손실을 초래하는 요소가 강하다. 지난 2월 4일 "생명을 지키는 현민공투회의(いのちを守る県民共闘会議)"가 주도한 총파업이 실패한 것은 사대당과 교직원회 간부들이 야라 정권을 옹호하기 위해서 한 자기규제와, 야라 주석의 지배자적 이기주의에서 비롯된 압살이 커다란 요인이었다. 그리고 그 요인은 역시 아이치 외상 방미반대궐기대회에서도 나타났다.

야라 주석이 입법원의회 개회 중에 한 일련의 질의응답과 아이치 외상의 방미문제에 대해 한 발언을 살펴보면, 안보체제 강화에 의해서 오키나와 기지가 항구화되고 일본이 핵 군사체제를 갖추는 것에는 반대하지만, 복귀는 민족적인 바람이므로 일단 복귀하고 난 후에, 본토 국민들과 하나가 되어 서서히 안보체제를 해소해 가자는 것이 기본적인 사고이다. 야라 주석이 지금까지 한 발언을 보면 일관적이지 못한 면이 있는데, 그것은 야라 정권의 플러스 요소와 마이너스 요소가 뒤엉켜서 나타난 것이다.

일단 복귀를 해서 본토 국민과 하나가 된 후에 점차적으로 안보체제를 해소하자는 생각은 뒤집어서 말하면, 본토 좌파세력의 이기주의에 대한 심한 야유이기도 하다.

최근 본토에서 가장 문제가 되고 있는 것은 오키나와의 '핵 유지 반환'에 관한 것이다. 핵 유지는 안 되고 핵 제거는 괜찮다는 것이 오키나와 쪽에서 나온 생각이라면 현재 군사동맹체제에 대한 반전과 항쟁의 의의를 가지는 것이지만, 본토 쪽에서 그것을 주장하는 것은 이기주의에서 비롯된 것이라고 생각해도 어쩔 수 없는 일이 아닌가.

"오키나와는 20여 년이나 핵 기지를 끌어안고 살아왔다. 핵 유지가 싫다면 쿠데타라도 총파업이라도 해서 미일안보체제를 무너뜨리고 일본 정부를 전복시켜 봐라. 그럴 수 없다면 핵이든 뭐든, 현 정부의 차림표대로 체제유지의 보완적 역할 정도에 만족하고 불안과 공포에는 눈을 감으면 된다"며 정색을 하고 싶은 심정도 어딘가 있다. 그리고 이런 감정의 의미를 이해하지 못하는 한, 내적인 오키나와(うちなる沖縄) 따위의 말은 공허한 관념에 불과할 것이다.

한편, 야라 주석이 미국에서 돌아온 아이치 외상에게 노력에 감사를 드린다는 전보를 보내서 혁신공투 내에서 문제가 되었다. 이것을 지방행정가가 외교에 대해 감사 인사말을 한 것이라고 그냥 넘길 수도 있겠지만, 한편으로는 간단하게 넘어갈 수 없는 일이었다. 정체를 알 수 없는 깍듯한 예의는, '성실'이라는 괴상한 정신주의에 의지한 아마추어 정치가 야라 주석이 정치 메커니즘을 만만하게 본 것에서 기인한 것은 아닌가라는 의심이 들게 만든다.

정치판에서 '성실' 따위는 이미 개에게나 줘버린 상황이고, 야라 주석 개인의 인격에 근거한 성실은 오히려 위험한 요소를 가지고 있기까지 하다. 미일 간의 기괴한 거래 속에 끼어들어 오키나와가 희망하는 방향을 끝까지 관철시키기 위해서는 무시무시한 악역도 불사하는 정치가로서의 강인함과 기술이 있어야 한다. 그렇지 않으면 '복귀'라는 이름으로 오키나와 민중을 팔아넘기는 역사의 악역을 연기할 수밖에 없는 시점에 서 있는 것이다.

현재 야라 주석의 자리는 억압받는 인민대중의 자발적인 참여로 획득된 것이다. 그러나 지금 야라 주석은 지도자, 지배자로서 인민대중에게 복종을 강요하고, 견디다 못한 민중의 봉기를 압살하고, 자유를 향한 출구를 봉쇄하고 있는 것으로 보인다. 2·4 총파업 때 보여준 역할과 아이치 방미반대궐기대회에 개입한 것은 이를 증명하는 것이다.

마침내 70년 안보를 앞두고 격렬해진 노동자와 학생의 투쟁, 아니 기성지도자가 좋아하는 단어를 쓴다면 '현민 투쟁'을 압살하기 위해서, 혁신정권의 이면에서 빠르게 진행되고 있는 경찰권력의 장비와 인원강화, 그리고 데모와 집회에 대한 권력의 공세적 태도는 혁신정권이 무엇인가에 대해 근본적인 질문을 던져야만 한다는 점을 더욱 시사하고 있다.

6월 18일자 『오키나와타임스』 조간에 실린 사회면 머리기사에 의하면, 류큐 경찰본부는 격렬해지는 대중운동에 대처하기 위해 미일 양 정부의 원조로 기동대의 장비를 강화하기 시작했다. 기사내용은 다음과 같다.

"경찰본부는 기동경비대의 장비 강화를 위해서 본토 원조로 최루가스 50정, 미국 원조로 방수차 한 대를 구입하게 되었다. 아라가키 도쿠스케(新垣德助) 경찰본부장은 전 류큐 경찰서장회의를 마치고 기자회견에서 70년도 경찰관계예산에 대해 발표를 하면서 '기동경비대의 장비를 강화'할 것을 분명히 밝혔다. 70년 안보개정을 맞이해 대중운동이 격화되리라 예상되는 만큼, 혁신정당들은 기동경비대의 장비강화가 대중운동의 탄압을 노린 것이 아니냐고 추궁할 태세이고, 혁신단체들도 이 사안을 중시하고 있어 커다란 파문을 부를 듯하다. 경찰본부는 대중운동이 매년 격화되고 있고, 그중에서도 집회와 데모에서 일부 학생이 돌을 던지거나 곤봉을 휘두르는 지나친 행동을 보이므로, 기동대와의 직접충돌에 의한 부상자 발생을 막기 위해서라도 살수차와 가스총 등의 장비강화가 급선무라 판단해, 본토 정부에 원조를 요청했다고 한다. 이날 경찰서장회의에서 밝힌 70년도 경찰국예산안은 총액 약 8백만 달러로, 전년도보다 180만 달러 증액된 것이다. 이 증액의 대부분은 인건비 증가로 인한 것이다. 그 외 본토 원조 73만 달러, 미국 원조 6만 달러 등, 문제의 최루가스총은 본토 원조에 편입되어 있는 것이고, 그 외 구난정(救難艇)과 경비정 건조 자금, 경찰학교 건설, 장단파 무선중계 시설 건조자금 등에 대해서도 원조를 계획하고 있다. 이러한 미일원조는 류큐정부의 원조요청에 의한 것이지만, 요청한 것은 모두 전 자민당 정권 때의 일이었고, 원조비 항목이 제시되어 있어 이른바 조건부 원조이다. 주석이 혁신계열에서 당선되어 류큐정부는 아무래도 성가신 표정이지만, 이러한 특별원조는 류큐정부의 권한으로는 변경할 수 없는 것이고, 게다가 예산안은 이미 입법원으로 넘어가서 가스총이 오키나와 경찰에게 첫선을 보일지는 입법원 여야당의 손에 달려있다. 경찰본부는 '이미 본토 경찰들 사이에서는 과격한 데모를 진압하는 데 효과를 보고 있다. 직접적인 충돌에 의해 데모대와 기동대 쌍방에서 부상자가 나오는 상황에서는 살수차나 가스총은 반드시 필요하다'고 하는지라, 류큐정부로서도 이에 대해 '필요 없다'고 잘라 말할 수 없어, 대처에 골머리를 앓고 있다."

이러한 경찰기동대의 강화는 사토 정부의 적극적인 공작에 의해 이루어진 것으로 보인다. 68년 2월 1일 교공이법저지투쟁(教公二法阻止鬪爭)[38] 당시, 방석면(防石面)과 곤봉을 갖춘 기동대는 압도적 다수의 민중이 펼친 인해전술로 인해 저지선이 무너졌다. 그때는 양쪽 모두 문제가 될 만한 상해를 입지 않았다. 그러나 이 사건에 대해 알게 된 사토 수상은 류큐 경찰의 장비에 유난히 관심을 보였다고 한다. 그리고 얼마 지나지 않아 아라이 히로시(新井裕) 경찰청장관이 '경찰 장비 본토-오키나와 일체화'를 공표했다.

일찍이 오키나와에서 정권을 쥐고 있던 오키나와 자민당이 본토 정부에 경찰 장비 강화를 위해 원조금 증액을 요청한 것은 일면 납득이 가지만, 오키나와 경찰의 장비 강화는 오키나와 문제가 사토 정부의 뜻대로 될 것이라는 것을 예상하고, 본토 정부가 오키나와 민중운동을 압살하기 위해 적극적인 정책으로 취한 조치라고 보는 것이 옳을 것이다. 국회에서 정치가들이 오키나와 문제에 대한 추상적인 논의로 자기도취에 빠져 있는 동안, 원조라는 눈속임으로 오키나와 투쟁을 탄압하기 위한 구체적인 대책을 강구한 사토 수상을 대단하다고 해야 하는 것일까.

본토의 오키나와 투쟁의 맹점은 이처럼 근본적인 데 있다고 할 수 있다.

---

38 류큐 교직원회가 교직원의 정치활동제한과 근무평점도입을 포함한 '지방교육구공무원법', '교육공무원특례법'에 반대해 입법원을 점거한 사건.

류큐정부는 경찰 장비 원조에 대해 곤혹스러운 표정이라고 한다. 이미 지난 2·4 총파업 때부터 본토기동대가 가진 것과 같은 알루미늄합금 방패가 사용되었는데, 그로 인해 지금까지의 데모에서는 찾아볼 수 없었던 수많은 부상자가 나왔다. 경찰기동대의 장비 강화가 그만큼 민중의 희생을 크게 하는 것은 물론으로, 부상자를 만들지 않기 위한 장비 강화라는 명분은 이만저만한 기만이 아니다. 지난 정권에서부터 계속된 강제 원조를 거부할 것인가, 아니면 그대로 둘 것인가, 야라 혁신정권의 본질이 의심받고 있는 상황에서, 야라 정권은 어느 쪽을 선택하느냐에 따라 붕괴 또는 강화의 갈림길에 서 있다고 해도 과언이 아닐 것이다.

　경찰국가나 경찰정부는 지금까지의 역사가 말해 주는 것처럼 민중을 적으로 만드는 것으로서, 야라 정권을 탄생시킨 '현민'을 적으로 돌리면 혁신정권의 수명이 유지될 리 없다. 야라 주석은 혁신적인 민중의 의지를 대표하는 권력자이므로 적어도 혁신 정권에 어울리는 경찰에 대해 생각해야 하고, 경우에 따라서는 경찰국 지도부 인사에 대해서도 상응한 정리를 생각해야 한다. 이번 춘투에서 기동대가 류큐신보(琉球新報)[39] 노조의 쟁의를 공격한 것과 전오키나와군노동조합(全沖縄軍労働組合) 파업 관련 항의데모에서 기동대가 한 대응, 그 외 집회나 데모에서

---

39 오키나와의 대표적인 일간지. 1893년에 창간.

보는 바와 같이, 경찰 권력은 혁신정권이 되고 나서 더욱 민중을 강경한 자세로 대하고 있다. 최소한 혁신정권과 보수정권의 다른 점은 민중의 의지표현을 가능한 보장하는 것으로, 경찰권으로 민중의 의사표현 행위를 짓밟아버린다면 그것은 혁신의 최소조건마저 잃어버린 비열한 반동정권에 불과하다.

오키나와와 같은 권력구조 속에서는 자유를 추구하는 민중의 용기도 필요하지만, 동시에 정치가도 민중의 용기로부터 용기를 얻어 거대 권력에 맞서야만 할 것이다.

복귀협 내부의 동요

'아이치 외상 방미반대'가 불발로 끝난 과정에서 야라 정권의 또 다른 본질이 문제가 되고 있다. 지난 5월 28일 류큐 정부 중정(中庭)에서 열린 복귀협의 <즉시 무조건 전면 반환, 안보폐기를 요구하는 현민총궐기대회>에 약 7천 명이 참가했다. 이런 종류의 총궐기대회에 만 단위를 밑도는 수가 참가했다는 것은 이 대회가 실패했다는 것을 말해 준다. 원래 이 대회는 아이치 외상 방미반대를 전면에 내세우겠다는 방침 아래 준비되었고, 복귀협의 나카소네 사토루(仲宗根悟) 사무국장도 신문에서 '외상 방미반대'를 주장하고 있었다. 그러나 대회 전날이 되자, '외상 방미반대 또는 저지'는 깨끗이 철회되고 초점이 흩어진 대회가 되고 말았다.

복귀협은 5월 23일에 열린 집행위원회에서 '외상 방미반대'의 방침을 결정했는데, 그 후에 야라 주석이 캰 신에이(喜屋武真榮) 오키나와현 조국복귀협의회장을 불러서 '방미반대를 중지하라'고 강력하게 요구해서, 복귀협은 일단 집행위원회에서 방침을 결정했음에도 불구하고 단 한마디로 방미반대 슬로건을 파기했다. 복귀협 내부에서 "2·4 총파업을 회피했을 때와 똑같은 수법이며 민중에 대한 야라 주석의 범죄행위"라는 강한 비판도 나왔지만, 여기에서는 야라 주석의 문제는 논외로 하고, 복귀협 집행위원회의 관료주의적인 발상을 문제 삼지 않을 수 없다. 어느 핵심 조직에서 일어난 일인데, 조직과 직접적인 관계가 없는 개인에게 정세분석과 운동방침안 작성을 위탁하고, 집행 내부에서는 변변한 토의도 없이 대회를 결정한 사실이 있다. 조직의 하부에서는 상황을 어떻게 비판하고 있고 어떤 행동방침을 취하고 있는지 알려고도 하지 않은 채, 판에 박힌 형식주의에 치우쳐있는 그 조직 간부들이야말로 대중운동의 가장 큰 장애물이다.

복귀운동이 내포하고 있는 본질적인 문제는, 복귀협 내부에서 민족·조국·반전·해방이 무엇인지에 대한 논리적인 추궁이 한 번도 이루어진 적이 없었다는 것이다. 논쟁을 봉쇄하고 사상을 무시함으로써 유지되어 온 것이 바로 복귀협이 아니었던가. 결정적으로 사상이 취약했기 때문에 야라 주석이 '총파업을 중지하라, 방미반대를 중지하라'는 한마디를 하자, 맥없이 허물어져 버린 것이다.

복귀협 집행부는 '조직결정에 대한 주석의 거듭된 간섭'이라며 하부조직의 불신감을 야라 주석에게 집중시킴으로써 면죄부를 얻으려고 하고 있다.

"주석이 대중단체의 조직결정에 개입해 발목을 잡아끄는 것은 대중운동의 규칙과 원칙을 무시한 것으로서, 이것은 하부 일반회원들에게 강한 불신감을 심는 일이다. 야라 주석과 솔직한 대화를 할 필요를 느낀다"고 나카소네 사토루 사무국장은 말한다.

당시의 논평을 들어보자.

"조직에 영향력이 있는 소수자들이 대중단체의 조직결정에 참견하는 것은 민주주의의 원칙을 무시하는 일이며 대중운동에 혼란을 가져 오는 일이다. 2·4 총파업 때도 그랬지만, 이것은 앞으로도 우려해야 할 문제이고, 당 차원에서도 중대한 문제로 삼아야 한다." 사회당 기시모토 도시사네 서기장.

"야라 주석을 지킨다는 것은 대중운동을 저하시키면서까지 지키는 것이 아니다. 그것은 대중운동을 바르게 발전시키는 속에서 주석의 잘못을 바로 잡아 가는 것이어야 한다. 주석의 잘못에는 여당인 정당에게도 책임이 있고, 그러한 자기비판을 포함시켜 문제로 삼아야만 한다." 인민당 나카마츠 요젠(仲松庸全).

'사토 방미'에 앞서

이상에서 보는 바와 같이, 복귀협 내의 각 지도부들은 2·4 총파업 회피와 아이치 방미반대대회의 불발의 책임을 모두 야라 주석에게 전가하고, 더 이상 문제의 소재를 추궁하려 하지 않는다. 정권의 수장인 야라 주석이 지배자로서의 입장에서 모든 조직에 지시·명령·간섭을 하는 것은 당연한 일인데, 그러한 간섭이나 지시를 뛰어넘을 수 있을 정도의 사상성이 조직에 있는가 없는가, 문제는 거기에 있을 것이다.

'아이치 방미반대'를 둘러싸고 복귀협 내부에서는 상당한 동요가 일어나고 있다. 하나는 복귀협 집행부의 관료주의에 대한 불신이고, 또 하나는 조직이탈을 암시하고 있는 동맹계의 전일본해원조합(全日本海員組合) 및 전국섬유산업노동조합동맹(全国纖維産業労働組合同盟) 지부, 또 다른 하나는 야라 정권 유지를 위한 사대당의 입장이다.

이러한 복귀협 내부의 동요와 대립은 11월 사토 방미와 더불어 더욱 심각해질 전망이다. 또한, 동시에 지금까지의 섬 전체 투쟁이 지닌 몰계급적(沒階級的)이고 몰이론적(沒理論的) 체질에 대해서도 가차없는 질문이 던져질 것이다. 복귀협의 향후의 투쟁과 방향은 다시 한 번 총파업으로 11월 사토 방미를 저지하자는 급진적 노선과 야라 주석, 사대당, 전일본해원조합, 전국 섬유산업노동조합동맹으로 대표되는 온건노선의 대립이라는 형태로 상당한 진폭과 혼미를 거듭할 것이다.

교직원회의 이기주의

야라 정권과 복구협의 체질 문제와 관련해서 오키나와 교직원회와 일본관공청노동조합협의회(日本官公庁労働組合協議会-이하 관공노)의 태도도 문제이다.

교직원회나 관공노 안에도 사상적으로 상당히 급진적인 하부 조합원이 소수 있는 것은 분명하지만, 대체로 '복귀'의 대의명분에 숨겨진 생활인으로서의 사욕이 강하다. 예를 들면, 민간기업체들은 복귀로 예상되는 자본의 재편성과 기업정리로 인해 일찍부터 불안의 그림자를 드리우고 있고, 사회 정세도 전체적으로 심하게 동요하고 있지만, 교직원과 공무원들은 복귀 후에 국가공무원의 처우를 받고 수평 이동을 통해서 현재보다 높은 임금과 확실한 신분을 보장받을텐데, 그들은 이러한 생활인으로서의 사욕으로부터 얼마나 자유로울 수 있겠는가.

교직원회에서 말하는 국민교육이나 민족의 자긍심이란 것은 베트남 해방전선에서 보이는 민족해방사상의 질과는 전혀 다른 것이다.

기지, 그 자체를 생활 기반으로 하는 군노동자가 임금인상과 권리투쟁으로부터 출발해, 스스로 자신의 '밥벌이'를 없애는 <반전, 반기지>투쟁에 발걸음을 내딛는 것에 비해, 오키나와 교직원들이 예상가능한 <국가공무원>의 처우를 거부하면서까지 오키나와 민중이 희망하는 곳으로 자신을 몰아가는 자기부정의 사상을 가질 수 있는지 의문이 드는 것이다.

4·28이 교직원과 관공노의 총력을 확인시켜 주긴 하지만 그럼에도 아이치 방미반대나 전오키나와군노동조합 그 밖에 민간노조의 투쟁과 긴밀한 연대를 가지지 못하는 것은 두 조직이 내포하고 있는 기본적인 성격 차이로, 두 조직의 운동의 한계를 거기에서 찾아야 한다.

교육의 중앙집권화만 보더라도, 현재는 오키나와가 본토보다 지구별 자치권을 확보하고 있어서 민주적 교육제도라는 점에서 본다면 더 우수한 면도 있다. 그것은 본토와 오키나와의 교육제도를 구체적으로 비교해 보면 더 확실해진다.

그럼에도 불구하고 일찍이 모리 구상(森構想)[40]으로 <교육권의 분리반환>을 내세웠을 때, 어이없게도 덥썩 받아들인 것은 무슨 까닭인가. 이를 통해 '복귀'라는 대의명분에 감춰진 교직원회의 이기주의를 본 것은 나뿐만이 아니다.

개발이 뒤떨어진 지역에 가면 의사와 선생은 신적인 존재가

---

40 오키나와 반환과 관련하여 최대의 문제는 미군기지 문제였으나 당시 베트남전쟁 중이었기 때문에 정면으로 기지문제를 다루기는 곤란했다. 이에 총무장관 모리 키요시(森清)가 '교육권 분리반환' 구상을 제안한다. 즉 기지존폐는 일단 논외로 하고, 교육, 호적, 산업정책 등의 분야에 한해 일본으로 반환한다는 단계적인 반환론을 말한다. 그러나 이후 사토 수상은 이 구상에 반대의견을 표명하였다. http://www.geocities.jp/since7903/Syouwa-shinkenpou/63-satou-vol2.htm 참조.

된다. 지난 주석 선거에서 보수정권의 표밭이었던 농촌지역이 혁신을 지지함으로써 자민당의 패인이 된 것은 그러한 후진성이 커다란 요인이 된 것일 뿐, 농민들의 생각이 바뀌었기 때문은 아니다. 억압의 밑바닥에서 보수정권의 표밭이 되는 농민들, 그들의 정치적 소외 실태를 스스로의 사상으로 삼지 않는다면, 오키나와의 선생들은 혁신이라는 이름으로 민중을 배신하는 것에 지나지 않는다.

'뻔뻔하게 지껄이지 마라'

마지막으로 오키나와 학생들이 무슨 생각으로 투쟁을 계속하는지 생각해 보자.

학생투쟁에도 카쿠마루, 일본민주청년동맹, 사회주의동맹 등 다양한 분파가 있는데, 본토의 각 분파들과 이론적으로는 특별히 다르지 않다. 다만 오키나와 학생투쟁에서는 카쿠마루 계열이 우수한 이론적 리더와 조직책을 보유하고 있어 다른 분파보다 압도적인 힘을 가지고 있고, 카쿠마루 계의 리더십은 흔들리지 않을 것이라는 점이 본토와는 다르다. 문제는 카리스마적인 요소를 강화함으로써 조직 유지를 도모하고 있는데, 그것은 그들이 가장 비판하는 대상인 스탈린주의와 샴쌍둥이 같은 형태를 취하고 있다는 점이다. 주목할 만한 것은 무당파(無黨派)들의 생각이다. 여기에서는 지난 4·28 대회장에 뿌려진 무당파의

「오키나와의 상황과 전선」이라는 제목의 전단지를 보도록 하자.

제목은 "오키나와의 망령된 속박을 깨부수라! 현재 상황을 철저히 파괴하라!"로 되어 있다. 정세분석은 놔두고 그들의 사상을 요점만 소개하면, "오늘날은 어디에서 일어나는 사건이든 국경이라는 영역을 넘어서 세계의식의 공유 가능성을 가지게 된다. 오키나와의 극히 국지적인 사상운동도 그 자체로서 세계의식의 공유 가능성을 내포하고, 세계를 관통하는 것으로 현실성을 가진다. 따라서 사상운동이란 현재 살고 있는 곳의 부(負)의 역사성과 사회적 구조에 얼마나 파고들었는가가 자신의 생명 정도를 상징한다." "우리에게 있어 '오키나와 투쟁'은, 오키나와 자체의 사회구조 개혁과, 그 이데올로기적 기초(질서)를 형성하고 있는 정신과 사상적 지양과, 그리고 무엇보다도 끊임없이 우리 존재 자체에 대해 자문하는 속에서만 존재하는 것이다." "<오키나와 투쟁> 그 자체는, 반환이라든가 탈환 혹은 최대강령주의적으로 제시하는 오키나와 인민해방투쟁이라는 현재적 전술의 악순환이 아니다. (일본 인민해방조차 못하는 놈들이 어떻게 오키나와 인민해방을 하겠다는 것이냐, 뻔뻔스럽게 지껄이지 말라.) 기껏 샌프란시스코 조약 3조를 파기시켰다고 하더라도 현실적으로 우리가 직면해 맞붙어 싸워야만 하는 것은 일본 제국주의 전체와의 계급투쟁이다." "오키나와의 역사적 부하(負荷)로 인해 생긴 급진적이라는 문제성은, 오키나와의 현실을 일방적으로 정의내리고 있는 일본국 헌법, 그 자체에 대한 환상을 어떻게 그리고 왜 극복해야만 하는가라는 하나의 명제를 우리들에게 제시하고 있다." 대략 이상과 같은 내용이었다.

오키나와 투쟁은 우리들 자신의 존재 자체에 대해 끊임없이 스스로 질문을 던지는 속에서만 존재한다. 거기에는 어떤 의미로든지, 스스로 권력을 장악하겠다는 가능성을 거부하는 의식이 있다. 동시에 이를 '오키나와 투쟁'이라고 하는 특정 지역의 전체성이 아니라 '개인'의 순수성을 지향하는 사상으로 파악해야 한다.

이 경우 <프롤레타리아 독재>나 <노동자 권력 확립>이라는 고유한 정치적 문제는 논외로 한다는 것에 다른 분파들과 차이가 있다.

사상이란 존재로서의 깊이 안에서 상승과 하강을 반복하며 만들어지는 것으로, 사상투쟁은 '개체'(個)의 순수성을 지향하지 않을 수 없다. 그러나 자신을 막다른 궁지에까지 몰아붙일 정도의 절대 순수는 불가능하고, 오히려 인간의 불순성 또는 모순이라는 자기 부조리가 부각되게 된다. 거기에서 이른바 우리들의 자기표현의 에너지 또는 행위 충동이 일어나는데, 아마도 나가사키 히로시(長崎浩)의 『반란론(叛乱論)』도 그러한 지점에서 나온 것으로 보인다. 강령이나 특정 이데올로기가 없어도 인간은 자기 자신에게 반란한다. 즉, 목적이 없는 반란은 결코 타인과의 관계를 추구하지 않지만, 인간은 사회적 존재로서 사상 이전에 어떤 관계 속에서 규정되어 있기 때문에, 개체의 반란은 필연적으로 관계하는 다른 반란을 촉구하는 결과가 된다.

그런 의미로 사상이란 개인적인 것이고, 사상하는 것에 사로잡힌 사람은 조합이나 대중조직이라는 전체성으로부터 점차 거리를 두게 된다. 그 거리만큼의 깊은 고립 속에서 자기라는 존재의 정당성을 논리화하고 또는 행위를 한다. 거기에 자기 반란이 있고 진정한 투쟁이 있는 것이다.

따라서 연대를 위한 사상이나 투쟁은 없지만, 개체의 투쟁의 과정에서 행위의 형식이 연대의 형식을 취하는 것이다. 물론 사상이 개체의 순수성을 지향하는 이상, 연대는 일정한 시간적인 것에 불과하다. 그 시간대에 있는 동안의 투쟁은 '오키나와 투쟁'이라든가 '○○대학투쟁'이라고 하는 전체적인 형태를 부여받게 된다. 그 같은 개체의 투쟁이 다른 것과 구체적인 관계를 가지면, 거기에서는 또다시 사람들의 다양한 욕망과 환상이 복합된 이질적인 투쟁이 만들어진다. 이러한 전체로서의 이질적인 투쟁에 어떤 가능성을 추구하는가가 문제가 된다. 그러므로 또다시 투쟁의 객관화=자문=자기존재의 정당성 즉, 자기 반란이라는 과정을 거치게 되는데, 그러기 위해서는 투쟁하는 민중에너지의 화합과, 민중이라고 불리는 전체성을 개체에 환원시켜 그 투쟁의 내실에 의미를 부여할 수 있을 만큼의 상상력이 필요해진다. <현재적 전술의 악순환>을 돌파할 수 있는 것은 그러한 상상력이 아닐까.

그렇다고 해도 학생들은 왜 굳이 실존적 자문 안에 중요한 투쟁의 실마리가 있다는 것을 새삼스럽게 강조하는 것일까. 그것은 지금의 오키나와는 자기의 일상적 존재기반에 관한 질문을 포기한 채, 의제(擬制)의 언어에 몸을 맡기고 헛된 행위를 반복하고 있기 때문이다. '복귀, 반환, 탈환, 오키나와 해방'이 모두 전형적인 의제의 언어로, 저변에서 발신된 민중 사상들은 그 안에서 번번이 사멸되고 있다.

투쟁 혹은 운동의 대의명분에 대한 고집이 시작될 때, 이미 민중의 내발적 지향은 운동 또는 조직 자체를 넘어서게 되는 것이다. 그리고 지금 오키나와 민중들은 그 지향을 표현하기 위해 새로운 언어를 모색하는 중이다. 학생들의 전단지에서 보이는 짜증과 증오와 거부감은 그러한 고뇌를 나타내는 것이다. "일본 인민해방조차 못하는 놈들이 어떻게 오키나와 인민해방을 하겠다는 것이냐, 뻔뻔스럽게 지껄이지 말라"면서 제멋대로 분노를 터트리고 있는데, 이것은 본토의 저널리즘을 비롯해 좌익 진영에 범람하고 있는 '오키나와론'에 대해서, 잡혀 뜯어먹힌 자들[41]이 가지는 반감으로, 어떤 면에서는 심정적으로 공감할 수 있다.

미증유의 출판 붐에 편승해, 입버릇처럼 말하는 <안보의 보루>, <일본혁명의 거점>, <오키나와 해방> 운운하는 말들이 범람하고 있다. 오키나와에서 자기와의 투쟁을 하고 있는 자들의 입장에서 보면 그 대부분은 뻔뻔스러운 것들이다. 우리가 오

---

41 원문은 喰い荒れたものたち.

키나와의 현실과 싸우기 위해 사상적 양식으로 삼는 것은 번드 레한 오키나와론이 아니라 '오키나와'가 한마디도 언급되지 않는 논문들이다. 용수나무의 뿌리처럼 역사의 어둠 속에 사로잡혀 있는 우리의 의식이, 요설(饒舌) 속에 간단하게 녹여져 온갖 출판물로 바뀌고, 본토보다 3할이나 높은 가격으로 가게 앞에 진열되는 것을 보면, 말할 수 없이 참담한 심정에 사로잡히게 된다.

오키나와 말은 전혀 사용할 수 없게 되어, 일본어로 읽고 쓰고 생활하면서도 꿈속에서는 어린 시절의 이 사람, 저 사람과 함께 오키나와 말의 세계에서 살고 있는 것은 뭐라 말할 수 없는 불가사의한 슬픔이다.

어렸을 때 일본어를 쓰며 살지 않았던 까닭에, 의식적으로 흡수한 말들은 아무리 시간이 지나도 내재화되지 않아서, 갑자기 뭔가 표현하려고 하면 길들여진 관념의 축적이 잡동사니처럼 쏟아져 나올 뿐, 안에서 소용돌이치는 정념은 전혀 언어를 부여하지 못한다.

그래서 논문이나 일종의 평론 같은 것은 어찌어찌 쓰기는 해도, 시나 소설, 연극처럼 체내화(體內化)된 언어를 필요로 하는 카테고리가 되면 말더듬이가 된 듯한 절망에 내동댕이쳐진다. 마치 벙어리 처녀가 사랑에 빠진 것처럼 안에서 복받치는 그 무엇인가를 참지 못해 몸을 뒤틀고 있다. 그것은 어처구니없는 웃음거리이기도 하다. 여기 오키나와에서는 권력의 중층구조와 언어의 소외(또는 차별)를 한 장의 지도로 명확하게 나눌 수 있다. 슈리(首里)와 나하, 나하와 오로쿠, 이토만(糸満), 그리고 오키나와 본섬과 미야코, 미야코 안에서는 히라라와 히사마츠, 교하라(鏡原), 니시하라(西原) 주변의 방언 차이는 세분화된 지배구도이고, 의식 영역에 있어서의 엄연한 차별이다. 그리고 그것은 오키나와 전체와 본토와의 대비에서도 성립된다.

이러한 언어의 균열은 최근 전파(電波)와 커뮤니케이션 기능의 급속한 발전으로 더욱 혼란스러워지고 있는데, 미국인보다 영어를 잘하는 오키나와 사람이 있는가 하면, 도쿄 사람보다 일본어를 잘하는 가마데(カマデー, 주로 백성 또는 서민이라는 뜻의 오키나와 방언)도 있지만, 언어영역에서의 차별은 그다지 해소되지 않았다. 언어영역의 차별이란 지배자 측의 말과 동일한 언어대(言語滯)에 있는 사람들이 그렇지 않은 곳에 있는 사람들을 차별하는 일방적인 행동이 아니다. 정치나 경제라는 제도적 차별은 상당히 일방적인 요소가 강하지만, 언어에 있어서의 차별은 오히려 피차별자 쪽에서 더욱 완고해지는 요소를 가지고 있다. 체계적인 학문에 입각한 말이 아니라, 오키나와 안에서도 가장 저변의 소외된 방언지대에서 어린 시절을 지낸 나의 경험에 불과하지만, 아무튼 다니가와 겐이치(谷川健一)[42]가 지적하는

---

42 일본의 민속학자, 작가(1921~2013). 재야학자로서 일본문학의 원류를 오키나와, 가고시마 등의 요(謠)에서 찾은 「남도문학발생론(南島文学発生論)」 등의 업적으로 문화공로자로도 선출됨. 다니가와가 기획한 총서에 이 책의 저자 가와미츠 신이치도 글을 실음. 제2부 4번째 글(좌담) 참조.

나선형 사고라고도 할 수 있는 오키나와 전체의 의식구조는, 그러한 방언 기능에서 나온 측면이 있다는 생각이 든다. "뻔뻔스럽게 지껄이지 말라"는 학생들의 잠재적 의식 속에는 언어를 무겁게 받아들여 짊어지는 것이 아니라 그냥 흘러가게 두는, 얄팍한 오키나와론에 대한 분노가 담겨 있다고 해야 할 것이다.

가게 앞에 진열된 오키나와론의 대부분이 <출판 자본을 통한 수탈> 이외에 무슨 의미가 있는가라는 슬픈 농담도 있지만, 이는 우리들이 당연히 해야 할 일을 하지 않고 있는 게으름에 대한 채찍질이라 할 수 있다.

70년 안보투쟁 이후, 사토 정부의 일그러진 웃음 속에 오키나와가 덥석 잡혀 들어가게 될 때, 오키나와 문제는 출판 채산이 맞지 않게 되고, 결국 출판물의 내용은 관광객의 흥밋거리가 될만한 것으로 채워지게 될 것이다. 출판계나 저널리스트 그 누구의 뜻을 거스르고서라도 오키나와에 천착해야 할 만한 주제를 자기 안에 주체적으로 품고 있는 사람이 몇 명이나 될까.

기만, 그 자체라고 할 수밖에 없는 '이민족 지배로부터의 해방'이 실현되어 몇 명의 글쟁이들과 혁신가들이 역할을 다했다는 충족감에 오키나와로부터 눈을 돌릴 때, 무게를 가진 진정한 투쟁이 오키나와에 주어질 것이다. 그 무거운 짐을 지고 투쟁의 선두에 설 수밖에 없다. 외길에 선 학생들은 지금 오키나와의 망령된 속박을 깨부술 수 있는 사상을 창조할 것을 강요받고 있다.

진정한 해방과 개인들의 투쟁의 화합을 실현하기 위해서는 스스로를 해방시킬 수 있는 사상을 각자 가지는 수밖에 없다. 동시에 모든 사상은 체제에 대해 사형선고를 내릴 수는 있지만, 사형을 집행하기에 충분한 물리력으로 전환시키는 일은 기대하기 어려우므로, 우리들이 특정한 사상과 언어를 가지고 살기 위해서는 '폐허'적 상황 속에서 하나의 잔해가 되어, 우리들 자신을 내던지는 것 외에는 당분간 방법을 찾을 수 없을 것이다.

그러나 삶에 대한 충동에 이끌림과 더불어 죽음의 관문이 열리는, 이 비(非)생물적인 관념의 지향은 도대체 무엇인가. <인간의 총체적 가치의 재창조>라는 말은 무성하지만, 소비에트 혁명의 전사 예세닌이 혁명정권을 이룩한 새벽에 차가운 총구를 관자놀이에 들이대고 스스로 죽음을 수용한 것은 왜일까.

<인간의 총체적 가치의 재창조>란 황폐한 극한에서 인간이 만들어낸 죽음에 대한 나르시시즘에 지나지 않다는 의미일까. 누군가의 말처럼 "인간은 평화를 감당하지 못한다"는 생각이 든다. 그러나 인간은 감당할 수 있는 평화를 소유한 적이 없을 뿐, 평화를 감당하지 못한다는 것이 선험적인 원리가 될 수는 없을 것이다. 예세닌은 왜 그 시점에서 죽은 것일까. 그는 자신의 손을 빌려 목숨을 끊은 것일까, 아니면 스스로가 스스로를 죽인 것일까, 아니면 죽음을 동경한 것일까. 알 수 없다. 스스로 이해하지 못하는 것에 해답을 주지 못한 채, 하나의 잔해가 되어 적에게 자신을 내던질 수 있을까.

한 사람의 황폐함이 시작이고, 한 사람의 황폐함이 만드는 폐

허가 사건의 시작임은 분명하지만, 또한 사람은 황폐함에 머물러 있지 못하기 때문에 전진할 수밖에 없지만, 자기 존재가 사라진 다음 세상에서 누가 좋은 꿈을 꾸든 그것은 이미 나와 무관하다. 그렇다면 하나의 잔해가 된다는 것은, 그 자체에 인간의 생 전체를 충족시킬만한 가능성이 포함되어 있어야만 한다. 그것은 자신이 하나의 잔해가 될 수 있는 장소에 몸을 드러내는 것 외에는 달리 증명할 도리가 없다. 그런데 학생들은 <일본 제국주의 전체와의 계급투쟁>이라고 말한다. 그러나 그들은 아직 명확하게 <계급>을 규정하지 못하고 있다. 고전적인 계급 규정으로는 대응할 수 없게 된 현 상황에서, 물질적인 의미에서의 <굶주린 자들이여>라는 외침은 돋보기로도 찾아볼 수가 없다. 오키나와와 본토의 '투쟁'의 공통점은 구속되고 억압된 정신, 혹은 '의식의 해방'이라는 요소가 강하고 기아에서 해방된다는 뜻은 없다. 오늘날의 '기아'는 물질적인 것이 아니라 정신적인 것이라고 할 수 있다.

즉 현 체제의 정반대의 지점을 구성하는 <계급>이 반드시 노동자라고는 할 수 없다. 그러므로 종래의 노동조합은 지금 다시 한 번 해체되고, 체제의 반대 지점을 구성할 새로운 계급 조직으로 재편성되어 할 것이다. 계급투쟁 속에서 보이는 노동자의 영웅상은 이미 옛날이야기가 되었고, 파리와 도쿄 그 어디에서도 권력과의 대치를 승계한 것은 '노동조합'이 아니라는 것은 분명한 사실이다.

오키나와에 대한 군사지배는 미일 합작으로 마지막 마무리에 들어간 단계이다. 따라서 지금까지의 오키나와의 투쟁구도를 크게 바꾸지 않으면 안 된다. 구원의 실마리로 믿었던 국가는 환상의 베일을 걷어내고 있다. 본모습을 드러낸 견고한 국가와 용수나무의 뿌리처럼 파고든 민족이라는 정체 모를 구속으로부터 건설에 대한 의지를 물질적, 정신적으로 박탈당하고, 참여를 거부당하고 있는 자들은 한 사람, 한 사람이 망명자로서의 의식을 가지지 않으면 출발할 수 없다. 망명자에게 허락된 행위는 만드는 일에 대한 참가가 아니라 만들어진 것을 절대적인 것으로 용인하는 일, 그리고 일방적으로 복종을 강요당하는 일뿐이다. 망명자로서 그런 일방적인 관계를 용인하고 싶지 않다면, 그들에게는 기성의 가치를 파괴하는 행위만이 남는다. 조국을 거부하고 투쟁하는 망명자의 사상을 구축해야 한다. 그러나 이렇게 말해도 결국 문제제기에 지나지 않으며, 그저 아는 것은 "그때 깜짝 놀라 뒤를 돌아보거나 비명을 지르며 도와달라고 해서는 안 된다"[43]는 것일 뿐이다.

(1969년 『정황』 8월호)

---

[43] 이 장의 글머리에 나온 설화를 빌어, 새롭게 맞는 상황에 대해 경고하고 있는 말. 일본 귀속보다도 미국 치하가 좋았다거나 하는 식의 표면적 반성은 위험하다는 의미이다(저자의 보충설명).

제2부

오키나와 자립을
향한 입헌초안(立憲草案)

류큐의 자치와 헌법

복귀에서 배운다

일본군과 미군의 사투가 벌어진 류큐섬은 일본군의 패배로 미군에게 점령되었다. 그리하여 1945년에는 '미 군정부'가 만들어지고, 다음 해에는 이른바 '난세이제도(南西諸島)[1]'의 행정 분리가 선언되었다. 1950년에는 '오키나와 군도정부(群島政府)'와 '군도의회(群島議會)'가 조직되고, 동시에 항구적인 기지건설이 시작되었다. 다음 해인 1951년, 샌프란시스코에서 열린 미일 단독 강화조약에 의해 아마미를 포함한 '난세이제도'가 미국의 통치 아래에 놓이게 된다.

그러는 사이에 일본 체제 측의 동향과 반체제 측의 상황 판단은 서로 정반대의 입장에서 류큐의 처분에 찬성하는 오월동주(吳越同舟)식의 대응을 한다. 천황을 보필하는 자들이 국체(國體), 즉 천황제 유지를 최우선하여 류큐제도의 할양(割讓)을 거래에 이용했다는 것을 전후의 역사는 분명하게 보여주고 있다. 또한 천황의 속내, 즉 류큐 할양은 미군을 위한 선물이었다는

---

1 큐슈 남쪽부터 대만 북동쪽에 걸쳐 위치한 크고 작은 섬들을 말한다.

이야기도 이미 알려진 바대로이다.

그러나 일본공산당은 잘못된 상황 판단을 하고 '축 류큐독립'이라는 축전을 보냈다. 미군의 류큐 점령을 일본 제국주의로부터의 해방이라는 한쪽 측면에서만 파악하고 있던 것이다.

완전히 다른 각도에서 형성된 하나의 조류가 '류큐'의 숙명을 결정짓는 압력이 되어, 종전 처리에서부터 72년 본토 복귀까지 반성도 없이 지속되었다.

요컨대 일본의 전후 체제는 국체 수호의 '빚'을 갚기 위해 미국의 억지 요구를 받아들일 수밖에 없었다. 그 대신 그 노선을 유지함으로써 전후의 경제부흥을 성공시켰다.

72년 본토 복귀 당시에도 미국과 일본의 '류큐'를 둘러싼 '이권'이 절묘하게 일치해서, '국체수호' 거래 때와 마찬가지로 기본적인 문제는 보류한 채 이권 조정을 위한 밀약외교를 하게 되었다.

'니시야마 사건(西山事件)2'에서 폭로된 것처럼, 오키나와의 기지건설 강화·항구화 및 '배려예산'3 등 국민의 눈을 속이는 협잡외교로 또다시 미국의 '오키나와 이용'을 거들어 준 것이

---

2 마이니치신문 정치부 기자였던 니시야마 다키치(西山太吉)가 1971년 오키나와 반환협정에 얽힌 기밀정보를 입수해 일본사회당 의원에게 제공한 사건이다. 이 사건으로 니시야마는 국가공무원법 위반의 혐의로 유죄를 선고받았다.

3 오모이야리 예산(思いやり予算). 방위성 예산에 계상(計上)된 '재일미군 주둔경비부담(在日米軍駐留経費負担)'의 통칭. 재일미군의 주둔경비에 대해 일본측이 부담하는 금액의 일부로, 미일지위협정 및 재일미군주둔경비부담특별협정을 근거로 지출된다.

'복귀'의 본질이었다. 중국과 소련을 포위하려는 미국의 군사적 이권과 국외로 팽창하는 일본의 경제적 잉여(剩餘)가 오키나와를 거래의 대상으로 삼을 호기를 얻은 셈이다.

또 국제해양법상 규정된 배타적 경제수역 200해리를 상정하면 동중국해의 가스유전과 센카쿠제도(尖閣諸島)[4]의 해저유전 등, 자원이 부족한 일본의 경제적 이권도 당연히 커진다.

게다가 여기에는 아시아 나라들을 침략하기 위한 거점으로 오키나와뿐만 아니라 일본 전토를 '산 제물'로 삼겠다는 미국의 은밀한 계산이 있었다고 할 수 있다.

이러한 미국과 일본의 거래에 대해, 공산당을 비롯한 본토의 '혁신 계열'은 종전 직후에 '축 류큐 독립'이라는 축전을 보냈던 것처럼, 이번에는 '오키나와는 우리들의 것'이라고 읊어대는 판단착오를 반복했다. 복귀 당시의 실수는 오늘날의 미군 재편성으로 이어졌고, '오키나와 희생'이라는 정치압력을 구조화시켜 버렸다.

체제 측의 이권과 혁신 쪽의 얄팍한 내셔널리즘적 양심이 미일관계를 고착화시키고 오키나와의 상황을 악화시키고 있다.

헌법과 복귀

복귀가 임박해 오자, 오키나와의 혁신 세력들은 조국으로 돌

---

4 중국명 댜오위다오(釣漁島).

아가자는 슬로건을 평화헌법으로 돌아가자는 것으로 목표를 일부 조정했다. 참의원 의원인 오타 마사히데(大田昌秀)[5]도 그중 한 사람이다. 나는 이에 대해 다음과 같은 반론을 펼쳤다.

헌법은 그 나라의 기본법으로 실정법과는 별개이다. 그 기본법에 복종한다는 것은 그 나라의 무수히 많은 실정법에도 복종한다는 의미인데, 법제도 성립과정에도 참여하지 않은 우리들이 그것을 인지할 도리는 없다.

헌법은 대통령 행정명령처럼 이념만 펼쳐 놓을 뿐, 실제로는 수많은 명령·포고와 같은 실정법에 의해 권리가 제한되고 의무가 부과된다. 일본 평화헌법도 기본적 인권이나 언론의 자유 등 갖가지 권리 따위를 아름답게 노래하고 있지만, 대통령 행정명령 하에서 총검과 불도저로 토지를 강제 수용했던 것처럼 지배자의 형편에 맞게 해석되는 것에 지나지 않는다.

요컨대 점령자의 법치는 법제도에 대한 거부감을 강화시켰고, 점령자의 법치에 대한 불신감은 신체적 경험에 의해 심화되었다.

다만, 복귀 때나 지금이나 생사의 갈림길로 내몰려 지푸라기에라도 매달리고 싶은 심정일 뿐이다. 미일 군사동맹이 이대로 진행된다면, 오키나와는 일본군과 미군의 기지로 전락하고 만

---

5 오키나와 출신 사회학자, 역사학자, 정치인(1925~). 류큐대학 교수, 오키나와현 지사를 역임했고 2001년부터 사회민주당 계열 참의원을 지내다가 2007년에 정계를 은퇴했다.

다. '자위대의 군함을 파견해 국민(오키나와)의 의사표현을 탄압하자', 이렇게 제멋대로 해석하는 헌법 아래에서 법제도에 준한다는 말 따위는 제정신으로 할 수 있는 말이 아니다.

일본은 양복으로 갈아입은 군인 각료들에 의해 그 옛날 제국군(帝國軍)이 사용한 '문답무용(問答無用)'의 탄압체제로 돌진하고 있다. '회색 헌법을 현상유지하자'고 외치며 평화타령이나 하고 있을 때가 아니다.

고(故) 아베 정권[6]은 '전후 체제로부터의 탈피', 즉 '군사제국'으로 진로를 변경할 것을 선언하고 총반동화(總反動化)로 방향전환을 서둘렀다. 그렇다면 오키나와의 '전후 체제'는 어떠했는가? 미군과 일본군이 군사기지를 강화하고 계속되는 미군의 세계전쟁에 가담하는, 본의에서 벗어난 '체제'에 불과했다. 따라서 오키나와에 있어서 '전후 체제로부터의 탈피'란 우선 미일 군사기지 철거를 기본으로 한다. 그러나 아베 정권이 목표로 하는 '체제 탈피'는 오키나와에 있어서는 '체제 강화와 강제'일 뿐이다. 일본에서는 전후 체제를 유지해 온 교육, 복지, 인권, 그 외 기본법들이 개악(改惡)되었고, 이어서 헌법개악을 노리고 있는데, 그 여파는 기지가 있는 곳이나 오키나와와 같이 약한 곳으로 집중될 것이다.

---

6 2012년 말에 발족한 현재의 아베 정권이 아니라, 단명에 그친 아베 1차내각 (2006.9.26~2007.8.27)을 가리킴.

'오키나와 전후 체제' 속에서 오키나와 그 자체를 떼어내 팔아먹고는 모른 체 해 온 사람들은, 미일 군사체제 강화와 오키나와전투의 체험을 따로 분리함으로써 상황을 외면하고 있다. 이러한 내우외환을 어떻게 극복해야 하는가?

이를 위해, 다시 한 번 복귀의 막바지에서 계시와 같이 떠오른 '헌법으로의 복귀'를 역이용해 생각해 보자. 즉 일본국 헌법의 기둥인 헌법 9조가 개악되면 오키나와가 복귀한 목적도 사라진다.

이 목적을 되찾기 위해서는, 헌법 9조 엄수를 위해 자위대를 해산해야 한다는 것이 단순명쾌해진다. 그러나 현재의 대의제 아래에서는 다수파(본토)와 소수파(오키나와)의 관계상, 헛된 저항이 될 뿐이다. 그렇다면 어떤 방법이 있는가? 이 해답을 생각해 내는 것이 오키나와가 당면한 긴급과제인데 일반적인 방법으로는 되지 않을 것이다. 최근 오키나와 젊은이들의 발언이나 저작에서 공통적으로 보이는 초조한 문체가 바로 그러한 조바심을 나타내고 있는 것은 아닐까.

헌법 개정(악)은 좋은 기회

'오키나와 자립을 향한 길'을 모색하고 있는 젊은 세대의 주장을 들어보자. 예를 들어 노무라 고야(野村浩也)는 『무의식의 식민지주의(無意識の植民地主義)』에서 "<오키나와는 악마의 섬>

이라고 하는 타자의 소리에 오키나와인들은 응답한다. 더 이상 학살자가 되기를 거부한다고. 그리고 일본인들에게 호소한다. <제발 미군 기지를 일본으로 가져 가라>. 일본인들은 불편한 현실에 눈과 귀를 막을 수 있는 특권적인 위치에서 빠져나와서, 이 호소에 대해 어떻게 대답할 것인가"라고 다수파에게 행동을 촉구하고 있다.

오키나와가 국내에서 식민지 같은 위치라는 것은 전후 처분과 복귀를 통해 명확해졌고, 그에 대한 비판과 항의도 군도의회 시절부터 계속되었다. 문제는 다수파의 자각이나 반성을 촉구하는 것만으로는 이 문제가 해결되지 않는다는 것이다. 이 깊은 체념 속에서, 오키나와가 어떤 지혜를 발휘하여 미국과 일본이라는 이중(二重) 종주국의 이권을 따돌리고 자기 구제의 길을 개척할 것인가 하는 것이 과제이다.

치닌 우시(知念ウシ)[7]도 지방 신문의 기고문에서, 지적 해학이 넘치는 반역의 심정을 질주하는 듯한 문체에 실어 단호하게 말한다. 항의도 중요하고 상황을 안배해 폭로하는 것도 중요하지만, 사색과 창의적인 에너지의 초점을 오키나와에, 확대해 말하면 인류의 미래를 향한 과제해결에 맞춰 주길 바란다고.

그리고 마츠시마 야스카츠(松島泰勝)[8]는 『류큐의 자치(琉球の

---

7 오키나와 출신 작가(1966~). 도쿄대학 법학부 졸업. 『ウシがゆく－植民地主義を探検し、私をさがす旅』(2010, 未来社), 『シランフーナー(知らんふり)の暴力: 知念ウシ政治発言集』(2013, 沖縄タイムス社) 등.

自治)』에서 세계의 섬나라 독립국들을 소개하면서, 류큐 자치의 가능성을 경제학 분야에서 탐구하고 있다. 오키나와의 자치와 독립을 문제로 삼는 경우에 언제나 현실적인 경제문제라는 난관에 부딪혀서 '고구마와 맨발론(いも素足論)[9]'으로 기우는 경향이 있다.

저자는 이러한 오키나와 자체의 의존적 체질과 소극적이고 약한 주체성을 질타하듯 격려하면서, 가치관 전도에 의한 난개발보다는 차라리 '고구마에 맨발'을 선택하겠다는 각오로 자치를 향한 길을 개척해 가자고 제안한다.

이들 세대는 도주제(道州制)[10]를 주제로 연구하고 있는 시마부쿠로 준(島袋純)[11]과 사회학 분야에서 전후사상을 정리하고 있는 야카비 오사무(屋嘉比収)[12] 등과 연대해서 오키나와의 향방을 설정할 기초를 제공할 것이다. 그때는 타이라 코지(平恒次)[13], 사키

---

8 오키나와 출신의 경제학자(1963~), 류코쿠대학(龍谷大学) 교수, 2013년 5월 '류큐민족 독립총합연구학회' 창설, 회장.

9 미군기지가 없어지면 오키나와 경제가 파탄되어 맨발에 고구마를 먹던 생활로 되돌아갈 것이라는 말. 1968년 주석 선거에서 미군기지 철거와 무조건 반환을 내세운 야라 초뵤에 맞서, 보수진영의 니시메 준지가 했던 주장이다.

10 도주제란, 행정구역으로서 도(道)와 주(州)를 두는 지방행정제도이다. 일본의 행정구역은 현재 도도부현(都道府県)을 기본으로 하고 있으나, 홋카이도(北海道) 이외의 지역에 수 개의 주를 설치하여 지금보다 더 높은 지방자치권을 부여하려는 구상이 있다(2006년 12월 도주제특구추진법 성립). 오키나와의 경우 단독으로 '오키나와주(沖縄州)' 혹은 '류큐주(琉球州)'를 모색하려는 움직임이 있다.

11 오키나와 출신 정치학자(1961~). 류큐대학 교수.

12 오키나와 출신 역사학자(1957~2010). 오키나와대학 교수.

13 오키나와 출신 경제학자(1926~). 일리노이대학 명예교수. 『일본국개조 시론』(日本国改造試論: 国家を考える, 講談社, 1974)을 통해 류큐독립론을 제창.

130

마 빈쇼(崎間敏勝)[14], 이미 고인이 된 키유나 츠구마사(喜友名嗣正)[15] 등의 선배들이 한 작업도 확실하게 살펴봐야 할 것이다.

그 밖에도 사상이나 문학 방면에서는 복귀를 둘러싼 사고의 경로를 다시 정리하고 있고, 개인이 국가나 세계와 어떻게 관계를 맺어야 할지를 다시 생각하고 있어, 사상의 골격을 재정립하려는 조류가 힘있게 형성되고 있다. 그 선두주자로 다카라 벤(高良勉)[16], 나카자토 이사오(仲里効)[17], 메도루마 슌(目取真俊)[18], 히야네 가오루(比屋根薫)[19], 사키야마 타미(崎山多美)[20] 등을 들 수 있다. 그들은 '변경', '주변', '국경'이라는 국민국가 의식의 틀을 뛰어넘는 미래사회를 구상하고자 한다.

그렇다면 '헌법으로의 복귀'라는 오키나와의 복귀 목적에 발길질을 가하고 있는 일본의 정세에 대해 어떻게 대응을 해야 하는가. 잘못된 대응을 한다면 오키나와는 또다시 노예나라(奴

---

14 오키나와 출신 행정가, 정치인(1922~2013). 전 류큐정부 법무국장 및 내무국장 등 역임. 1971년에 류큐독립당(琉球独立党) 결성, 당수로서 참의원선거 출마.
15 중국국민당과 연계를 갖고 대만에서 류큐독립운동을 조직. 류큐국민당 부당수 역임. 중국명 蔡璋.
16 오키나와 출신의 시인(1949~). 오키나와현 공문서관 사료편집실 주임전문원(主任専門員). 본명은 다카미네 쵸세이(高嶺朝誠).
17 오키나와 출신의 문필가, 평론가(1947~). 1995년 잡지 『EDGE』 창간에 참가, 편집장 역임.
18 오키나와 출신 소설가(1960~). 1997년, 『水滴』으로 큐슈예술제 문학상, 제117회 아쿠다가와상(芥川賞) 수상. 안행순 역 『오키나와의 눈물』(논형, 2013) 참조.
19 제2부 네 번째 글의 대담자.
20 오키나와 출신 소설가(1954~). 1979년 「街の日に」로 신오키나와문학상 가작, 1988년 「水上往還」으로 큐슈예술제문학상 수상, 1989년 같은 작품으로 제101회 아쿠다가와상 후보에 오름.

隸國)의 한숨 섞인 가락을 반복할 수밖에 없다.

'배신당한 복귀'의 전철을 밟지 않을 방법이 있는가. 바로 그 것이 지금 백가쟁명의 주제로 논의되어야 하는 문제가 아닌가. 지금 체제가 추진해 온 '헌법개정'을 오키나와의 입장에서는 둘 도 없는 중대한 기회로 만들 수도 있다.

다양한 구제책

오키나와 구제책에 대해서는 지금까지 다양한 방법이 구상되 고 제안되었다.

군도의회에서 신자토 긴조(新里銀三)가 발언한 것처럼 일본으 로의 귀속만이 오키나와가 선택할 수 있는 유일한 길은 아니었 다(「오키나와 조국복귀의 의미(沖縄祖国復帰の意味)」,『中央公論』 1972년 5월호,『오키나와·근본으로부터의 질문(沖縄·根からの 問い)』泰流社, 1978년에 수록). 대만 합병이나 중국 귀속, 미국 귀속, 국제연합 위탁, 류큐 독립 등이 정치적인 대안으로 구상 되었다.

그중에서도 약소지역인 오키나와가 전쟁을 피할 수 있는 방 법으로 자주 제기된 것이 주변국가 간의 조약체결을 바탕으로 한 '영세중립국' 구상이다. 그 과정으로 국제연합이나 미국의 신탁통치를 경유하는 방안이나 대만과의 동시혁명이 구상되기 도 했다.

"기지 전면반환이라는 오키나와 시정권 반환의 약속이 파기 되었으니까, 이쪽도 일본 정부의 방침에 연연해 할 필요가 없 다. 어느 나라가 오키나와의 기지를 오키나와에 유리하도록 사 용할 수 있을지, 국제 경매를 열면 어떻겠는가"라는 아이디어도 진담 반 농담 반으로 나오고 있었다.

게다가 국제연합 아시아 본부 유치를 위한 구상도 진지하게 진행되었다. 그리고 천황궁을 오키나와로 옮겨 오면 미사일 폭 격을 피할 수 있을 테니 황거 이전 운동을 하자라든가, 일본 정 부가 오키나와의 요구를 무시하면 미군을 선동해서 일본을 공 격하자라는 만화 같은 발언도 들렸다.

모든 발언이 일본어로 이루어졌고, 일본 국민이라는 감성에 서 벗어날 수 없는 상태에서 나온 것이어서 지금까지는 소수자 들의 자포자기적인 발상에 불과한 것이었지만, '발상을 위한 바 람구멍'을 뚫은 것만은 확실하다.

이러한 역사적 감성을 거쳐서, 지금 우리들은 체제가 만든 '헌법개정'이라는 상황에 직면해 있다. 이는 오키나와가 군도의 회 이래 처음으로 주체성을 가지고 역사적 선택을 할 수 있는 천재일우의 기회일지도 모른다.

즉, 지금의 헌법은 연합군 총사령부(GHQ)가 강제한 것이므 로, 이것을 일본 국민의 자주헌법으로 개정하겠다는 것이 자민 당 정권의 변명이다.

좋다, 대찬성이다. 그렇다면 진짜 '일본 국민의 주체적인 헌법'을 만들면 되지 않겠는가. 지금의 대의제 국회는 국민 최대 다수의 생각을 모으기에 불충분하다. 이를 실현하기 위해서는 47개 도도부현별로 '신헌법 초안'을 기초하게 하여, '신헌법 초안 콩쿠르'를 개최할 일이다. 매년 고시엔(甲子園)에서 하는 고교야구와 같은 방식으로 47개 도도부현을 경쟁에 부치는 것이다. 마지막 결승전은 일본 국민이 좋아하는 천황 관람 시합으로 하고, 우승 초안이 결정되면 국회에 상정하여, 국회의원들의 체면이 서도록 최종심의에 붙인다. 그리고 끝으로 천황 폐하의 서명 날인을 받는 것이다.

이것이 전 국민의 '풀뿌리 헌법'이자 주체적인 헌법이 되어, 정부와 국민이 서로 '지켜라, 지키자'라고 하는 상호신뢰가 만들어지는 것이 아닐까 생각된다. 이를 통해 우리들은 자유민권 운동 무렵의 지적 에너지를 진정 되찾을 수 있지 않을까?

이로카와 다이키치(色川大吉)[21] 등이 이룬 연구 성과를 헛되게 만들면 더 이상 일본의 미래는 없을 것이다. 총 패배를 한 일본 혁신층들은, 각 현에서 활약하는 '헌법학자'나 '시민헌법의 기초'를 꿈꾸는 사람들을 총동원해서 만든 '우리 동네 헌법 초안'을 고시엔으로 보낸다는 발상을 받아들이지 못할지도 모른다. '9조를 지켜라'나 '호헌'운동은, 전후 체제에서 '혁신'이라는 이름으로 균형가 역할을 맡아 온 계층들의, 성가신 일은 하기 싫

---

21 일본 치바현(千葉縣) 출신 역사학자(1925~). 민중의 관점에서 일본근대사를 연구.

어하는 게으른 발상에 불과하다.

자기도 모르는 사이에 '수호하라, 지키라'는 보수 합창만 하고 있고, 그 사상적 후퇴현상을 스스로 알아채지도 못하는 사람들에게 어떻게 대응해야 하는가. 더 이상 감성적으로 참신한 아이디어를 받아들이지 못하는 기성정당을 배후에서 공격하겠다는 발상이 지금이야말로 필요한 때이다.

정계가 선거 때마다 기분 나쁘게 여기는 '무당파(無黨派)' 층의 숨겨진 지적 파워가 헌법개정이라는 기회를 어떻게 이용할지가 주목된다. '한객(閑客)'이 된 70년 안보투쟁의 전공투[22]·단카이 세대(団塊世代)[23]는 속세의 생활 논리로부터, 깨달은 자의 현세 비판으로 지적 칼날을 돌릴 때가 아닌가.

자신들의 창의적인 아이디어로 헌법 초안의 기초를 만들자는 운동이 실현되지 않는 한, '기지 반대'를 외치면 기지가 강화되고, '교육기본법 개정반대'는 무시당하고 오히려 '교육기본법'이 개정되고, '호헌, 호헌'하면 헌법개악이 강행되는 '혁신' 패턴 운동에서 벗어나기는 당분간 불가능할 것이다.

국회의 사이비 민주주의에 계속 종속당한 채, 미일 군사제국으로 향하는 길에 '반대'라는 하모니를 넣으면서 뒷받침해 가는 꼴이 될 수밖에 없지 않겠는가?

---

22 전학공투회의(全学共鬪会議)의 약칭. 1960년대 말 일본에서 학생운동이 번졌던 시기에, 각 대학교에 결성된 주요 각파의 전학련이나 학생이 공동투쟁한 조직이나 운동체.
23 제2차대전 직후인 1947년부터 1949년 사이에 태어나 일본의 고도성장기를 경험한 베이비 붐 세대.

'우승헌법초안'의 경쟁작을

일본국 기본법을 입법하는, 아니 그 초안을 기초하는 단계에서부터 우리들이 주체적으로 참가할 수 있다는 것은 오키나와 주민에게 있어서는 천재일우의 기회이다.

신의 장난과도 같은 이 기적적인 기회에 오키나와의 게으름뱅이들[24]이 도쿄 쪽 혁신 균형가들의 세뇌 술수에 당황하고 있다면 세상은 이미 비관적이다. 류큐 처분 이후 백여 년 동안 피지배의 독약이 퍼져서 오키나와는 이미 구제불능상태라고 말할지도 모른다.

지금 세상에는 2012년이나 13년을 카오스 포인트로 예견하고 인류 궤멸과 지구붕괴의 위기라고 하면서 카타르시스에 취해 있는 사람들이 많다. 이런 상황 속에서, 일본이 내버린 헌법 9조를 오키나와가 감사히 받아들여 '전쟁을 정치수단으로 사용하는 국가는 필요 없다'고 선언하고, 47개 도도부현의 헌법초안 경연대회에서 보기 좋게 우승해서 다시 한 번 인류에게 궁극적 희망을 가지고 올 수 있다면, 오키나와전투에서 무참히 죽어간 영혼들도 이 죄 많은 땅에서 편안히 잠들 수 있을지 모른다.

예전에 현 상황의 막다른 골목을 타개하고 싶다는 충동에서 '류큐공화사회헌법사안(琉球共和社會憲法私案, 다음 글 참조)'이

---

24 원문은 オキナワン・ハーダーリー(沖縄・怠け者).

라는 터무니없는 시도를 한 적이 있다.

　그때 헌법 조문을 한 조목씩 차례대로 검토했는데, 일본국은 '입헌군주제'의 나라로서, 야유를 좀 하자면, 제도적으로는 19세기에서 벗어나지 못했다는 것을 알게 되었다.

　사전에서는 쇼와(昭和)[25]나 헤세이(平成)[26]라는 군주의 연호를 사용하는 것은 군주에 대한 충성과 복종을 맹세하는 것을 의미한다고 말한다(종전 후 오키나와를 미국에 내던진 천황의 속내를 상기하면서도 일본 군주의 연호를 사용하고 있다는 사실에 대한 망각증상이여!). 거기에 헌법 9조까지 무의미하게 만들어 버린다면, 오키나와에 있어서 일본국 헌법은 귀찮기 짝이 없는 짐일 뿐이다. 또한 헌법 덕분에 미일안보조약은 불가침이라는 법적 위치를 차지하고 있고, 오키나와 기지 부담의 원흉이 되고 있다. 그렇다면 그런 헌법에 작별을 고하고 자신들의 몸에 맞는 헌법 초안을 만들겠다는 것은 당연한 심정이 아닌가.

　'아마추어인 나'조차도 헌법 초안이라는 이름으로 작문을 할 수 있다. 하물며 현내의 헌법학자나 법률전문가 등이 현민의 명예를 걸고 '치요다의 숲 경연대회(千代田の森コンクール)'에 나갈 '초안'을 만들지 못할 이유가 없다. 어설픈 도로공사에 돈을 쓰기보다는 헌법 초안에 기부금과 현 예산을 물 쓰듯 써서 우승할 수 있

25　서기 1926년부터 1989년까지의 일본의 연호.
26　현재의 연호로 1989년부터 시작되었다.

는 것을 만들면 된다. 자연법으로서의 헌법은 단순하게 정리하고, 필요에 따라 실정법을 입안, 개정, 폐지하면 국회의원들도 쓸데없는 논전에 대한 부담을 덜 수 있다. 대체로 지금의 헌법에는 천황 조항이나 외교상의 준수조항 등, 헌법에 맞지 않는 실정법의 항목이 섞여 있는데, 이로 인해 헌법 해석의 폐해가 생겨났기 때문에 차라리 '단순한 것이 아름답다(Simple is Beautiful)'.

'47도도부현 헌법초안 경연대회·치요다 숲 경연대회'에 빠짐없이 참가하자는 내용의 전단지가 날아든다면 일본의 미래도 재미있어질 것이다. 류큐의 자치를 구상하는 것은 그 후라도 늦지 않다.

(2007년 7월 『환(環)』 vol.30 藤原書店)

제2절

류큐공화사회 헌법 C사(시)안[27]

1. 류큐공화사회의 모든 인민은, 수 세기에 걸친 역사적 반성과 그 위에 기초한 비원(悲願)을 달성하고, 이에 완전한 자치 사회 건설의 초석을 세우게 된 것을 매우 기뻐하면서, 직접 서명함으로써 「류큐공화사회헌법」을 제정, 공포한다.

전체 인민 서명 (별지)

류큐공화사회 헌법

<전문>

우라소에(浦添)[28]에서 흥한 자들[29]은 우라소에로 망하고, 슈리

---

27 원어 표기는, 琉球共和社会憲法 C私(試)案. 초출은 『新沖縄文学』 1981年 6号(그림 5 참조). C라는 영문 알파벳이 붙은 이유는 "당시 이러한 헌법 논의를 시도하는 것은 일본 국가에 대한 근본적 차원의 저항으로서 발언이 제한될 우려가 있었기에, 각자 마음껏 발언하기 위해 익명 지상 좌담회를 기획했고, 또 각자의 헌법 시안을 구분하기 위해, A, B, C 등의 영문알파벳을 붙였기 때문"(번역자의 문의에 대한 저자 가와미츠 선생의 답신 2014. 4. 21.)이었다. 또한 이 책에 실린 내용은, 저자가 2014년 3월에 새로 교열한 원고에 기초하고 있으며, 원저(世界書院新書) 및 웹상에 공개되어 있는 버전(http://www7b.biglobe.ne.jp/~whoyou/bunkenshiryo.htm#kawamitsushinichi)에 비해 정확하다.

28 오키나와 본섬에 소재한 도시. 14세기에 개국한 것으로 추정되는 추잔왕국(中山国 중산국)의 수도.

29 원문은 浦添に驕るものたち. 즉 이 문구의 의미를 정확히 옮기자면 "우라소에에 국가를 건립하여 권력을 뽐내며 자만하는 자들은 바로 그로 인해 멸망하고"라는 긴 문장이 된다. 여기서는 원문의 리듬감과 가독성을 살리는 방향에서 '칼로 흥한 자

(首里)[30]에서 흥한 자들은 슈리로 망했다. 피라미드로 흥한 자들은 피라미드로 망하고, 만리장성으로 흥한 자들은 장성으로 인해 망했다. 군비(軍備)로 흥한 자들은 군비로 망하고, 법으로 흥한 자들은 마찬가지로 법에 의해 망했다. 신에 의지한 자들은 신에 의해 망하고, 인간에 의지한 자들은 인간에 의해 망했으며, 사랑에 의지한 자들은 사랑으로 망했다.

과학으로 오만해진 자들은 과학으로 망하고, 음식으로 뽐내는 자들은 음식으로 망하며, 국가를 추구하면 국가의 감옥에 갇히고 만다. 집중되고 거대화된 국권(國權) 아래, 착취와 압박과 살육과 불평등과 빈곤과 불안 끝에 전쟁으로 가게 된다. 석양에 물드는 모래먼지 자욱한 고도(古都) 서역(西域)을, 또는 날아가는 새가 순간 시선을 돌려 쳐다보는데 그칠 뿐인 잉카의 수도(首都)를 잊어서는 안 된다. 아니, 우리는 지금도 초토(焦土) 위에 발을 딛고 서 있다.

구사일생으로 살아나 폐허 위에 섰을 때, 우리는 전쟁이 국내의 백성을 살육하는 장치임을 알게 되었다. 하지만 미군은 그 폐허 위에 또다시 거대한 군사기지를 만들었다. 우리는 비무장의 저항을 계속하고, 또 동등하게 국민적 반성 위에서 '전쟁 포기', '비전, 비군비(非戰, 非軍備)'를 머리말에 내건 '일본국헌법'

칼로 망한다'는 구조의 짧은 문장으로 옮겼다. 이하 '법으로 흥한 자들'까지 같은 방식으로 번역하였다.

30 오키나와 본섬에 소재. 옛 류큐왕국의 수도.

과, 이를 준수하는 국민에게 연대를 요구하며 최후의 기대를 걸었다. 결과는 끔찍한 배신으로 돌아왔다. 일본 국민의 반성은 너무도 깊이가 얕고, 가랑눈처럼 사라졌다. 우리는 이제 완전히 정나미가 떨어졌다.

호전국 일본이여, 호전적인 일본 국민들과 권력자들이여, 가고 싶은 길을 가거라. 이제 우리는 인류 파멸로 가는 동반자살의 여정에 더 이상 함께 할 수 없다.

제1장

<기본 이념>

제1조 우리 류큐공화사회의 인민은 역사적 반성과 비원(悲願)을 딛고서, 인류 발생의 역사 이래 권력집중기능에 의한 일체의 악업(惡業)의 근거를 지양하고, 이에 국가를 폐절(廢絶)할 것을 소리 높여 선언한다.

이 헌법이 공화사회 인민에게 보장하고 확정하는 것은 만물에 대한 자비의 원리에 의지하여, 호혜호조(互惠互助)의 제도를 끊임없이 창조하는 행위뿐이다.

자비의 원리를 넘어서서 일탈하는 인민 및 조정기관과 그 당직자 등의 어떠한 권리도 보장되지 않는다.

제2조 이 헌법은 법률을 모두 폐기하기 위한 유일한 법이다.

따라서 군대, 경찰, 고정적인 국가적 관리기관, 관료체제, 사법기관 등 권력을 집중하는 조직체제는 철폐하고, 이를 창설하지 않는다. 공화사회인민은 개개인의 마음속의 권력의 싹을 억누르고, 주의를 기울여 솎아내어야 한다.

제3조 어떠한 이유로도 인간을 살상해서는 안 된다. 자비의 계율은 불립문자(不立文字)[31]이며, 자신의 파계(破戒)는 자신이 범하지 않으면 안 된다. 법정은 인민 개개의 마음속에 세워진다. 어머니 달마, 아버지 달마에게 끊임없이 묻고, 자비의 계율로 사회 및 타인과의 관계를 바로잡아 나가야 한다.

제4조 먹거리를 넘어서는 살상은 자비의 계율에 반한다. 이를 위해 배고픔을 참고 견디며, 생존하기 위한 생물 식물 동물[32]의 포살(捕殺)은 개인과 집단을 불문하고, 오직 자비의 내해(內海)에서만 이루어져야 한다.

제5조 중의(衆議)에 임해서는, 제대로 먹지 못하는 이들의 총의에 깊이 귀 기울이고, 자비의 바다가 얕은 자들에 이끌려서는 안 된다.

---

31 불교의 선종에서, 불도의 진리는 마음으로 깨닫는 것이지 따로 문자·말이 필요하지 않다는 뜻.
32 원저에는 生植動物로 표기됨. 이번 역서 출간작업 중 저자가 바로잡음.

제6조 류큐공화사회는 풍요로워져야 한다. 의, 식, 주, 정신, 생존의 모든 영역에서 풍요해져야 한다. 다만 풍요함의 의미는 항상 자비의 바다에 비추어 되묻기를 게을리해서는 안 된다.

제7조 빈곤과 재해를 극복하고, 비황(備荒) 대책을 중의하여 공생을 위해 힘을 합쳐야만 한다. 다만, 가난함을 두려워하는 것이 아니라, 오직 불평등을 만들어내는 마음의 빈천함(貧賤)을 두려워하고 기피해야 한다.

제2장

<센터 영역[33]>

제8조 류큐공화사회는 상징적인 센터영역으로서, 지리학상의 류큐호에 포괄되는 섬들과 해역(국제법상의 관례에 따른 범위)을 정한다.

<주(州)의 설치>

제9조 센터 영역 내에 아마미주(奄美州), 오키나와주(沖縄州), 미야코주(宮古州), 야에야마주(八重山州) 등 4개주를 설정한다. 각

---

33 국가라면 '영토'라는 개념을 사용하겠지만, 공화사회이기 때문에 '영토'가 아닌 '센터 영역'이라는 표현을 쓰고 있다. 류큐공화사회의 대략적인 공간적 범위를 의미한다. 우리말로 달리 대체할 마땅한 표현이 없어 원어를 그대로 옮겼다.

주는 적절한 규모의 자치체로 구성된다.

<자치체의 설치>

제10조 자치체는 직접민주주의를 철저히 하는 것을 목적으로, 중의에 지장을 주지 않는 규모로 만든다. 자치체의 구성은 민의와 자연조건 및 생산조건에 의해 정해진다.

<공화사회인민의 자격>

제11조 류큐공화사회의 인민은 정해진 센터 영역 내의 거주자에 국한하지 않는다. 이 헌법의 기본이념에 찬동하고 이를 준수할 의지가 있는 자는 인종, 민족, 성별, 국적 여하에 관계없이 그 소재지에서 자격을 인정받을 수 있다. 다만 류큐공화사회 헌법을 승인한다는 것을 센터 영역 내의 연락조정기구에 보고하고, 서명지를 송부할 필요가 있다.

<류큐공화사회 상징기>

제12조 류큐공화사회의 상징기는, 어리석은 전쟁의 희생이 된 '히메유리 학도(ひめゆり学徒)'[34]의 역사적 교훈에 따라, 하얀

---

34 2차대전이 종반으로 접어들면서 오키나와현에 일본군을 중심으로 한 간호훈련을 위해 만들어진 여자학도대 중, 오키나와 사범학교 여자부와 오키나와 현립 제1고등여학교의 교사, 학생으로 구성된 간호부대. 통칭 히메유리 부대. 미군 상륙 후 포위된 상황에서 1945년 6월 군부로부터 해체명령이 내려진 후 폭격 및 자살 종용으로 교사 학생 240명 중 136명 사망. 오키나와전투의 비극적 상징 중의 하나.

바탕에 백합 한 송이의 디자인[35]으로 한다.

<부전(不戰)>

제13조 공화사회의 센터 영역에 대해서, 무력 및 기타 수단으로 침략행위가 이루어진 경우라도 무력으로 대항하거나 해결하려 해서는 안 된다. 상징기를 내걸고, 적의(敵意)가 없음을 과시하면서, 해결방법은 임기응변으로 총의를 결집하여 결정하도록 한다.

<영역 출입[36]과 통과>

제14조 공화사회 센터 영역 안으로 들어오거나, 혹은 통과하는 항공기, 선박 등은 별도의 인허가(認許可)를 요한다. 인허가 조건은 별도로 정한다. 군사와 관련된 일체의 항공기, 선박 그 밖의 것들은 출입 및 통과를 엄금한다.

<핵의 금지>

제15조 핵물자 및 핵에너지의 이입(移入), 사용, 실험 및 핵폐기물 저장, 폐기 등에 관해서는 앞으로 최소한 50년간 일체 금지한다. 특히 이 조항은 어떠한 중의에 의해서도 왜곡 해석되거

---

35 백기(白旗)는 부전(不戰)의 의지를 나타낸다(저자의 추가설명에 따름).
36 원문은 立ち入り.

나, 변경되어서는 안 된다.

<외교>

제16조 류큐공화사회는 세계에 개방하는 것을 기본자세로 삼는다. 어떠한 국가나 지역에 대해서도 문호를 닫아서는 안 된다. 그러나 군사와 관련된 외교는 일절 금지한다. 군사협정은 체결하지 않는다. 평화적인 문화교류와 교역관계를 가능한 한 심화하도록 한다.

<망명자, 난민 등의 취급>

제17조 각국의 정치, 사상 및 문화영역에 관계된 사람이 망명 허용을 요청했을 때는 무조건 받아들인다. 그러나 군사에 관련된 사람은 제외한다. 또한 입역(入域) 후 이 헌법을 준수하지 않을 경우에는 본인이 안주(安住)를 희망하는 지역으로 내보낸다. 난민에 대해서도 동일한 조건으로 취급한다.

제3장

<차별 철폐>

제18조 인종, 민족, 신분, 문중, 출신지 등의 구분은 고고학상의 학술적 의미로 남길 뿐이며, 현실의 관계에서는 절대로 차별을 해서는 아니 된다.

<기본 생산수단 및 사유재산의 취급>

제19조 센터 영역에서는 땅, 수원(水源), 숲, 항만, 어장, 에너지, 기타 기본적인 생산수단은 공유한다. 또한 공생(共生)의 기본권을 침해하고 압박하는 사유재산은 인정하지 않는다.

<주거 및 거주지역의 취급>

제20조 주택의 사유는 기본적으로 인정되지 않는다. 과도적 조치로서 선주권(先住權)만을 정해진 기간 동안 보장하며, 거주하지 않는 주택 및 거주지의 소유권은 소속 자치단체의 공유로 한다. 법인격 소유의 건물은 공유한다. 거주지 내의 토지 이용은 헌법의 이념에 반하지 않는 범위에서 자유이다.

제21조 거주지 및 거주 생산관계에 따라 개인, 가족, 집단의 의지와 지자체의 중의의 합의에 의해 결정한다.

<여성·남성·가족>

제22조 여성과 남성의 관계는 기본적으로 자유이다. 단 합의를 전제로 한다. 부부는 이 헌법의 기본이념인 자비의 원리에 비추어 쌍방의 관계를 주체적으로 시정할 것을 필요로 한다. 부부 중 어느 한쪽의 요청이 있는 경우, 지자체의 지혜로 이를 해결한다. 여성·남성의 사적 관계에는 어떠한 강제도 수반하지 않는다. 부부 및 가족 동거, 별거는 합의에 근거할 것을 요한다.

<노동>

제23조 공화사회의 인민은 아동에서 노인까지 각자에 적합한 노동의 기회가 보장되어야 한다. 노동은 자발적, 주체적이어야 한다. 주체적인 노동은 생존의 근본이다.

제24조 노동은 자질과 재능에 따라 선택하고 지자체의 중의에 의해 결정된다.

제25조 노동이 자기의 자질에 부적합하다고 판단할 경우, 지자체의 중의에 상의하여, 자발적, 주체적으로 할 수 있는 노동을 선택할 수 있다.

<오락37>

제26조 노동시간은 기후, 풍토에 맞도록 정한다. 오락은 노동의 일환이며, 창의와 궁리를 통해 인류가 달성한 모든 오락을 인민이 선택할 수 있도록 지자체, 주(州), 공화사회의 차원에서 기회를 제공한다. 오락의 향유는 평등하게 이루어져야 한다.

<신앙 · 종교>

제27조 과도적 조치로서 신앙은 개인의 자유이다. 그러나 지

---

37 원문에는 오락이라는 표기가 30조 앞에 기재되어 있다. 저자에게 확인하여 바로 잡음.

자체의 중의에서 정한 공동근로, 교육방침 등에는 따라야 한다.

<교육>

제28조 기초교육은 십 년간 행하며, 지자체 및 주(州)의 주체적 방식에 맡긴다. 기초교육에는 일정한 생산활동에 대한 실천참여를 포함한다.

제29조 특별한 자질과 재능을 필요로 하는 교육은 자치주 및 공화사회 전체의 적극적 협력을 통해 충분히 이루어져야 한다. 전문교육을 위한 기간은 특별히 결정하지 않는다. 입시제도는 폐지하며, 대신 매년 시험을 통해 진급을 결정한다.

제30조 공화사회 이외의 국가 또는 지역에서 교육을 받을 필요가 있는 경우는, 지자체, 주, 공화사회 전체의 추천을 통해 인선(人選)을 결정한다.

제31조 모든 교육 비용은 공화사회의 연락조정기관에서 충당하고, 필요에 따라 균등하게 배분된다.

제32조 공화사회의 인민은 개개인의 자질과 재능을 적절하게, 또 충분히 키워야 한다. 다만 자질과 재능 및 교육의 차이에 의해, 물질적 부의 분배에 차등을 두거나 요구해서는 안 된다.

<**전문연구센터**>

제33조 각 주에는 전문교육센터를 최소한 1개소 설치한다. 또한 공화사회립(共和社会立) 시설로 고도의 전문연구종합센터를 두고 이곳의 연구원은 각 주의 전문교육센터의 추천을 통해 결정한다.

제34조 각 주의 전문교육센터 및 공화사회립 전문연구종합센터에서는 교수와 연구생이 일체가 되어, 반 년마다 연구성과를 보고서로 정리하여 연락조정기관에 제출할 필요가 있다.

<**연구의 제한**>

제35조 종합연구센터의 연구는 기본적으로 자유롭다. 다만 생물 식물 동물, 물질 등을 연구 대상으로 삼거나 기술과 관련된 자연과학분야의 연구는, 이 헌법의 기본이념인 자비의 계율을 지켜야하며, 각 중의에 의해 인정된 범주를 이탈하여서는 안 된다.

<**역제간(域際間) 연구의 중시**>

제36조 모든 생산, 경제, 사회활동 및 여러 과학의 연구에 있어서 자연환경과의 조화를 가장 우선시한다. 과도적인 대책으로서 개별 분야의 발전, 연구심화보다 역제 간 상호조정연구에 중점을 두어야 한다.

<의사 · 전문기술직 시험>

제37조 의사 및 기타 전문기술직에 해당하는 자는, 3년에 1회, 공화사회의 기관이 부과하는 자격시험을 치러야 한다.

<평생교육>

제38조 공화사회의 생산을 담당하는 기관을 비롯한 여러 조직은 평생교육기관이며, 인민은 항상 창의를 가지고 배우고, 자기교육에 노력하여야 한다.

<지식 · 사상의 자유>

제39조 지식 · 사상의 탐구는 인민 개개의 자질과 재능의 자연과정이며, 따라서 자유롭다. 그러나 그 축적을 통해 어떤 권력도 추구해서는 안 되며, 또 제공해서도 안 된다. 지식 · 사상의 소산은 사회에 환원해 나가야 한다.

<예술 · 문화활동>

제40조 예술 및 문화적 소산은 공화사회의 가장 소중한 재산(富)이다. 예술과 문화의 영역에서 부의 창조와 향수는 항상 사회적으로 열려 있어야 한다. 창조과정의 비사회적인 관념영역의 자유는 억제하거나 침해해서는 안 된다. 단, 사회에 환원된 결과물에 대한 비판은 자유이다.

<정보의 정비>

제41조 정보의 홍수는 인간의 자연성의 파괴로 이어진다. 전문연구종합센터에서는 정보를 정비하고 헌법의 이념에 걸맞도록 끊임없이 노력하여야 한다.

제4장

<중의기관(衆議機関)>

제42조 지방자치단체, 자치주, 공화사회는 직접민주주의의 이념에서 벗어나서는 안 된다. 중의를 기초로 각각의 조직 규모에 적합한 대표제 중의기관을 설치한다. 그러나 대표제 중의기관은 고정하지 않는다. 중의에서는 세력 다툼을 금지하고 합의제로 운영한다. 대표제 중의기관에서 합의가 이루어지지 않으면, 다시 지자체의 중의에 의뢰한다.

<정책의 입안>

제43조 각 자치단체는 각 지역에 맞는 생산 및 기타 계획을 입안하고 실시하는 경우, 인접한 지자체에 미리 보고하고 조정할 필요가 있다. 그 계획이 지자체의 주체적 능력의 범위를 넘는 경우는 소속 주의 연락조정기관 혹은 공화사회 연락조정기관에서 조정하도록 한 후, 주체적으로 실시하고, 풍요로운 사회 만들기를 목표로 삼는다.

<집행기관>

제44조 각 주와 공화사회에 연락조정기관을 설치한다. 연락
조정기관의 조직은 전문위원회와 집행부로 구성된다. 전문위원
은 각 지자체 및 주 센터 영역 밖에 거주하는 류큐공화사회 인
민(최소 다섯 명)과, 주립 전문교육센터 및 공화사회립 전문연
구종합센터가 추천하는 전문가를 주와 공화사회대표 중의기관
에서 최종적으로 인선하여 결정한다. 각 위원회의 구성은 따로
정한다. 전문위원회는 역제(域際) 조정을 충분히 거친 후에 입안
하여 중의기관에 건의한다. 중의기관과의 조정을 거친 정책은
전문위원회의 감독하에 집행부에서 실시된다.

역제 조정을 거치지 않은 한, 연락조정기관은 어떠한 정책도
실시해서는 안 된다.

<공직 교대제>

제45조 공직에 해당하는 사람은 전문위원을 제외하고 각 지
자체 및 주의 중의에 기초하여 추천한다. 공직은 교대제로 한
다. 그 임기는 별도로 정한다. 지자체와 주의 중의에 의해 부적
격하다고 판단된 공직자는 임기 중에도 퇴임해야 한다. 임기를
마친 공직자의 재추대는 인정된다. 공직자는 중요업무 이외의
어떠한 특권도 인정되지 않고, 또한 요구해서도 안 된다.

<관례[38] · 내법(内法) 등의 취급>

제46조 각 주와 각 지자체에 잔존하는 관례, 내법 등은 특히 신중하게 음미하고, 조상들의 뛰어난 지혜를 건설적으로 활용할 필요가 있다.

<청원 · 공소>

제47조 개인 및 집단이 헌법의 기본이념인 자비의 원리에 비추어 부당한 징계를 받았다고 판단하는 경우, 소속자치단체의 중의 개최를 요구하여 징계를 풀 수 있다. 소속자치단체의 중의의 의견이 분열된 경우, 근접한 자치단체의 중의에 의뢰하고, 그래도 해결되지 않은 경우에는 자치주의 중의에 의뢰한다. 자치주의 중의의 의견이 분열된 경우에는 공화사회의 총의에 의해 결정한다.

<사법기관의 폐지>

제48조 종래의 경찰, 검찰, 법원 등 고정적인 사법기관은 설치하지 않는다.

---

38 원문에는 조례로 되어 있으나 잘못된 표기이다.

제5장

<도시기능의 분산>

제49조 집중과 확대를 추진해 온 기존의 도시적인 생산기능은 각 주 및 지자체 단위에 맞추어 가능한 한 분산한다. 이 목적을 달성하기 위해 생산 및 유통구조를 근본적으로 바꾸고, 소비시스템을 재편성해야 한다.

<산업 개발>

제50조 생태계를 교란하고 자연환경을 파괴한다고 인정되거나 예측되는 여러 종류의 개발을 금지한다.

<자연의 섭리에 대한 순응[39]>

제51조 기술문명의 성과는 집중과 거대화에서 분산 및 미소화(微小化)로 전환하고, 공화사회 및 자연의 섭리에 적합하도록 노력할 필요가 있다. 자연을 숭배한 고대인의 사상을 활용해야 한다.

<자연환경의 복원>

제52조 이미 파괴되었거나 또는 파괴 중인 자연환경은 복원을 위한 신속한 대책을 마련한다. 각 지자체는 자연환경의 파괴

---

39 원문은 자연섭리에의 적합(自然摂理への適合).

에 엄격한 주의를 기울이고, 주체적으로 복원을 도모해야 한다. 복원 사업이 한 지방자치체의 능력을 넘는 경우는 인접 지자체와 상의하고, 또 주 및 공화사회의 연락조정기관과 협의하여 인민의 총의와 협력을 통해 목표를 달성하도록 한다.

제6장

<납세의무의 폐지>

제53조 개인의 납세 의무는 철폐한다.

<비황 備荒>

제54조 비황을 위한 생활 물자는 개인, 가족, 집단에 각각 균등하게 배분하고, 각각의 책임으로 비축한다. 일정 금액을 지자체 및 주 연락조정기관에서 비축하도록 한다. 어떠한 조직 및 기관도 정해진 비황용 물자의 양을 넘어 부를 축적해서는 안 된다. 정량을 초과하면 공출하고 교역품으로 삼는다.

<상행위 금지>

제55조 센터 영역 내의 개인 및 집단, 조직 등의 사적 상행위는 일체 금지한다. 공화사회의 민간 유통은 모든 실질적인 경비를 기준으로 이루어지게끔 한다.

<재정>

　제56조 재정은 류큐공화사회의 개방된 조건을 이용하고, 센터 영역의 자원을 살려, 또한 센터 영역 밖의 공화사회인민과 제휴하여, 종래의 국가가 발상하지 못한 방법을 창조해야 한다.

　여기 정해진 이념, 목표, 의무를 달성하기 위해 류큐공화사회 인민은 헌신적인 노력과 협력을 도모한다.

왕복서한 오키나와에 관한 대화

헌법① 사토 마사루[40] → 가와미츠 신이치 선생님

가와미츠 신이치 선생님

『오키나와타임스』의 종용[41]을 받아, 가와미츠 선생님께 공개
서한을 쓰게 되었습니다. 저의 필력이 부족한지라 대선배님께
실례를 범하지 않을까 우려됩니다만, 동시에 이 기회에 근원적
인 문제에 대해 가와미츠 선생님의 고견을 들을 수 있다면 다
행이겠습니다. 구체적으로는 혁명과 헌법의 형태에 관해서입니
다.

---

40 佐藤優(1960～). 문필가, 전 외교관. 스즈키 무네오(鈴木宗男) 사건으로 기소, 실직. 보
  수 성향이나 좌파 계열 잡지에도 기고. 다수의 저작 집필. 어머니는 오키나와 구메
  지마(久米島) 출신.

41 『오키나와타임스』의 「왕복서한ー오키나와에 관한 대회(往復書簡ー沖縄をめぐる対話ー)
  」의 기획 전체는 다음과 같다. 제1회 동아시아<仲里効 vs 孫歌>, 제2회 헌법<佐藤優
  vs 川満信一>, 제3회 오키나와의 자치<松島泰勝 vs 平恒次>, 제4회 복귀ー반복귀<崔真碩
  vs 新川明>. 그 전문은 다음 사이트에서 열람가능하다. http://www7b.biglobe.ne.jp/ ～
  whoyou/ofukushokan0805.htm

국민의 원자화(原子化)

2007년의 고등학교 역사교과서 검정을 계기로 오키나와와 내지(內地)[42](본 왕복서한에서는 오키나와현 이외의 일본을 가리킴)의 역사인식의 차이가 전례없이 확대되고 있음이 분명해졌습니다. 교과서 검정을 계기로 문제가 발생한 것이 아니라, 제가 이해하는 바로는, 고이즈미 준이치로(小泉純一郎) 정권이 신자유주의적 개혁을 도입한 후 일본 국민 한 사람 한 사람이 아톰(atom 원자)화되어 버린 결과, 오키나와와 내지의 관계에서 이러한 형태를 띠고 표출된 것이라고 생각됩니다.

화폐로 환산가능한 경제합리성 이외의 가치가 희박해져버렸기 때문에, 대다수의 일본인이 타자에게 일어난 일에 대해 자신의 문제로 추체험(追体験)할 능력이 약해지고 말았습니다. 그 결과 일본인의 동포의식도 약해지고 있습니다.

내지에서 우익, 보수진영의 일부는, 오키나와를 중국, 한국/조선 등과 마찬가지로 '그 자식들(あいつら)', 즉 외부로 간주하기 시작하고 있습니다. 민주주의는 소수파(少数派)에게는 불리한 제도입니다. 우리나라 인구의 1% 남짓밖에 되지 않는 오키나와현은 구조적으로 매우 불리한 상황에 놓여있습니다.

오키나와에 있어서 중요한 점은, 오키나와가 살아남는 것입

---

42 흔히 일본 본토라고 표현하는데, 여기서는 원문의 표현을 그대로 살리기로 한다.

니다. 이는 단지 경제적으로 살아남는다는 것만이 아니라, 오키나와의 명예와 존엄을 지키며 살아남는다는 것입니다. 뒤집어 말하면, 내지가 경제적으로 오키나와가 놓인 상황에 대해 특별한 배려를 하지 않고 오키나와의 명예와 존엄을 보전하지 않는다면, 당연히 오키나와가 독립하는 시나리오를 떠올리게 된다고 생각합니다.

특별한 방책을

결론부터 먼저 말씀드리자면, 저는 오키나와 독립에는 반대합니다. 여기에는 두 가지 이유가 있습니다.

첫 번째 이유는, 저의 외교관으로서의 경험에 기초한 것입니다. 시대가 제국주의화하는 상황에서, 중국, 일본, 미국이라는 3개의 제국주의 대국에 둘러싸인 가운데, 독립국가 오키나와가 세력균형외교의 틈새에서 생존해가려면 엄청난 에너지가 소모되기 때문입니다. 오키나와의 아이덴티티를 유지하기 위해서는, 이 세 제국주의국가들 중에서는 그래도 흐리멍텅하고 자기 기준을 타자에게 강제하는 것에 능숙하지 못한 제국주의국가 일본에 귀속되어 있는 편이 오키나와의 입장에서는 득이라고 생각되기 때문입니다.

두 번째 이유는, 저의 출신(出自)에서 비롯된 편견입니다. 저희 어머니는 구메지마(久米島) 출신이지만, 아버지는 도쿄 출신입니다. 저 개인의 경우, 아버지와 어머니의 나라가 하나인 편이 편하기 때문입니다. 이는 1918년에, 아버지가 슬로바키아인, 어머니가 체코인인 토마스 마사릭(체코슬로바키아공화국 초대 대통령)이 체코슬로바키아라는 인공국가(人造国家)의 창설을 고집한 기분과도 흡사합니다.

내지인 대다수는 "오키나와는 독립할 수 없다"고 여기고 있는데, 이는 크게 잘못 생각하고 있는 것입니다. 오키나와는 독립할 능력은 충분히 있지만, 현 시점에서 그럴 의사가 없을 따름입니다. 이 점을 내지의 정치엘리트들에게 자각시키고, 오키나와를 일본국가 안에 머물러 있도록 하기 위해 도쿄에 특별한 방책을 취하게끔 할 필요가 있다고 생각합니다.

구축(構築)보다 발견

그러기 위해서는 오키나와에서는 이미 독자적인 헌법이 존재하고 있음을 분명히 할 필요가 있습니다. 문자화된 헌법, 대일본제국헌법 및 일본국헌법은, 문자화되지 않은 헌법의 일부라고 저는 생각합니다. 헌법은 구축(構築)하는 것이 아니라, 우리들의 전통 속에서 '발견'하고, 이를 그 시대의 언어로 표현해가는 작업이라고 생각됩니다.

궁극적으로는 영국이나 이스라엘처럼 성문헌법을 갖지 않은 국가 쪽이, 헌법에 대한 국민의 준수의식이 강하다고 생각됩니다. 이처럼 눈에 보이지 않는 헌법을, 전전의 일본인은 국체(国体)라고 불렀던 것이라 생각됩니다. 미국에는 미국의 국체가 있습니다. 미국의 유태·기독교적 시민종교, 자유, 민주주의 등은 미국의 국체에 불가결한 요인이라고 생각됩니다.

일본의 국체의 특징은, 혁명이 없다는 것입니다. 권력과 권위가 나뉘어, 권위의 세계가 황통(皇統)에 의해 보전되고 있는 점입니다. 그러나 이러한 국체관은 오키나와에는 적용되지 않습니다. 오키나와에서 '천황제'(이 단어는 코민테른이 「32년 테제」[43]에서 처음 사용한 것이기 때문에 가능한 쓰고 싶지 않습니다만, 논단에서 유통되고 있기 때문에 할 수 없이 씁니다)가 항상 문제시되는 것은, 눈에 보이지 않는 오키나와의 헌법에 황통(皇統)이 포함되어 있지 않기 때문이라고 생각되는 것입니다.

오키나와의 경우 중요한 것은, 외국의 공화제 헌법을 모방 또는 이입(移入)하여 오키나와헌법을 구축하는 것이 아니라, 현 시점에서 오키나와에 존재하는 헌법을 언어화하는 노력을 하고, 우리 오키나와의 국체가 일본에 귀속됨으로써 상실되는가 아닌가를 판단하는 일이라고 생각하는 것입니다.

보수란, 전통에 뿌리내린 세력을 가리킵니다. 오키나와의 헌

---

43 코민테른(공산주의 정당들의 국제조직이었던 '공산주의 인터내셔널'의 약칭. 별칭 제3인터내셔널. 1919~1943)이 1932년 5월 '일본혁명의 방침'으로 발표한 문건 『일본의 정세와 일본공산당의 임무에 관한 테제(日本における情勢と日本共産党の任務に関するテーゼ)』의 통칭.

법을 재발견해가는 작업은, 설계주의적인 이성(設計主義的な理性)[44]에 의해 국가를 구축해가는 좌익이나 시민파(市民派)로부터 이루어지는 것이 아니라, 오키나와의 토지에 뿌리내린 우익, 보수 진영에서 생성되는 것이라고 생각합니다.

선생님의 비판을 기다리고 있겠습니다.

헌법② 가와미츠 신이치 → 사토 마사루 님

사토 마사루 님

잡지 『정황(情況)』에 연재하고 있는 「지금이야말로 히로마츠 와타루(廣松涉)[45]를 재검토한다」 및 류큐신보(琉球新報)에 연재하고 있는 오키나와에 대한 메시지를 읽으면서, 그대의 '피'(血) 속에 깃든 신기한 암시성(暗示性)에 대해 두근두근거릴 정도로 깊은 흥미를 갖고 읽고 있습니다.

역사인식의 차이

일본, 아니 세계 어디에서건, 고대에서부터 관료세계는 중국

---

44 이론적으로 전제된 관념을 연역적으로 적용하여 현실을 구성해가는 방식을 일컬음.
45 일본의 철학자(1933~1994). 동경대 교수, 학생운동 지원, 마르크스연구로 저명, 주객(主客)이분법을 지양한 독창적인 철학을 전개함.

의 과거로 상징되듯이 엘리트였고, 하물며 현대의 글로벌리즘이 지배하는 세계에서는 외교관은 엘리트 중의 엘리트라고 생각합니다. 왜 장래의 고위 관료, 혹은 장관 자리가 예약되어 있는 그대가 시스템의 그물코를 잘라버리고, 새삼스럽게 산적(山賊)과 같은 길을 택했는지, 그 뜻을 헤아리면 이 변두리의 노인은 번민하게 됩니다.

그대의 서한을 읽고 있는 지금의 시각은 오전 2시입니다. 사카에마치(榮町)[46]에서 한잔 걸치고 취한 나머지 간신히 허우적대며 잠자리에 이르렀는데, 정황(情況)의 첨단을 달리는 '지(知)의 전위(前衛)'로부터 온 서한에는, 옛 추억이 어린 '혁명'과 '헌법'이라는 오랜 상처를 쑤셔대는 듯한 책모(策謀)가 깔려있어서 순간 당혹스러웠습니다.

하지만 서한을 읽어나가면서 점차 슬픔이 솟아 올라왔습니다. 변두리에 갇힌 '지'(知)의 원맨쇼[47]는, 결국은 남쪽 바다의 거품에 불과할 뿐입니다.

내지와의 '역사인식의 차이'도 그렇지만, 오키나와 내의 상호인식의 차이도 깊어질 뿐이어서, 계속 다람쥐 쳇바퀴 돌듯 무한 반복되는 정황입니다. 식민지적 분단 지배에 번롱(翻弄)당할 뿐이어서, 의사의 상호확인조차 제대로 이루어지지 않습니다.

---

46 오키나와현 나하 시내, 사카에마치시장 등 상점가가 발달한 곳.
47 원문은 独り相撲(독씨름).

이런 정황하에서 '오키나와 독립'을 이야기해도, 그것은 개개의 뜻에 지나지 않겠지요. 본래 미니(mini)국가로서의 류큐 독립에는 나도 반대해왔습니다. 대국 사이의 3자 세력균형[48]이 이루어져 함부로 간섭할 수 없는 비무장지대로서 자립의 길이 열린다면 별개입니다만.

한때는 잡지 『신오키나와문학(新沖縄文学)』에 힘을 쏟았습니다만, 잡지가 없어지고 나서 새삼 오키나와의 주체형성의 중요성을 깨닫게 되었습니다.

일본의 헌법이념

1980년대에 「류큐공화사회헌법C사(시)안」 같은 글을 쓴 적이 있습니다.

헌법개정문제가 진행되고, 자위대의 국군화 승격을 지표로 헌법 9조를 둘러싸고 괴이한 동요를 보이고, 위기감이 닥쳐왔기 때문입니다. 그래서 일본이 전후의 이념을 포기한다면, 아예 일본 쪽은 가망이 없다고 단념하고 오키나와가 그 이념을 한층 더 발전시켜야 할 것이 아닌가, 하는 반발심에서 글을 썼던 것입니다.

---

48 원문은 三すくみ. 삼자가 서로 장단점이 엇갈리고 상대를 견제할 수 있어 모두 꼼짝 못하는 상황.

미국에 대한 환멸, 그리고 전후에 새로운 내셔널리즘을 형성하는 과업을 게을리하고 대미 종속을 강화해가는 일본국가에 대한 초조감이 동기였습니다. 일본이 지향해야 할 방향은, 강대화한 자위대를 그대로 UN평화부대로 전환하여 일본에 상주하게 하고, 그 예산을 국민이 부담하는 조치가 정치적 해결로서는 현실적이라는 생각을 했습니다.

아시아 나라들 간에 분쟁이 일어나도 일본은 자국의 의사로 군사적 행동을 할 수 없습니다. 어디까지나 UN의 합의가 전제가 됩니다. 그렇다면 일본의 헌법이념은 유지될 수 있는 것이 아닌가. 헌법개정에 즈음해서는 현재의 대의제라는 의사민주주의(擬制民主主義)에 위임할 것이 아니라, 풀뿌리헌법을 만드는 것이 마땅합니다. 이 건에 관해서는 잡지 『환(環)』에 제안을 해둔 바입니다. 아마추어의 정치 이야기는 선술집의 술안주에 불과하겠습니다만.

'국체(国体)'의 이념

다만 아시아에 대한 일본의 시선은, 미국 및 유럽연합(EU)를 바라보는 시선과 분명히 다릅니다. 오키나와전투의 체험에서 추측해보아도, 주변 섬들에 대한 일본의 관점은 위협적이며, 일본에 대한 귀속을 득(得)이라고 생각하는 사토씨의 선택이 과연 더 나은 것인지, 고개를 갸웃거리게 됩니다.

내 출신지 미야코섬(宮古島)에서는, 12, 3세기에 언어의 대변환이 일어나, 어원적으로는 일본문화권에 속하고 있음은 의심할 여지가 없습니다. 하지만 역사적 경위를 돌이켜보면 동일한 문화권이라고 안주할 수 있을 만큼 일본국의 처우가 평탄했던 것은 아닙니다. '분도정책'(分島政策)[49]은 청일전쟁 때부터 복귀 전후까지 여러 차례 논란이 되어왔기 때문입니다.

헌법을 불립문자(不立文字)로서, 관습법으로 위치지우는 발상은 한 번 생각해볼 만한 가치가 있습니다. 언어도 이념도 시대성을 띠는 것이기 때문에, 사람들의 마음의 법정(法廷)에서 법으로서의 규범성을 갖지 못한다면 의미가 없다고 생각되기 때문입니다. 그 규범을 '국체'로서, "일본의 국체의 특징은 혁명이 없다는 것"이라고 규정짓고 있는데, 과연 어떨지요?

오리구치 시노부(折口信夫)[50]처럼 '천황혼'(天皇魂)을 상정하여 만세일계의 국체를 떠올리고 있는 것인지, 막부의 다툼이나 메이지유신을 어찌 생각하는지, 논의가 필요한 대목이라고 생각됩니다. '국체'라는 개념은 오키나와전투를 체험한 사람에게는 일종의 '금구'(禁句)입니다. 이것은 새로운 '아시아공동체'를 구상할 경우에 '대동아공영권'의 개념이 역사적 기억의 회한을 들

---

49 1879년 메이지정부에 의한 류큐현 설치('류큐처분')으로 청과 영유권문제가 발생하자, 일본은 오키나와 본섬은 일본령으로, 야에야마제도와 미야코섬은 청령으로 하는 사키시마제도할양안(先島諸島割讓案 또는 分島改約案)을 제안했다. 57쪽의 각주 참조.
50 일본의 민속학자, 국문학자, 국어학자, 시인(1887~1953).

추어내는 것과 흡사합니다. 일본에서의 전후 내셔널리즘 형성 문제와 관련 지우면서 새로운 사상이나 개념을 발견하지 않으면 문제의 본질을 무시한다는 오해를 피할 수 없습니다.

또한 헌법은 정치사상의 좌우를 불문하고, 예전의 민권운동 때의 '풀뿌리 헌법초안'과 같이 주변의 민중까지 관심을 갖는 운동 속에서 탄생된다면 좋겠습니다. 시민의 성숙은 인내를 요하는 과정이겠습니다만, 혁명이란 것이 가능하다면 이번에야말로 군대를 동원한 폭력혁명이 아니라 성숙한 시민을 지향하는 개개의 혼(魂)의 혁명으로 수행되어야 한다고 생각됩니다. 어설픈 꿈에 불과할까요? 한 수 가르침을 청합니다.

헌법③ 사토 마사루 → 가와미츠 신이치 선생님

가와미츠 신이치 선생님

친절한 답장 정말 감사합니다.

가와미츠 선생님의 "아시아에 대한 일본의 시선은, 미국 및 유럽연합(EU)를 바라보는 시선과 분명히 다릅니다. 오키나와 전투의 체험에서 추측해보아도, 주변 섬들에 대한 일본의 관점은 위협적이며, 일본에 대한 귀속을 득(得)이라고 생각하는 사토 씨의 선택이 과연 더 나은 것인지, 고개를 갸웃거리게 됩니다"라는 점은, 즉 일본 귀속이냐 아니냐라는 결론에 관해서, 가와미츠 선생님과 저의 현 상태의 결론은 대립하고 있습니다.

위협적인 관점

하지만 이 점에 관해 최종적인 결론을 내는 것은 서둘지 않았으면 합니다. 현 상태와 같은 일본 귀속, 연방제 형식의 일본 잔류, 외교·방어권을 미국 혹은 중국에 위임하는 '보호국' 형식의 일본 이탈, 나아가 오키나와독립 등, 우리들의 상상력이 미치는 모든 결론을 '열어놓은 채'로 공공장에서 성실한 논의를 전개해가는 것이 중요하다고 생각됩니다.

여기서 가장 중요한 논점은, 가와미츠 선생님이 지적하신, "오키나와전투의 체험에서 추측해보아도, 주변 섬들에 대한 (일본의) 관점은 위협적"이라는 오키나와 사람들의 인식을 내지 사람들에게 올바로 전달하는 일입니다.

대민족은 주변의 소민족, 러시아인이라면 폴란드인, 영국인이라면 아일랜드인에게 위협적 행동을 취해왔고, 지금도 그렇다는 것을 인식하지 못하고 있습니다. 그렇기 때문에 폴란드인, 아일랜드인은 항상 과거의 역사를 반추하고, 이의제기를 하는 것입니다. 가와미츠 선생님의 지적을 받고, 마찬가지 구조가 내지와 오키나와 사이에 존재한다고 생각되었습니다.

고정관념

그리고 국체라고 하는, 오키나와에서는 정말로 금구가 되어 있는 폭력성을 포함한 일본국가를 이루는 기본원리에 관해 이야기하는 것이 중요하다고 생각됩니다. 제가 지금 관심을 갖고 있는 것은 자하나 노보루(謝花昇)[51], 이하 후유(伊波普猷)[52], 나카하라 젠츄(仲原善忠)[53] 등, 오키나와다움을 일본어로 표현하려고 한 분들의 텍스트에서 허심탄회하게 배우는 일입니다. 그 계보 속에서 '가와미츠 신이치의 텍스트'도 중요한 의미를 지니는 것입니다.

이 말을 할까 말까 망설이고 있었습니다만, 말하기로 했습니다. 오키나와에 있어서 중요한 것은 남에게서 빌려온 것이 아닌 자신의 언어로 말하는 것이라고 생각합니다. 소설, 시가(詩歌), 오모로사우시(おもろさうし)[54]연구 등 오키나와는 그 점에서 성공적입니다. 문제는 정치언어로 화한 경우, 왜 그것이 고정관념

---

51 오키나와의 사회운동가(1865~1908). 도쿄 유학 후 오키나와현청에서 일하다 지사와 대립하여 퇴직. 1899년 오키나와구락부(沖繩俱樂部) 결성, 현정비판, 토지정리문제, 참정권 획득 등에 초점을 두고 활동.

52 류큐국 태생의 향토연구가(1876~1947). 오키나와의 언어, 역사, 민속 전반에 걸쳐 뛰어난 업적을 다수 남겨 '오키나와학의 아버지'로 불린다.

53 오키나와의 역사가(1890~1964). 히가시온나 칸쥰(東恩納寬惇), 히가 슌쵸(比嘉春潮) 등과 더불어 1948년 도쿄에서 오키나와학 연구단체인 오키나와문화협회 창설, 오키나와학의 연구, 발전에 힘씀.

54 류큐왕국 시절 1531년에서 1623년에 걸쳐 슈리왕부(首里王府)에 의해 편찬된 가요집 (歌謠集). 전22권.

이 되어버리는가, 라는 점입니다.

가령, 류큐정부, 오키나와현 교육위원회가 편찬한『오키나와
현사(沖縄県史)』에서도 개개의 에피소드는 이른바 '집단자결'(강
제집단사 強制集団死)에 관한 증언, 도조 히데키(東条英機) 수상
의 오키나와 방문, 민중생활 차원에서도 태평양전쟁이 시작되
면 전력공급이 불안정해지고, 어둡고 희미한 '꼬마 전구(トマト
電球)' 같은 상태가 되어버린 점 등, 당시의 상황이 영상과 더불
어 추체험가능한 텍스트로 되어 있습니다.

그런데 이것이 통사(通史)가 되면, 마르크스주의·강좌파(講座
派)[55] 류의 '반(半)봉건적 일본의 절대주의 천황제'라는 유형론
에 얽매여버리고, 현실성이 결여되어 버립니다. 오키나와의 지
식인이 너무 우등생이어서 지나치게 권위 있는 '지(知)의 틀(形)'
에 스스로를 맞추려고 하기 때문입니다. 이하 후유, 나카하라
젠츄의 텍스트에서 보이는 과도한 내지로의 동화 경향도 오키
나와 지식인이 지닌 우등생 체질에 기인한다고 생각됩니다. 좀
더 거칠게 표현하자면, 오키나와의 혼을 표현하는 것이 내지의
지식인에게 자극을 주고 그로부터 화학반응을 불러일으킬 수
있을 것이라고 생각됩니다.

---

55 전전 일본의 마르크스주의자들 사이의 논쟁인 일본자본주의논쟁에서 노농파(労農派)
와 대립한 그룹. 1930년대 전반에 출판된『일본자본주의발달사강좌(日本資本主義発達
史講座)』를 집필한 그룹이 중심이 되었기에 이렇게 부름.

독립이라는 '폭탄'

그런 점에서, 1981년에 가와미츠 선생님이 발표하신 「류큐공화사회헌법C사(시)안」 '전문'의 <만물에 대한 자비의 원리에 의지하여, 호혜호조(互惠互助) 제도를 끊임없이 창조하는 행위>에 기초한 국가상(国家像)이 그런 규격에 얽매이지 않은 구상이라는 점에서 흥미롭습니다.[56]

직접민주주의와 생산수단의 공유, (오키나와 내에서의) 주 자치(州自治)를 기본으로 하는 국가, 이것은 오히려 통상적인 국가라기보다는 국가에 의한 폭력과 수탈을 극력 억제한, 레닌이 말했던 '반국가'(半国家) 같습니다. 제가 이해하기로는, 이러한 가와미츠 선생님의 발상의 근저에는 '오키나와의 국체'가 존재하는 것입니다. 저는 '가와미츠의 텍스트'로부터 오키나와를 오키나와로 만드는 '우리 오키나와의 국체'를 추출하고 싶다고 생각하고 있습니다.

『신오키나와문학』의 중요성에 관해서는, 바로 가와미츠 선생님의 말씀대로라고 생각합니다. 또한 이 잡지의 유타(ユタ)[57]에 관한 특집호는 저의 애독서 중의 하나였습니다. 여기서 제안을 드려봅니다. 류큐대학을 좀 더 활용할 수는 없을까요? 류큐대학

---

56 사토는 전문이라고 하였으나 정확히는 기본이념에서 표현됨. 이 책의 앞 글 참조.
57 오키나와 및 아마미군도(奄美群島)의 전통 무당을 가리킴.

에서 오키나와의 유식자(有職者) 포럼이 될만한 잡지를 만드는 것입니다. 저는 정보계통[58]이었기 때문에, 지금 존재하는 카드 가운데 무엇이 유효한가 하는 것을 항상 생각합니다만, 류큐대학에 축적되어있는 지적 유산 속에는 내지에서 보자면 폭탄이 될만한 것들이 잔뜩 있습니다.

이 폭탄을 땅 속에서 캐내어 마당에 늘어놓는 겁니다. 그리고 "오키나와를 일본 안에 그대로 두고 싶다면 이 폭탄에 주의를 기울일 일이다"라는 자세를 취하는 겁니다. 그 폭탄이란 오키나와 독립입니다. 단, 앞에도 이야기했듯이 저는 오키나와 독립에는 반대입니다. 이 폭탄은 가지고만 있고, 사용하지는 않음으로써 그 효과를 최대한으로 끌어올릴 수 있다고 믿기 때문입니다.

주어진 지면 안에서 제 견해를 솔직히 적어보았습니다. 기탄 없이 비판해주십시오.

헌법④ 가와미츠 신이치 → 사토 마사루 님

사토 마사루 님

문제점에 대한 지적 감사합니다.

---

58 원문은 インテリジェンス屋.

일본과 오키나와의 구체적 관계를 어떻게 해결할 것인가? 1600년대부터 시작된 이 과제는 앞으로도 계속될 것입니다. 그것은 오키나와의 미래상을 탐색할 때, 우선적으로 정리하고 마무리를 지어야 할 과제이기 때문입니다. "결론을 서둘러 내려 하지 말고, 각 방면에서 열린 논의를 해가자"는 제안에 대해서는 매우 찬성합니다.

사회적 차별의식

다만 오늘날의 글로벌리즘의 흐름에서, 오키나와문제를 대일본관계에 한정하여 파악하는 것만으로는 결말이 나지 않을거라 생각됩니다. 근대국민국가의 영토확장주의를 따라, 서양에서도 동양에서도 이문화지역(異文化地域)을 국경 주변으로 편입하게끔 된 것인데, 특히 일본의 경우, 역사상의 지도자들은 식민지 문화정책에서 근본적인 잘못을 저질렀습니다.

류큐를 비롯하여, 대만, 조선, 중국, 남양군도 등 그 토지의 문화를 열등한 것으로 치부하고, 말살정책을 강행했기 때문입니다. 가령 대만의 경우라면 학교 및 직장에서도 본토인을 우위에 놓고, 류큐인, 조선인, 대만인, 생번(生蕃)[59]이라는 서열을 매겨 사회적 차별을 당연시해왔습니다.

---

59 대만의 고사족(高砂族) 중 원시생활을 하던 원주민.

이런 식으로 주입된 차별정책이 '본토인'의 서민감성에까지 침투하여, 은연중에 현재까지 계속되고 있는 것입니다. 차별의 문제는 오키나와 대 본토만의 문제가 아니라 오키나와 내의 문제이기도 하며, 동시에 대 아시아적 차원에서 구조화된 것입니다. 현재의 군사기지정책의 부당한 강압도, 이를 당연하다고 여기는 '본토인'의 차별의식이 국가의 정책을 떠받치고 있기 때문에 가능한 것이라 보고 있습니다.

나는 오키나와 내의 차별의 저변에서부터 기다시피하며 기어 올라왔기 때문에, 우선 사상의 출발점으로서 차별의 구조를 해명하는 것부터 시작하지 않으면 안 된다고 70년대에「미야코론=섬 공동체의 정과 부(宮古論＝島共同体の正と負)」라는 글을 썼습니다(『沖縄・根からの問い』泰流社, 1978). 본토에 대한 고발은 본토 지식인들의 원망[60]을 자극합니다만, 오키나와 내부의 부(負)의 의식을 고발하는 주제에는 관심을 기울이지 않는듯 합니다.

외부의 눈에 기대하며

가령 최근 문제가 된 이른바 '집단자결(학살)'의 경우도, 당시

---

60 원문은 르상티망(ルサンチマン Ressentiment). 원한, 증오, 질투 따위의 감정이 되풀이되어 마음속에 쌓인 상태. 특히 철학자 니체의 용어로 약자의 강자에 대한 복수심으로 울적한 심리 상태.

대정익찬회(大政翼贊会)[61]에서 군 권력의 첨병 역할을 했던 섬 안의 전쟁책임에 대해서는 그다지 문제 삼지 않습니다. 미군기지의 문제도 그 강화과정에서 이권을 다투는 섬 안의 첨병들이 있었음을 간과할 수 없습니다. 하지만 이 역시 '기지부담과잉은 국가의 책임'이라는 합창 뒤에 은폐되어버립니다.

자주결정(自主決定)을 필요로 하는 '도주제(道州制)'[62]의 과제를 붙들고 늘어지면서, 우선 섬 내부의 부(負)의 구조를 철저히 검토하는 것에서부터 출발하지 않으면 지금까지의 대국의존체질(大国依存体質)을 넘어서기는 힘들 것입니다. 이 점에서는 사토씨와 마찬가지로, 폭넓은 체험과 시야를 지닌 '외부의 눈'(外部の目), 섬 밖으로부터의 논의에 기대하는 바가 큽니다.

다음으로 "남의 말(借り物)이 아닌 자신의 언어로 말하는" 것이 필요하다는 지적입니다만, 어찌 되었건 모어(母語)를 말살하는 교육하에서 '교과서 언어'를 배워온 환경이기 때문에, 무심결에 금세 딱딱하게 긴장한 '문어체'가 되어버립니다. 텔레비전이나 라디오의 보급으로 인해 젊은 세대는 일본어를 '모어'로 삼아 자라나고 있기 때문에, 결국 '리얼리티'가 있는 언어로 오

---

61 1940년대 일본제국의 관제 국민통합 단일기구(1940.10.12~1945.6.13). 군부 주도하에서 행정보조기관으로 전락함.

62 도주제란, 행정구역으로서 도(道)와 주(州)를 두는 지방행정제도이다. 일본의 행정구역은 현재 도도부현(都道府県)을 기본으로 하고 있으나, 홋카이도(北海道) 이외의 지역에 수 개의 주를 설치하여 지금보다 더 높은 지방자치권을 부여하려는 구상이 있다(2006년 12월 도주제특구추진법 성립). 오키나와의 경우 단독으로 '오키나와주(沖縄州)' 혹은 '류큐주(琉球州)'를 모색하려는 움직임이 있다.

키나와의 혼을 전해야 할 일이겠지요.

지방의 대학이 주재하는 잡지의 구상을 제안하셨는데, 훌륭한 아이디어라고 생각합니다. 잡지 『신오키나와문학』이 대학의 아카데미즘에도 문호를 열어왔습니다만, 아카데미즘은 학내 기요(学内紀要)만으로 국한하고, 일반사회의 논객에게 문호를 여는 것은 사도(邪道)라는 의식이 강한듯 합니다. 하지만 지금 오키나와가 직면하고 있는 상황은 세계적 시야에서 논의하지 않으면 앞서의 전망이 성립할 수 없는 상태에 처해 있다고 봅니다.

식민지적인 예속

미국의 국책에 농락당할 뿐이고, 미국의 실패를 뒤쫓고, 억지로 남의 뒤치다꺼리나 해온 정권과 '신자유주의자'들은, 전후 일본이 쌓아온 국민생활의 전체적 수준을 향상하는 정책을 포기하고, 국민의 공적 자원을 '민영화'한다는 명목으로 대자본에 팔아넘기고, 국가 단위의 식민지적 예속을 강행하고 있는듯 합니다. 미군 재편에 3조 엔이 넘는 예산을 편성하고, 군사예산을 제멋대로 정하면서 가난한 자들은 먹지 마라, 나이든 사람은 빨리 죽어라는 말만 하지 않을 뿐이지, 위헌적인 의료제도 개악을 아무렇지도 않게 추진하고 있습니다. 그리고 국가의 낭비를 책임전가하는 방책으로, 고육지책의 임기응변으로 '도주제'(道州制)를 내걸고 있는 것이라 보고 있습니다.

관료와 신자유주의자가 좌우하는 일본 정부는 지방의 고통 같은 것은 부차적인 것이고, '자기결정' 따위의 달콤한 말로 땜질하고 있습니다. '자기결정'이란 산더미 같은 법률에 짓눌린 채, 적자(赤字)의 뒤치다꺼리를 어떻게 떠맡을 것인가를 결정하자는 것이 아니겠습니까? 헌법의 정신을 짓밟아온 대가로, 글로벌리즘의 거친 물결에 지방을 내던져버리고자 하는 것으로 밖에 해석이 안 됩니다.

그렇다면, 독립, 기지를 경매할 권리, 귀속할 곳의 선택까지를 포함한 '자기결정' 권한을 보장하지 않으면 안 됩니다. 헌법 개정을 문제 삼을 경우에는 9조와 관련해서만이 아니라 더 시야를 넓혀 논의하는 것이 바람직합니다.

(2008년, 『정황』 7월호)

반(反)복귀의 사상자원(思想資源)과 「류큐공화사회/공화국헌법<사(私)·시안>」의 의의

1968년에 시작되다

─심포지엄 "다가올 자기결정권을 위해 ─ 오키나와·헌법·아시아"에 즈음하여 오늘의 대담을 갖게 되었습니다. 그럼 바로 말씀 부탁드립니다. (『정황』·편집부)

히야네 가오루(比屋根薫)[63] '현립미술관'에서 시 낭독회가 끝난 후 가와미츠 선생이 "이제 와서 반복귀론도 아니고"라며 말씀하시던 것에 대해 생각해 보고 있었습니다. 사고 정지(思考停止)의 주문(呪文)에 걸린 것 같아 당혹스러운 상태입니다. '반복귀론'이 논의되고 있었던 시기를 1970년 전후로 볼 때, 가와미츠 선생의 연세를 셈해보면 38세 정도가 됩니다. 그로부터 40년이 지난 셈인데, 현재의 가와미츠 신이치에 초점

---

63 오키나와 출신 문예평론가(1947~). 1995년 「B'zをめぐる冒険 ─ ヤポネシア論と異族論の行方」으로 오키나와문예연감평론상(沖縄文芸年鑑評論賞) 수상.

을 맞추어 파악해야 한다는 의미라고 생각했습니다. 집에 가서 『카오스의 얼굴(カオスの貌)』[가와미츠 신이치의 개인잡지. 현재 제3호까지 발행][64]과 옛 논문을 몇 편 다시 읽어 보았습니다. 지금의 가와미츠 신이치 선생의 입장에서 "반복귀론은 아무래도 상관없다"는 본질적인 의견이 있으시다면, 그에 대해 꼭 이야기를 듣고 싶습니다. 우리들로서는 반복귀론을 어떻게 계승하고 극복해 나갈 것인가 하는 것은 70년부터 현재까지의 큰 과제였습니다. 그 극복의 전망—사상의 근거라는 것을, 90년대 후반부터 2000년대에 걸쳐, 아주 최근에야 간신히 나름대로 확보하게 된 것이 아닌가 하는 느낌이 있습니다. 그것은 "옆으로 날아간다(横に飛んでいく)"[65]는 것이나, 그 시대의 사상의 마법에서 벗어난다는 것뿐만 아니라 왜 "반복귀론은 아무래도 상관없다"라는 발상이 나온 것인지, 논리적으로 파고 들어가 보고 싶다는 기분이 있습니다.

---

64 원문은 2010년 당시 기준. 한국어판 역서가 출간되는 2014년 8월 현재 12권이 발간되어 있다. 그림 6 참조.

65 당시에는 사상적 전환의 의미로 '횡월(橫越)'이라는 개념이 사용되었다. 종래의 사고계열에서 횡적으로 도약(jump)하여, 상이한 발상과 관점으로 세계를 본다는 뜻이다. 가령, 일본으로의 복귀가 좋다, 아니 복귀에는 반대한다는 식으로 트럼프의 앞뒷면과 같은 사고방식으로부터, 복귀든 반복귀든 아무래도 좋다는 입장으로 바뀐다. 이처럼 아시아 전체, 혹은 세계적 상황인식을 통해 오키나와 시정권반환의 의미를 고찰하는 것이 중요하다는 '횡월'의 자세로 바뀐 것은 어떤 경위에 의한 것인가를 논리적으로 추구해보고 싶다는 뜻이다(역자의 문의에 대한 저자의 추가설명).

가와미츠 1968년은 세계적으로 봐도 신기한 시대였습니다. 이 때를 계기로 사람들의 생각이 새로운 패턴으로 전개되는 것이 잘 드러납니다. 구미에서도, 1968년이란 무엇이었는가라는 주제가 논의되고 있습니다. 어찌 되었건, 지난 후에 돌이켜보면 1968년이라는 시대가 특별한 의미를 가지고 있었음을 알 수 있습니다. 그리고 1968년을 계기로 여기에서 시작된 사고(思考)의 형식, 사상의 자세(stance)를 취하는 방법, 이것이 반복귀의 사상으로 이어져갑니다. 그래서 이것은 오키나와의 좁은 지역 속에 국한된 것이 아니라 세계적인 흐름과 파동을 함께 하고 있다고 생각해야 합니다. 물론 개인의 사상은 각각의 연령이나 시대에 따라 성숙과 전위(轉位)의 과정이 있습니다.

그런 관점에서 보면 여러 가지가 새롭게 재검토됩니다. 지금 우리는 기상위성에서 태풍의 움직임을 관찰할 수 있습니다. 소용돌이치면서 발달하거나 쇠퇴하는 모양을 잘 볼 수 있습니다. 그런데 태풍 속에 휘말려 있을 때에는, 자신의 집 문단속을 걱정하는 것만으로도 정신이 없고, 태풍의 전모는 보이지 않습니다.

1968년 전후의 시기는 오타 마사히데(大田昌秀)처럼 미국에 유학 갔던 사람들 및 일본에 유학하고 있던 사람들, 나처럼 노동운동을 하다가 가고시마(鹿児島)로 전보발령되어 외부에서 오키나와를 보고 있던 사람이 다시 오키나와에 돌아와서, 자신들이 밖에서 보고 있던 오키나와의 상황은 무엇이었는가 하는 것을 생각하기 시작한 시기였습니다. 그리고 민족이든, 국가이든, 다른 지역이든, 문제를 상대화된 형태로 쉽게 볼 수 있다는 것을 깨닫게 됩니다. 그리하여 70년대를 향한 오키나와의 사상적 기초가 마련되어 갔습니다.

나는 1968년에 가고시마에서 돌아왔습니다. 그때 오키나와는 이른바 삼대선거 - 류큐정부주석, 입법원의원, 나하시장선거 - 에서 운동의 조류가 주석 공선(公選)을 향해 일거에 최고조에 달하는 시기였습니다. 오키나와에 있으면서, 교공2법투쟁(教公二法鬪爭)[「지방교육지역공무원법」 「교육공무원 특례법」이 제출되어, 교직원의 정치활동 제한, 쟁의행위 금지를 꾀했지만, 1967년 2월 입법원을 포위한 대중행동에 의해 폐기되었다]라든지, 섬 전체투쟁[54년 미국 군정부가 군사지역 사용료를 일시불로 내는 대신 토지를 무기한 사용할 방침을 나타낸 것에 대해 '땅을 지키는 4원칙'(일시불 반대, 적정보상, 손해배상, 신규접수 반대)을 내걸고 섬 전체가 싸운 투쟁] 등을 계속하던 동료들은 결국 소용돌이 속에 있기 때문에 "복귀라는 것은 이른바 오키나와의 혁명이다"라고 생각하고, 그 운동에 열중해 있었습니다.

그런데 외부에서 온 사람들이 "지금 추구하는 복귀운동의

182

목표인 여러분의 국가라는 것은 대체 무엇인가"라는 의문을 던져 패닉 상태가 되어 버립니다. 이들은 자신들이 돌아가고자 하는 조국=모국이 하나의 국가이며, 이 국가란 것은 대체 무엇인가에 대해서는 거의 생각하지 않은 상태였습니다. 미 군정에 대해서 열심히 저항하기는 했지만, 자신이 돌아가려고 하는 국가가, 근대 이후에 형성된 또 하나의 국가라는 것에 대해서는 의식하지 못하고 있었습니다. 1968년에 오키나와로 돌아가자마자 삼일신서(三一新書)에서 『오키나와 · 본토복귀의 환상(沖縄 · 本土復帰の幻想)』(吉原公一郎 편)이라는 재미있는 기획서가 발간되었는데, 이 책에서 이와 관련된 뜨거운 논의가 전개되고 있습니다.

반복귀론 전사(前史)

히야네 그 1968년에 이르기까지를 먼저 묻겠습니다. 57년에 『오키나와타임스』 미야코지국에 부임하여 1년간 계셨습니까?

가와미츠 그렇죠. 그때도 역시, 거리를 둔 관점에서 자신이 해온 일을 상대화할 수 있는 기회가 있었습니다. 53년 정도부터 이사하마 토지투쟁 등, 학생운동을 해왔습니다. 자신 나름으로는, 일본공산당 오키나와 지하세포 예비군[53년 비합

법공산당 결성]이라는 의식을 가지고, 미국 CIA의 눈을 피해 운동하고 있었습니다. 지금, 미야자키(宮崎)에 계신 고쿠바 고타로(国場幸太郎)씨[2008년 작고, 비합법공산당 조직자. 55년 CIC(미군방첩대)에 의해 납치되어 고문을 받음]가 도쿄대학을 졸업하고 뛰어난 조직자로 활동하고 계셨습니다. 고쿠바씨와 함께 아와세(泡瀬)[66]까지 가서 청년회에 마르크스주의를 열심히 설파하는 작업도 하고 있었는데, 53, 4년 무렵의 일입니다. 당시의 인민당[47년 오키나와인민당 결성]은, 세나가 가메지로(瀬長亀次郎)[67]씨를 중심으로 한 오키나와의 사상적 이념적인 큰 기둥이었습니다. 언젠가 우리들도 그 인민당 당원으로 가입할 수 있다면 더 이상 바랄 것이 없다는 기분이었습니다.

하지만 57년에는 미야코로 가게 되었고, 인민당과는 아예 관계를 끊고 지냈습니다. 인민당은 미군에 대한 저항을 주로 내세웠습니다. 사회대중당[1950년 10월 결성. '복귀' 이후에도 유니크한 지역정당으로 존속. 약칭 사대당]은, 전전의 대정익찬회(大政翼賛会)적인 입장에서 학교 교사를 하던 사람들이 전후 그대로 남아 조국복귀라는 목표를 세우고 결성되

---

66 오키나와현 오키나와시(구 코자시)의 해안 지역의 지명.
67 오키나와의 정치가(1907~2001). 중의원의원, 나하시장, 오키나와 인민당위원장, 일본공산당간부회 부위원장 역임

었습니다. 조국주의·모국주의에 바탕하여 사대당 운동을 추진합니다. 다른 한편 인민당은 미국에 대한 저항에서 출발하여 일본공산당의 민족독립노선에 따라 복귀를 목표로 대오를 나란히 하는 방식으로 일본국가를 추구해간 것입니다. 이러한 흐름이 드러났기 때문에, 나는 1960년 전후에 「속임수와의 결별」(欺瞞との決別)이라는 시를 썼습니다. '어머니 같은 존재(母なるもの)'라거나, 정의(正義)라거나 하는 식으로 사람들이 거부할 수 없는 것을 내거는 것의 기만성으로부터 자신은 결별한다는 것을 선언한 것입니다.

히야네 57년이라고 하면 제가 초등학교 4학년 때입니다. 가와미츠 선생이 미야코에 계셨던 그때, 아버지가 저를 데리고 나하에 놀러 갔는데, 그때 세나가 가메지로의 연설회장에 데리고 갔습니다. 기억나는 것은 세나가씨의 특이한 풍모와, 사투리를 섞어서 "미국은 우치난츄의 낭심(フグイ)을 끊는다"고 말하던 연설입니다. 엄청 무서웠다는 인상이 남아 있습니다. 저희들이 어릴 적에도 일상 속에서 빨갱이는 무서운 사람들이라고 이야기되었습니다. 부모님이나 할머니가 말씀하시는 중에 "저놈은 빨갱이야"라는 말이 나오면, 그것만으로 완전히 도적이나 강도 또는 살인범처럼 범죄성을 띤 울림을 지니고 있었습니다.

가와미츠 선생의 청춘 시절, 50년대 초반이라고 하면, CIC 와 CIA의 추적도 있고 힘든 시간이 아니었는지요?

가와미츠 덕분에 영어를 배우지 못했습니다. 미군의 기지 정책에 대한 반대투쟁만 하고 있는 사이에, '귀축 미군(鬼畜米兵)'[68] 이라고 하는 식으로 미국에 대한 만만찮은 저항감이 커져서, 이따위 '적성어'(敵性言語)[69]를 배우는 것은 스파이 양성을 하는 것이라는 감각이 굳어져 버렸습니다. 실제로 당시 학내 에는 미국 민정부의 교육정보부라는 곳이 있어서 직접 대학 을 관리했고, 영문과 관계의 학생 중에는 그 앞잡이가 되어 거리에서 미행을 하거나 하는 경우도 있었습니다.

히야네 60년 안보 때는 어디에 계셨는지요?

가와미츠 59년, 60년에는 오키나와 코자(コザ)[70]지국에 있었습 니다.

히야네 오카모토 게이토쿠(岡本恵徳) 선생[1934~2006. 『현대

---

68 2차대전 당시 미국과 영국을 적대시하여 쓴 어구인 '귀축미영'(鬼畜米英)을 본뜬 표현.
69 2차대전 때 실제로 영어를 적성어로 규정하고 일상화된 영어표현을 일본어로 바꾸 어 쓰자는 지침이 내려지기도 함. 이를 빗댄 표현.
70 현 오키나와시.

오키나와의 문학과 사상(現代沖縄の文学と思想)』 등 저서 다수]이 도쿄에 계시고, 전학련(全学連)의 주류파와 함께 국회 돌입을 시도하고 기동대에 쫓길 때였군요. 그 무렵, 국회를 포위한 연좌농성 투쟁 속에서 전학련 학생이 "아이젠하워는 오키나와로 도망쳐 갔습니다"고 발표했다는 일화가 나카소네 이사무(仲宗根勇) 씨의 책[『沖縄少数派』(三一書房)]에 나와 있습니다.

가와미츠 62년경에는 몇 살이셨나요?

히야네 중학교 3학년이었습니다. 63년에 고1이 되었습니다.

가와미츠 그 무렵 류큐대학에는 이미 마르크스주의연구회(약칭 마루켄. マル研)가 만들어져 있었습니다. 당시 류큐대학 마루켄은 가장 선진적인 정보를 입수하고, 첨예한 사상적 연구를 하고 있었습니다. 그 와중에 분트(ブント)[71], 카쿠마루(革マル) 등 신좌익계의 사상이 들어옵니다. 그들과 한 번 토론을 한 적이 있습니다. 그쪽에서는 이쪽을, 인민당 계열의 민족주의

---

71 공산주의자동맹(약칭 共産同, ブント). 1958년에 결성된 일본의 신좌익그룹. 전학련 (全学連)을 이끌던 학생들이 일본공산당에서 이탈하여 결성, 안보투쟁시 활약함. 이후 해체와 재건, 재해체를 거쳐 다수의 당파로 분열됨.

운동, 사상적 견본처럼 취급을 하며 공격을 해왔습니다. "왜 같은 편으로 보아야 할 나를 공격하지?"하는 기분이 강하게 들었고, 내 이해를 넘어선 세계가 전개되고 있다고 느껴서, 번역된 뉴레프트 관계의 서적을 읽기 시작했습니다. 처음에는 파악하기 힘들었지만, 읽다 보니 과연 그렇구나, 하고 느끼게 되었습니다. 종래의 민족주의적인 공산주의, 즉 국제주의를 주창하되 그러면서도 내셔널한 대립을 되풀이하는 공산당의 체질적인 속성을 점차 깨닫게 된 것입니다. 또 그 시기에 노조위원장을 하고 있었다는 이유로 가고시마로 추방되고 말았습니다. 가고시마에서는 완전히 혼자 지내니까, 오키나와의 일은 아예 제쳐두고 요시모토 다카아키(吉本隆明)를 비롯해, 하니야 유타카(埴谷雄高)[72], 다니가와 안(谷川雁)[73], 구로다 요시오(黒田喜夫) 등을 닥치는대로 읽으면서 자신의 사상을 만들어 갔습니다. 60년대에는 오키나와의 문헌을 다시 돌아보거나 하지는 않았습니다. 오로지 일본 본토 쪽의 신좌익계 사상가들, 외국 문헌을 읽었습니다. 1968년에 오키나와로 돌아가 옛 동료들과 만나 격론을 벌이게 되자, '잠깐, 가만있자'하며 스스로를 돌아볼 필요를 느끼게 되었습니

---

72 일본의 정치·사상평론가, 소설가(1909~1997).
73 일본의 시인, 평론가, 교육운동가(1923~1995). 사회주의 리얼리즘을 기조로 한 시인으로 1960년대의 신좌익진영에 사상적 영향을 줌.

다. 이번에는 오키나와의 역사를 되돌아보면서 자신의 사상을 재구축하지 않으면 안 되겠다고 생각하고, 1969년, 70년에 걸쳐 오키나와에 관한 책을 정색을 하고 읽었습니다. 『오모로사우시(おもろさうし)』[74] 등의 고전문헌은 아직 정리되지 않았기 때문에, 입수가능한 것은 오타 마사히데(大田昌秀)가 출간한 오키나와의 역사에 관한 책이나 이하 후유(伊波普猷) 등 전전 오키나와인들의 서적이었습니다. 그 결과, 야마토의 사상과도 다른, 우리 자신 오키나와의 독자적인 사상적 자세를 세워 나가지 않으면 확고한 중심이 설 수 없다는 것을 깨달았습니다.

―그 시기의 아라카와 아키라 씨와의 사상적인 교류는 어떠했는지요?

가와미츠 내가 가고시마에 있고, 아라카와 씨[1931~. 『오키나와타임스』 근무. 『반국가의 원흉(反国家の兇区)』 등 저서 다수]가 야에야마 지국에 있었을 때, 편지를 주고 받곤 했습니다. 언젠가 훗날, 여러분이 판단할 자료가 될지도 모릅니다. 지금은 자세한 것은 이야기하고 싶지 않네요.

---

74 류큐의 옛날 노래 모음집.

복귀운동의 고양과 반복귀론의 시대

―그럼 1968년부터 70년 전후에 걸쳐 제기된 반복귀론에 대
해 묻겠습니다.

　　앞서 68년에 『오키나와·본토복귀의 환상』이라는 책이
출간되었다는 이야기를 했었습니다. 68년은 세계사적으로
도 그렇고, 오키나와도 세계적인 흐름의 파동을 받으면서
오키나와 전후사의 마침표를 찍은 해였다고 생각합니다.
주석 공선이 이루어졌고, 복귀운동과 관련하여 그 자리매
김과 극복방법이 문제시되었습니다. 이 점에 대해 『오키나
와·본토복귀의 환상』 속에서―가와미츠 선생을 비롯하여
이레이 타카시(伊礼孝)[75], 나카자토 유고(中里友豪)[76], 미네이
마사카즈(嶺井政和)[77], 마에시로 게이스케(真栄城啓介)[78]에 의
해―논의되었는데, 이것이 오키나와에서 처음으로 사상의
언어로 오키나와의 상황과 전후사를 파악해낸 것이었습니
다.[79] '반복귀론'의 원상(原像)은 그 좌담회에서 비롯되었다
고 생각합니다. "돌아가야 할 국가란, 조국이란", "오키나

---

75 당시 전 자치노(自治労. 전일본자치단체노동조합) 현(県) 본부 교육선전부장.
76 1936~. 류큐대학 국문과 졸업, 전 고교교사. 시지(詩誌) 「ＥＫＥ」 동인. 연극집단 「創
　　造」 단원
77 당시 오키나와 교직원회 정보선전 부부장.
78 시인.
79 당시 조국복귀를 희구하던 사람들의 열정과 고뇌를 읽을 수 있고, 또 각 논자의 대립점도 잘
　　드러나는 흥미있는 토론이었다고 한다. http://plaza.rakuten.co.jp/tabinokai/diary/200903160000/

와의 경우 전쟁체험이란? 천황제의 문제란 무엇인가?"하는 '반복귀의 사상'의 내용물이, 특히 가와미츠 선생과 이레이 타카시와의 논쟁 속에서 예리하게 제시되고 있습니다. 바로 그렇기 때문에 그다음의 세대에게도 큰 영향을 지녔습니다. 오키나와의 전후사가 결국은 국가의 논리로 회수되어 버리고 마는 상황과 아울러 이 좌담회를 계기로 가와미츠 선생은 「섬(Ⅱ)」이라는 시를 쓰고, 지금까지의 오키나와의 사상적 상태를 넘어서려고 하게 됩니다.

저희들에게는 아라카와, 가와미츠, 오카모토 세 분의 관계가 아주 당연한 전제처럼 되어있는데, 실제로는 그 내부에서의 사상적 격투 같은 것이 있었다고 생각됩니다. 70년대로 가는 사상(思想)으로 다듬어져 가는 과정은 거의 알려져 있지 않죠. 그 부분이 흥미롭습니다만, 어떻습니까? 또한 1968년 이후 72년에 이르는 사이에, 야마토의 잡지 등에 아라카와, 가와미츠 씨가 잇달아 논고를 발표합니다. 바로 그 같은 오키나와의 격동기에, 또 압도적인 대세였던 복귀운동에 대해 내재적인 비판을 전개해간 것입니다. 현지 언론도 물론이거니와, 야마토의 잡지를 통해서 그러한 비판을 전개한 것에는 무슨 사정이 있었는지요?

가와미츠 69년에는 야라 주석이 당선되면서, 오키나와의 복귀운동은 최정점에 도달합니다. 72년으로 몰려가는 판세가 이

미 그때 이루어져 있었습니다. 하지만 67년, 68년 단계에 당시의 아이치(愛知) 외무대신 등이 미국에 가서 오키나와 반환교섭이 이미 진행되고 있었습니다. 하지만 그러한 정보는 오키나와에는 전해지지 않았습니다. 이런 움직임을 포착할 수 있었던 사람은 소수에 불과했습니다. 오키나와가 야라 주석을 대장으로 삼아 열심히 복귀운동을 했기 때문에 오키나와를 복귀시키는 것이 아니라, 일본국가와 미국국가 간에 국가운영상의 거래의 결과 복귀를 시키는 것이기 때문에 이에 대해 '같은 민족', '조국', '어머니의 품으로' 등과 수준의 정서적인 접근을 하고 있다가는 터무니없는 꼴이 되고 만다는 생각에서 70년 무렵부터 지역 신문에 「반전과 자치(反戰と自治)」라는 박스기사를 연재했습니다. 이를 전후하여 아라카와가 「반골의 계보(反骨の系譜)」를 연재했습니다. 아라카와 씨는 연구능력이 탁월했기 때문에, 오키나와의 역사를 풀이하면서 반체제운동에 투신한 사람들에 대해 집필했습니다. 나는 70년 투쟁을 향한 추진력을 얻은 일본의 신좌익 및 민청(民靑)[80] 등에 대해서도 다루었습니다. 가장 많을 때에는 오키나와에만 20개 정도의 그룹이 있었습니다. 이런 그룹들의 사고방식, 행동을 추적하여 「현대 젊은이들의 이론과 행동

---

80 일본민주청년동맹(日本民主靑年同盟)의 약칭으로, 일본공산당 계통의 청년조직.

(現代若者の理論と行動)」이라는 연재도 했습니다. 그러자 중핵파(中核)[81]로부터는 "저 녀석은 카쿠마루의 아첨꾼이다", 카쿠마루로부터는 "중핵파의 첩자다"라는 식으로 비난받는 등, 격심한 당파투쟁 속에서 성가신 일을 겪기도 했습니다. 그때 국정참가 선거[82]라는 문제가 제기됩니다. 반미투쟁의 선두에 선 세나가 가메지로(瀬長亀次郎)의 인민당을 비롯하여, 오키나와의 정당 전체가 후보자를 내세워 여기에 빠져들어 갑니다. 법치국가라는 것은 당연히 하나의 법질서 아래에 있는 것입니다. 일본국가 안에 들어가 있지도 않은데, 오키나와에 선거권을 주고, 선출된 후보자가 국회에 들어간다는 것은 대체 무엇인가? 이렇게 뻔히 속 보이는, 법적으로도 엉터리 같은 짓은 말도 안 되는게 아닌가? 일본 국회에 대만에서 후보를 다섯명 뽑아 참가시키는 법률 같은 건 생각할 수도 없죠. 그런데도 당시는, 오키나와에 대한 일본의 잠재주권 유지라는 주장 하에 이런 선거가 실시되었습니다. 그래서 나는, 오키나와의 복귀라는 것은 어디까지나 의도적으로 계획된 것이기 때문에 확실히 반론하지 않으면 안 되겠다고

---

81 일본 혁명적 공산주의자동맹(혁공동) 전국위원회의 약칭. 1958년에 창설된 '혁공동'이 노선 차이로 분열, 중핵파가 주류가 되었다. 카쿠마루와는 앙숙 관계가 되었다.
82 류큐정부 시대의 오키나와에서 일본의 중의원, 참의원 의원을 선출하기 위해 1970년에 행해진 선거. 1971년에 조인된 오키나와반환협정 비준을 위해 국회에 특별위원회가 설치되었고, 선출된 의원은 협정비준 심의에 참가했다. 반면 신좌파 당파들은 선거 보이코트의 자세를 취했다.

생각되어 국정참가 거부투쟁을 조직했습니다. 그 결과 '반복 귀론'은 정치조류로서 동전의 양면과 같은 역할을 담당하게 되어 갑니다.

그렇기 때문에 나는 "이제 와서 과거를 돌이켜보는 것 따위는 아무래도 좋다"고 말하는 건 아닙니다. 그 당시에도 '반복귀론'은 아무래도 좋았지만, 현실적인 정치의 흐름면에서는 반복귀론에 가담하여 정치활동을 전개할 수밖에 없다는 유보조건을 달아왔던 것입니다. 복귀운동은 그 자체가 이데올로기화한 단계에서 이미 정치운동이 되어버렸습니다. 이에 대한 비판으로서 '반복귀론'이 형성되었는데, 이것은 정치조류로서는 동전의 양면일 수밖에 없습니다. "일본으로는 왠지 돌아가고 싶지 않다"는 식으로 복귀운동에 대한 반발이 일어났다 하더라도, 그것이 정치를 넘어서 어떠한 사상적 내용을 획득해가는가, 그 점이 관건이기 때문에 '반복귀론'의 단계에서는 정치조류의 동전의 양면일 수밖에 없는 것입니다.

앞에서도 잠깐 이야기를 했었지만, 국정참가 거부투쟁을 계기로 하여, 모두가 "국가란 무엇인가"라는 성가신 과제에 열심히 매달리게 되었습니다. 그런 흐름이 1981년의 '헌법안' 작성의 시기까지 지속됩니다. 이는 단순한 지속이 아닙니다. 72년의 '복귀'가 압도적인 흐름에 의해 실현되고, 여론도 "복귀해서 좋았다"는 쪽으로 흘러갑니다. 그렇게 되자 '복귀반대'를 외쳤던 저 '세상과 동떨어진' 녀석들은 대체 뭐냐, 하는 식이 되어갑니다. 대학에서도 체제 측의 발언력이 커지고, 이쪽에서 집필하는 글은 작은 잡지 등에 조금씩 실릴뿐입니다. 아무리 글을 써도, 오키나와에서 하나의 사상 조류를 만들어낼 만큼 비중이 크지 못합니다. 81년에 '헌법 안'이 나온 것은, 패배를 거듭한 끝에 막다른 길에서 '돌변' 하고 나섰던 것이라고 보아야 합니다. 다행히도 내가 『신오 키나와문학』의 편집 책임을 맡게 되었기 때문에 게재할 수 있었습니다.

히야네 1969년 7월이었나, 오투위[沖鬪委. 오키나와투쟁학생위원회(沖繩鬪爭學生委員會)의 약칭. 오키나와 출신 일본유학생의 공동투쟁조직]와 류큐대학의 카쿠마루가 함께 짓자쿠(勢理客)[83]에 있던 류큐 민정부(USCAR)[84]에 돌입하여, 성조기를 불태워 버리는 일이 있었습니다. 그리고는 류큐대학으로 돌아가기로 되어 모두 버스에 탔습니다. 하지만 저는 69년 4·28 때 잡힌 경험이 있기 때문에 버스에 타기가 꺼림

---

83 오키나와현 우라소에시에 소재한 지명.
84 류큐열도 미국 민정부. United States Civil Administration of the Ryukyu Islands의 약칭. 미군이 오키나와 통치를 위해 1950년에 세운 기구. 1945년 1월에 세워진 류큐열도 미국 군정부의 후신.

칙하다는 직감이 들어서, 몇몇이서 택시를 타고 류큐대학으로 갔는데, 아니나다를까 그 버스 통째로 나하경찰서로 호송되어 칠십몇 명이 체포되는 사건이 있었습니다. 4・28 때도 슈리(首都) 제압, 수상관저 점거라는 구호 아래 도쿄역에 결집하여, 유라쿠쵸(有楽町)・신바시(新橋)를 향해 철로 위를 행진하여 야마노테선(山手線)부터 신칸센(新幹線)까지 전부 정지되었습니다. 7월 들어 류큐대학 카쿠마루와 공동투쟁했을 때에는, 아직 눈에 띄는 파벌 간 폭력분쟁(内ゲバ)은 시작되지 않았습니다. 오투위는, 같은 해 8월에 여권을 불태워버리고 하루미(晴海)에 강행상륙하는 투쟁[도항제한철폐투쟁(渡航制限撤廃闘争) 오투위는 68년 이래, 여권 제시를 거부하고 강행상륙해왔다]을 하고 있습니다. 9월 5일에 히비야(日比谷)에서 전국 전공투의 결성집회가 있었을 때에 적군파(赤軍派)가 회장에 난입한 사건이 있었고, 그 후부터 내부폭력분쟁이 전면화되는 시대가 되었다고 기억합니다.

저는 7월의 민정부 돌입투쟁 후 도쿄로 돌아가, 8월의 강행상륙 때에는 하루미에서, 즉 일본 본토 측에서 지켜보고 있었습니다. 복귀협이 도쿄행동대를 파견하여 오투위는 함께 시위를 했습니다만 거기에는 참가하지 않고 돌아왔습니다. 4・28 때에 갑자기 게바봉(ゲバ棒)[85]・헬멧으로 참가했던 나로서는, 복귀협의 도쿄청원대(東京請願隊)의 태도가 미적지

근하다는 인상이 있었습니다. 오투위는 도쿄와 오키나와를 오가면서, 8월 무렵에는 교토대학의 학내봉쇄투쟁에 참가하고, 이후 구마모토대학, 가고시마대학의 전공투 성원들과 가두에서 시위를 하고는 오키나와로 돌아가는 식의 패턴이었습니다.

69년부터 70년이 되었을 때에 시대의 열기가 갑자기 퇴조한다는 이상한 느낌을 맛보았습니다. 국정참가투쟁 때에는 나하의 교직원회관에서 토론회[70년 10월 8일의「국정참가거부대토론회(国政参加拒否大討論会)」이던가?]가 있었습니다. 그때 회장 부근의 요기(与儀)초등학교에서 복귀협의 궐기대회가 열려, 저는 그 입구에서 다른 멤버와 국정참가거부투쟁 관련 전단지를 나눠주고 있었습니다. 회장에는 나카이마 신(中今信)이라는 류큐대학 교수가 마이크로 "나는 조국복귀에 목숨을 걸고 있습니다"는 식의 주장을 외치고 있었습니다. 그걸 들으면서, 뭔가 덧없다고 할까, 머릿 속이 혼란스러워지는 듯한 기분에 망연히 서 있던 기억이 있습니다. 그 무렵은 단순한 문학적, 실존적 감각으로 정치사상 및 사회 동향에 대응하고 있던 상태라서, 국정참가거부투쟁 및 반복귀의 발상, 통합과 반역의 사상의 핵심을 제대로 파악하고 있지

---

85 과격파 학생 등이 난투에서 휘두르는 각재, 쇠파이프 등.

못했다고 생각됩니다.

가와미츠 69년의 이야기를 하자면, 오키나와의 사상적 방향을 결정적으로 만든 것은, 출판사 모쿠지사(木耳社)의 『총서 우리 오키나와(叢書わが沖縄)』였다고 생각합니다. 다니가와 겐이치(谷川健一)씨가 『오키나와의 사상(沖縄の思想)』이라는 책을 기획하여, 아라카와, 가와미츠, 오카모토가 각각 한사람당 4백 자씩 채워서 백 매에서 백오십 매 정도의 원고를 집필하게 되었습니다.[86] 그 가운데, 아라카와가 역사를 중심으로['비국민'의 사상과 논리 — 오키나와에서의 사상의 자립에 대하여(「非国民」の思想と論理 — 沖縄における思想の自立について —)], 내가 메이지 이후의 천황제 수용에 대해[오키나와에서의 천황제 사상(沖縄における天皇制思想)], 오카모토가 섬의 공동체를 중심으로[수평축의 발상(水平軸の発想 — 沖縄の「共同体意識」について —)] 집필하는 식이었습니다. 각자가 나름의 과제를 발견하여 이후의 문장활동을 전개해가게 되는 것인데, 가령 공동체를 논한다 해도 거기에는 문화, 정치, 생산·경제의 문제가 전부 포함되어 있기 마련입니다. 오카모토의 경우는 공동체의 의식을 중심으로 문제를 포착해갔습니다. 천황제

---

86 일본은 일반적으로 4백자 원고지를 사용했다.

의 경우는 연구영역이 너무나도 넓은지라, 한편에서는 사직론(社稷論)·종교론(宗敎論)으로 가지 않으면 안 되고, 다른 한편에서는 국가론이 필요해집니다. 더욱이 고대로 거슬러 올라가는 천황사(天皇史)의 차원에서 생각할 경우, 또 메이지 이후 만들어진 가상(仮想)·허구(仮構)로서의 천황제 등 어느 차원에서 접근하느냐에 따라 문제가 잔뜩 나옵니다. 그리고 카리스마에 의해 민중이 동원되어가는 조건은 어떻게 정리할 수 있는가 하는 문제도 그로부터 도출됩니다. 이렇게 넓게 확산되기 때문에, 메이지 이후의 근대국민국가를 총체적으로 대상화하지 않으면 각각의 대답을 이끌어낼 수 없는 성가신 주제입니다.

오키나와의 역사에 관해 이야기하자면, 가령 메이지까지 거슬러올라가면 인류관사건[87]이나, 자하나 노보루(謝花昇)와 나라하라(奈良原) 현지사와의 대결, 징병검사에 대한 저항 등의 형태로 문제가 제기됩니다. 더 시대를 거슬러 올라가면, 야마자토 에이키치[山里永吉, 1902~1989, 『壷中天地』 등 저서 다수][88]처럼 상진왕(尙眞王) 시대의 류큐라거나 왕국을 독

---

87 1903년 열린 오사카박람회에서 류큐인들이 전시의 대상이 된 것에 항의한 사건이다. 이들은 '학술인류관'의 일정 구역에서 자신들의 민족의상을 입고 일상적으로 생활하는 모습을 보여주었다. 이 인류관에 전시된 민족은 류큐인들 뿐만 아니라 홋카이도의 아이누족, 대만의 고산족, 자바인, 중국인, 인도인, 아프리카인 그리고 조선인 2명 등, 총 32명이었다.

88 오키나와의 화가, 작가, 류큐정부립 박물관장 역임.

립적이며 실로 잘 정돈된 나라였다고 인식하면서, 거기에 시마즈(島津)[89]가 쳐들어와서 일본이 정복했기 때문에 그 이후 엉망진창이 되었고, 따라서 1500년대에 번성한 류큐의 독자적·이질적 문화를 확실하게 재인식하고 그 기반으로 돌아가자는 움직임도 나왔습니다. 그래서 상당히 오랜 시간 동안 아라카와는 문화이질론 관련 작업을 지속하게 됩니다. 가령 '비국민'이라는 용어도 처음에는 일본국가에 아직 포함, 병합되지 않았다는 의미로 쓰였지만, 그 후 일본과 오키나와의 문화적 이질성이라는 상대론(相対論)으로 발전해 갑니다.

다만 스스로의 사고를 진전시키는 데 있어서, 이원론적 사고['자본가 대 노동자' 등 '이원적 대립 도식에 맞추어 세계를 인식하려고 하는 안이한 방법'. '헤겔의 변증법적 사유 이전의 데카르트적 이원론의 인식' 등. 이에 대해 '관계성의 인식'이 대치됨. 『오키나와·자립과 공생의 사상(沖縄·自立と共生の思想)』참조]는 설득력은 있지만 함정도 포함하고 있다는 점에 대해 항상 주의를 기울여야 합니다. 아나키즘 등에도 그런 경향이 있습니다. 그 함정에 빠지지 않을 수 있는 논리적 방법을 획득하지 않으면 아주 난처해진다고 생각했던 것입니다.

---

89 사츠마번(현 가고시마현)의 번주 가문.

81년 「헌법안」을 둘러싸고

― 81년의 헌법초안은 오키나와의 전후사, 민중투쟁의 일종
의 총정리였고, 사후적으로(後知惠的) 보면, 80년 전후의 세
계사적 시대의 전환기 속에서 다음 시대를 준비하기 위한
전망을 여는 중요한 의미를 지녔다고 생각되는데 어떻게
보시는지요? 일본 쪽에서는, 이에 필적할만한 작업이 명료
하게 진행된 것으로 여겨지지 않기 때문에 더욱더 이런 생
각이 강하게 듭니다만.

가와미츠 마르크스주의는, 혁명의 중심은 항상 노동자계급이라
는 설정 하에 노동자계급 대 자본가라는 차원의 이해방식을
취해 왔습니다. 하지만 그러한 계급론으로는 더 이상 체제의
구조를 파악하기가 힘들고, 노동자계급이 체제변혁의 중추
라는 것도 환상에 불과하다는 점이 드러나게 되었습니다. 동
시에 일본 자본주의가 오키나와의 촌락을 붕괴시키고, 토지
를 매점하여 해안을 확보하고 자원으로 삼는 과정을, 해양박
람회의 경위 등을 통해 우리들은 보게 되었습니다. 자본주의
가 이윤추구를 위한 자원 약탈의 폭주를 계속하는 한, 지역
사회(シマ社会)에 미래는 없다는 것을 알게 됩니다. 따라서
생태(에콜로지)의 문제도 반드시 사상 속에 포함되지 않으면
안 됩니다. 1975년의 해양박람회 무렵부터, 오키나와의 생

태 사상이 출발하였습니다. 우리들이 '자립과 공생의 사회'라는 테마를 내걸었을때, 이 '공생'이란 인간사회에 한정되는 것이 아니며, 인간도 지구 자연의 일부일뿐이고, 주위에 자라나는 풀이나 나무와 마찬가지로 자연의 일원에 지나지 않는다는 사상을 세우지 않으면 안 된다는 의미입니다. 그렇지 않으면 문제를 타개할 전망이 나오지 않습니다.

타마노이 요시로(玉野井芳郞) 씨[1918~1985. 78년부터 오키나와국제대학 교수.『玉野井芳郞著作集』(学陽書房) 등]가 '지역주의'를 제언하며, 앞으로의 자본주의사회에 대한 스스로의 관점을 세울 것을 제안했고, 이반 일리치(Ivan Illich)[90]가 오키나와를 다녀가기도 했습니다. 타마노이 씨가 돌아가셨을때, 도쿄에서도 학자들이 모여 추도를 위한 기념심포지엄을 오키나와에서 가졌습니다. 그곳에 나도 초청되었습니다. 거기서 나는 노동자도 일반민중도, 현재의 자본주의사회 속에서 형성된 관념에 기초하여 자신들의 욕망을 폭주시키게끔 되어 있다, 따라서 우리들은 현 체제에 대해 어떠한 사상적 경고를 던져야 하는가 하면, 무의식 중에 자본주의사회에서 점점 증대되어가는 '사회적 욕망'을 스스로 돌아보고 어느 지점에서 억제할 것인가 하는 것이 중요한 문제가 된다고

---

90 오스트리아 출신 철학자, 사회평론가, 문명비평가(1926~2002).

이야기했습니다. 그랬더니 도쿄대학의 선생이, 욕망을 스스로 억제한다는 건 우스갯소리에 지나지 않는다는 식으로 대응을 하더군요. 하지만 지금도 자본주의사회에서 사람들의 욕망이 폭주하는 것에 대해 어디에서 제동을 걸어야 할 것인가 하는 문제는 중요한 사상적 과제로 남아있다고 생각됩니다.

이러한 문제의식을 배경으로 「류큐공화사회헌법」을 만들었습니다. 그 안에서, 항상 자연에 대해서건 사회에 대해서건, 자기자신, 개인 안에 재판정을 지니고 자신을 다스려야 하며, 그렇지 않은 한 개인이 사회를 향하는 사상[91]이란 것은 원만히 만들어지지 않을 것이라는 점을 강조하였습니다. 자본주의의 도달점이란, 지금 우리들이 경험하고 있듯이 금융자본주의입니다. 생산 현장과 동떨어진 화폐적 환상 그 자체가 사람들의 욕망을 부추기고, 엄청나게 소용돌이치는 힘을 만들어내고 있는 것입니다. 주식투자를 한다거나, 금융상품을 사들인다거나, 생산 현장과는 결부되지 않는 곳으로 폭

---

91 원문은 個人が社会に向かう思想. 실존주의 사상을 문학적으로 추구해보면 자기 내면성만이 주제가 되는데, 인간이란 존재는 자연적 사회적 관계성의 총체라는 인식을 전제로, 그 관계성의 그물코(網目)의 존재방식이 중요한 사상적 과제가 된다. 이로부터 개인의 존재는 어떠한 규제를 받는가 하는 문제를 추적하게 된다. 그리고 우선 자신 안에 재판정을 세우고, 그 위에서 관계성 총체의 모순 및 왜곡을 판단하는 사고회로(思考回路)를 개통한다. 이것이 법 윤리의 기본이라는 점을 강조하는 의미의 표현이다(저자의 설명 추가).

주해 갑니다. 다른 한편, 물질적 생산의 현장에서는 사람들의 생활에 정말로 필요한 내구성있는 제품을 얼마든지 만들어낼 수 있음에도 불구하고, 그래서는 기업의 자본 회전에 불리하기 때문에 오히려 단기간에 소모되게끔 하는 방향으로 노력함으로써 제품 교체를 통한 이윤 추구를 도모하는 상태에 와 있습니다.

지금은 로봇, 컴퓨터시스템에 의해 얼마든지 대량생산이 가능합니다. 그 결과 인간의 노동력은 배제됩니다. 미국이 자기 나라를 지키기 위해서라면 저 정도 규모의 군대는 필요하지 않습니다. 그럼에도 불구하고 그렇게 배제되는 노동력을 실업자로 만들지 않기 위해, 또 사회적 혼란을 피하기 위해 군대를 팽창시키고 있습니다. 결국 케인즈적인 재정론에서 파급된 것이 현재 세계에 뻗어있는 미국 군대의 배치 방식이라고 생각됩니다. 또 미국 국내에서만으로는 이 군대를 유지할 수 없기 때문에 미국과 동맹을 맺은 나라 전체에 대해 이를 유지하기 위해 공갈을 통해 예산을 지출하게 하고 있습니다. 달러라는 기축통화 발행권의 독점이 그 원흉입니다.

이런 세계에 대해 우리들은 어떻게 대응할 것인가, 이 지점에서 현대 사상이 출발하지 않으면 안 되고, 제대로 되었다면 사상은 이미 이 문제에 대한 해결책을 발견했어야 마땅합니다. 특히 일본 사상의 경우는 거품경제가 붕괴해도 미국의 힘을 배경으로 한 세계시장을 향한 자본진출에 대해서는 결코 근본적으로 비판하려고 하지 않습니다. 왜냐하면 일본에는, 미국과 자본의 힘이 국민을 행복하게 만들 것이라고 믿는 국민의식이 강하기 때문입니다. 이러한 일본의 국민의식을 우리들은 늘 담장 너머로 씁쓸하게 바라보고 있습니다.

2차대전 후인 1959년에서 60년 단계에 이른바 일정원조[日政援助, 일본 정부의 원조]가 시작되는데, 그 이전, 종전 후 한국전쟁을 계기로 미군이 오키나와에서 기지 건설을 시작하고 그때부터 일본의 자본이 대량으로 들어오게 됩니다. 미군기지건설에 투하된 자본은 모두 일본의 토건업자가 빨아들이고 있습니다. 지금도 오키나와에는 광대한 기지가 있는데, 밭이나 산을 갈라 헤쳐 거기에 콘크리트나 아스팔트를 부어넣는 것은 일본의 자본입니다. 소규모의 제당공장도 많이 있었는데, 그걸 전부 짓부수고 현(県)에 매입하게 하여 싹 청소를 한 다음에 대규모 제당자본의 공장이 경쟁하듯이 들어옵니다. 니혼세이토(日本精糖), 닛신(日清), 마루베니(丸紅) 등이죠. 이들이 오키나와의 농업을 사탕수수만 재배하는 단작(monoculture)으로 만들어버립니다. 나아가 무역 면에서 이득이라며 남미 등에서 저렴한 설탕을 수입하게 되자, 이들 대형 제당공장은 한순간에 철수하고 맙니다. 사탕수수 재배를 위해 기계를 구입하고, 빚을 낸 농가에 대해서는 아무런 책임도 지려고 하지 않습니다. 이것도 일본의 자본이 저지른 짓입니다.

오키나와에 대한 원조예산에 대해 많이들 이야기합니다만, 정부의 예산은 결국 도쿄를 중심으로 한 대자본의 통장으로 회수될 뿐입니다. 오키나와에 자본이 축적되어 이곳의 생활수준을 향상시키는 순환 기능은 단절되어 있는 것입니다.

'헌법'안의 논점

－오키나와의 전후사상이 가장 격투해온 '국가란 무엇인가'라는 문제의식이 81년의 헌법초안의 기조에 깔려있다고 생각됩니다. 72년 '복귀' 후의 상황, '복귀' 3대사업이라고 불린 식수제(植樹祭), 해양박람회, 전국체전, 이 행사들은 오키나와를 병합하여 일본 국민국가의 판도에 봉합해가기 위한 이코노미, 정치경제였습니다. 오키나와의 경우, 오키나와의 정치·경제·사회가 해체되어가는 과정이기도 했습니다. 또한 자위대가 오키나와에 주둔하게 된 것도 커다란 쟁점이 되었습니다. 가와미츠 선생의 헌법 전문에도 이 점이 반영되어 있습니다. 헌법안이 실린 『신오키나와문학』 제48호의 권두언 「석고(石鼓. いしちじん)」[92]에서는, 특집의 의도를 「'일본국'에 대한 단념(見切り)」이라는 상당히 과격한 제목

을 붙여 약술하고 다음과 같이 끝맺고 있습니다. "일본국과 끝장을 보고 이념적으로 '류큐공화사회' 건설을 지향하는 것은 절망을 희망으로 전환하기 위한 피할 수 없는 시도라고 할 수 있을 것이다. 하지만 이러한 시도의 최대의 장애는 일본 국가권력과 오키나와 내의 무기력일 것이다". 여기서 질문드립니다만, 특집에는 '류큐공화국헌법', '류큐공화사회헌법' 두 가지의 시안이 실려있습니다. '공화국헌법'안을 기초한 나카소네 이사무(仲宗根勇)씨의 의견을 들을 수 없어 유감입니다만, 국가(國)와 사회라는 두 가지 안이 81년 단계에서 제출된 의미와, 대립점을 어떻게 이해하면 좋을지 이야기해주십시오.

가와미츠 근대국가란 자본주의 발달과정에서 각각의 자본이 자신의 이권을 지키기 위한 영토를 만드는 과정에서 형성되었습니다. 초기에는 영국처럼 군대의 힘으로 인도 및 아프리카를 다투어 식민지로 만들었습니다. 자원확보 등 이권추구·확대를 위해 형성된 것이 근대국민국가라고 생각됩니다. 제1차대전은 식민지 확대를 위한 경쟁이었습니다. 제2차대전 이후는 이러한 약탈경쟁으로는 해결되지가 않아, 서로 식민지는 갖지 않기로 하고, 각각의 국민국가의 영토를 지키도록

---

92 그림 2 참조.

하자는 반성이 나오게 되었다고 생각됩니다. 국가라는 것은 자본의 이권경쟁을 위한 일정한 시스템이라고 파악하는 것이 내가 볼 때는 타당하다고 생각됩니다. 그리고 이러한 이권추구 시스템의 유지를 위해 천황을 받들거나 하는 것입니다. 의회제민주주의 시스템이건 천황제이건, 혹은 중국, 소련과 같이 당과 관료가 국가를 운영하는 시스템이건 간에, 모두 그 나라의 자본주의 발전과 관련된 이권 영토의 쟁탈이라는 형태로 전개될 뿐입니다. 근대가 발족시킨, 민족이나 국민이라는 이름을 내세운 국가 시스템이란 우리가 살아가는 현재 결코 이상적인 시스템이 못됩니다. 그렇다고 하면 우리들은 이를 넘어서는, 이상적인 사회시스템을 생각하지 않으면 안 됩니다.

국가라는 형태로 헌법을 설정하면, 만일 '류큐국 헌법'이라고 만들었다 해도 그것은 별다른 의미를 갖지 않습니다. 미국은 민주주의 나라입니다. 미 군정에서는 그런 민주주의 나라의 사고방식을 가지고 헌법에 상당하는 '대통령 행정명령'이라는 것에 의거하여 오키나와를 통치했습니다. 여기에는 인권보장이라거나 남녀평등이 깔끔하게 제시되어 있습니다. 하지만 미국의 점령정책은 모두가 알고 있듯이 말도 안될 정도로 인권을 무시했습니다. '류큐국 헌법'에서 이런저런 문구를 말한들 국가로서의 영토를 만든다면, 주위의 대만, 한국, 그리고 가장 두려운 일본, 이들 국가와 대결관계를 유지하지 않으면 안 됩니다. 이것은 가장 끔찍한 선택이 아닙니까? '대통령 행정명령'과 다를 바 없게 됩니다. 요나구니지마(与那国)와 대만은 가장 가까운 거리에 있습니다. '류큐사회헌법'의 형태를 구상할 경우에는, 농작물, 생선 거래 등 국경을 넘어서 자신들의 사회적 영토를 만들어갈 수 있습니다. 경우에 따라서는 오키나와 자체가 중국, 필리핀과의 교역관계를 옛날처럼 자유자재로 전개함으로써, 사회와 사회가 자신들의 생활의 필요에 상응하는 형태로 세계를 넓혀나갈 수 있습니다. 현재의 국민국가의 국경이라는 영토의 울타리를 사회적 교류를 통해 허물어가는 지표를 세우고, 우리 자신의 입장을 지켜나가자는 것이 '공화사회헌법'의 기본인 셈입니다.

―히야네 씨는 81년의 두 가지 헌법안에 대해, 지금 가와미츠 선생이 말씀하신 욕망의 억제와 '공화사회헌법'이라는 논점을 다시금 접하면서 어떤 생각이 드는지요?

히야네 반복귀론의 커다란 틀을 규정하고 있는 것은, 국가 및 법은 폭력적 지배를 정당화하는 것이라는 마르크스주의의 국가론적인 발상이라고 봅니다. 『카오스의 얼굴』 속에서도

'자본주의적 욕망'과 '실존적 욕망'이라는 표현이 나옵니다. 전 지구적 차원의 '자본주의적 욕망', 끝이 없는 인간의 욕망을 억제하고 벗어나 어딘가로 나아가기 위해서는 '실존적인 욕망'에 입각하지 않으면 안 된다는 관점이 시를 통해 이야기되고 있습니다. 「류큐공화사회헌법C사(시)안」을 당시에 읽었을 때 처음 들었던 감상은, 미시마 유키오(三島由紀夫)가 천황제를 위해 자위대가 궐기할 것을 요구하며 할복자살했을 때와 마찬가지로, "이게 정말 어디까지 제정신으로 하는 이야기일까"라는 느낌이었습니다.

　제 자신의 경우 오키나와 · 류큐에 대해 커다란 전망을 열어준 것은 69년 2월에 요시모토 다카아키(吉本隆明)가 『문예(文芸)』에 발표한 「이족(異族)의 논리」였습니다. 소론(小論)이었지만 오키나와의 부분적 반환인가, 전면적 즉시반환인가, 쓸모도 없는 일본국가를 어떻게 하지 않는 한 오키나와는 복귀를 해도 지옥, 복귀를 하지 않아도 지옥이라는 문구가 사상적 혼미상태에 있던 제 자신에게 일종의 전망을 던져주는 계기가 되었습니다. 눈이 내리는 날이었는데 그 글을 읽으면서 제법 흥분하여 걸었던 것을 기억합니다. 그 「이족의 논리」와 도리오 도시오(島尾敏雄) 씨의 야포네시아론(ヤポネシア論)이 아라카와, 가와미츠, 오카모토 세 분에게도 수용이 됩니다. '마(魔)의 트라이앵글'이라고 불리는 세 분은 각각

독자적인 사상의 차이가 있지만 공통적으로 사상의 틀을 결정짓는 것은 마르크스주의에서 '국가는 폭력장치'라고 파악하는 식의 반국가적 심정과, 반근대의 뉘앙스입니다. 가령 오카모토 선생의 「수평축의 발상(水平軸の発想)」에서도, 근대라는 것은 개인만이 살아남는 시스템이지만 공동체론의 입장에 서서 모두가 살아남는다는 발상, 방법에서 희망을 발견하고 있다고 파악하고 있습니다. 지금 이를 돌이켜보면, 근대의 개인주의, 개인의 확립보다도 공동체, 공생에 역점을 두고 반국가의 계기로 삼으려는 지향이 강하게 느껴집니다. 특히 저희들 전공투 세대가 가장 문제시했던 것은, 반국가의 심정이라는 것을 스스로의 내부에서 "누더기를 걸치고 있지만 마음만은 비단"이라는 식으로 온존하고 자위하는 것이라고 생각합니다. 그러한 의로운 의식(意識)이, 결국은 자신의 심정 속에서 세계를 이해하는 것으로 그치는 것이 아닐까 하는 것을 깨닫기 시작합니다. 혹시 반체제, 반국가적 감정이라는 것이 신념 보강(信念補強)이라는 형태로 보존되는 것에 그치는 것은 아닌가, 하는 것입니다.

이를 가리켜 '공무화(空無化)하는 급진주의(radicalism)'라고 최초로 지적한 것이 다케다 세이지(竹田青嗣)[93]입니다. 이

---

93 재일한국인 출신 철학자(1947~). 와세다대학 교수.

러한 확신을 계속 자기 안에 보존해두면 심정의 뿌리가 썩어간다는 것입니다. 60년대부터 70년대로 전환되는 과정에서 현실의 열기가 급속하게 사라져버렸을 때, 스스로가 생각하던 반국가적 심정의 근거는 대체 무엇이었는가 하는 문제를 비로소 깨닫게 됩니다. 유럽의 근대의 경우는 주관과 객관의 대립, 상관(相関)의 문제, 주관이 어떻게 객관을 정확히 파악할 수 있느냐 하는 문제의 형태로 수백 년에 걸쳐서 사상이 전개됩니다. 일본의 사상 풍토 속에서 이 문제가 출현한 것은 '사상전향(思想転向)', 전전·전중·전후(戦前戦中戦後)의 사상 전환의 시기와, 저희들 전공투 시대, 60년대에서 70년대에 사상적으로 경험해간 시기였다고 생각합니다. 사실 언어란 현실과 매우 밀접하게 결부되어 있다는 것, 또 딱 알아맞힐 수 있는 객관이라는 것은 존재하지 않으며, 실은 객관이란 언어가 구성해내는 것이라는 이해방식이 점점 성장합니다. 전중파(戦中派)의 사상체험과 전공투세대에 공통되는 사상체험이 '언어의 어긋남(言葉のねじれ目)'이라는 사상적 근거에 부딪히게 된 것이라고 생각됩니다.

81년의 헌법초안의 시점에서는 이런 사정이 전혀 명확히 드러나지 않았고, 그 뒤엉킴이 풀리기 시작한 것도 80년대 중반 무렵이 아니었나 싶습니다. 요시모토 씨의 '현재'라는 모티브를 어느 정도나 이해하고 있었는지 전혀 자신할 수 없습니다만, 거의 그 키워드만을 실마리로 삼아 70년대 후반부터 80년대로의 시대적 전환을 사고하고 있었다고 생각됩니다. 요시모토 씨의 경우에는 황국사상을 확신하고, 대동아공영권, 팔굉일우(八紘一宇)라는 천황절대감정을 따라가며 전쟁을 파헤치고 있습니다. 그런데 패전의 결과, 일거에 전후민주주의로 옮아가버린 일본의 일반민중과 전후민주주의 자체에 대한 불신이 남게 됩니다. 가장 근간이 되는 것은, 절대적 감정이었던 천황제가 하룻밤 사이에 완전히 리얼리티를 잃어버린 사태는 대체 무엇이었는가 하는 것으로, 이것이 전중파의 핵심적 문제제기였다고 생각됩니다. 유럽의 경우, 주관과 객관의 문제를 어떻게 처리하느냐 하는 문제를 웬만큼 파악하게 된 것이 80년대 중반 무렵이었습니다. 류큐 '공화국' 및 '공화사회'라는 두 개의 헌법초안과 익명좌담회[94]를 지금 돌이켜보면, 국가, 권력, 법, 자본주의에 관한 개념이 어지럽게 뒤섞여 있는 등 당시의 시대적 제약을 잘 알 수 있습니다.

이렇게 살펴보자면 반복귀론이나 헌법초안에서도, 반복귀론의 반국가적 지향이나 마르크스의 국가에 대한 기본관점이 전혀 처리되지 않은 채 심정적으로 투영되고 있는 것이

---

94 그림 3, 4 참조.

아닌가 하는 느낌이 듭니다. 이 부분은 어떻게 보시는지요?

가와미츠 푸코(M. Foucault)[95]나 가타리(F. Gattari)[96] 등 프랑스를 중심으로 한 포스트모던 계열의 사상가들의 책을 읽었을 때, 나는 이런 인상밖에 얻지 못했습니다. 즉 이 사람들은 현재 성립된 프랑스라는 국가의 틀, 그 시스템으로부터 바깥으로 나가는 것은 불가능하다는 것을 전제로 해놓고, 그 속에서 인간 개인의 의식, 잠재의식의 문제로서 사상을 찾아내려고 하고 있다. 그럴 경우 이 사람들은 아무리 자신들의 사고를 지쳐 쓰러질 때까지 진전시킨다 해도, 다람쥐 쳇바퀴 돌리기와 마찬가지로 결국 같은 곳으로 돌아오고 말 사상에 지나지 않는다.

마르크스를 부정하는 것은 아무래도 좋습니다. 혹은 근대 국가의 문제를 사색의 범위 바깥에 방치해도 좋습니다. 하지만 국가를 아무리 무시해도, 국가라는 것은 한 사람의 인간 주체 안에 이미 들어앉아 있습니다. 그렇다면 국가를 대상으로 한다는 것은 자기 존재를 대상화하는 것입니다. 자기 안의 국가성(国家性)이라는 녀석이, 현재의 전체적 시스템을 어

---

95 프랑스의 철학자(1926~1984). 『광기의 역사』, 『말과 사물』, 『감시와 처벌』, 『성의 역사』 등의 저술을 통해 인문학, 사회과학 전반에 지대한 영향을 끼쳤다.
96 프랑스의 철학자, 정신분석학자(1930~1992). 질 들뢰즈(G.Deleuze)와의 공저 『안티 외디푸스』, 『천의 고원』 등으로 알려짐.

떻게 만들어내고 있는지를 생각해 볼 일입니다. 처음에는 '반국가'라는 용어를 『일본독서신문(日本読書新聞)』에 썼는데, 그게 아니라 오히려 「비－국민의 사상(非－国民の思想)」으로 전개해야 마땅하다고 생각했습니다. 가령 우리들이 '복귀'하여 일본 국민의 자격을 얻는다 해도, 스스로가 자신 내부의 국가성을 자기상대화해버린 이상은, 단순한 '국민'으로서 그곳에 존재할 수 없습니다. 일단 겉으로는, 생활상으로는 국민으로서 그곳에 놓이고, 그런 식으로 생활하지 않을 수 없습니다만, 그럼에도 자신의 사상적 입장(stance)으로서는 어디까지나 현재의 국가를 해체하는 것 밖에 출구가 보이지 않습니다. 자신은 기정(既定)의 일본 국민이 아니다, 바로 그런 방향으로 자신의 사상적 시야를 열어젖히지 않는한, 아무리 세월이 흘러도 일본민족의 말단이라는 식으로 밖에 스스로를 자리매김할 수 없는 것입니다.

앞서 당신이 눈을 뜨게 되었다는 요시모토 다카아키의 「이족의 논리」는, 분명히 자극적인 논문이었고 내게도 참고가 되었습니다. 하지만 나는 「이족의 논리」를 읽으면서 이렇게 받아들였습니다. "요시모토 씨, 당신은 일본민족이라는 사실을 철저하게 포기하려고 생각한 적이 있습니까? 당신은 일본 국민임을 근본적으로 자기부정하려고 한 적이 있습니까? 당신이 '이족'이라고 설정한 오키나와란 무엇입니까? 당신이 일본민족으로서 자신의 확고한 장(場)을 갖고 있기 때문에 거기에 '이족'이라는 형태로 상정할 수 있게 되는 것이 아니겠습니까?" 전후 오키나와를 논하려면 그 차원까지 추궁해주기 바랍니다, 라는 식의 독해방식을 나는 취하였습니다.

심정과 상황/헌법안에서 출발하여 아시아를 향해 오키나와를 열어젖히다

─이야기가 80년대 이후의 문제까지 확대되고 말았습니다만, 다시 한 번 오키나와의 문맥으로 되돌려 봅시다. 80년대 이후의 오키나와에서는 95년의 사건이 있었고, 97년에는 「오키나와 독립을 둘러싼 격론회(沖縄独立をめぐる激論会)」가 있었습니다. 그리고 이제는 복귀 36년이 되었습니다. 그동안 「류큐공화사회헌법」이나 「류큐공화국헌법」 등을 이념으로 내세움으로써, 이를 통해 어떤 세계상이 형성되고, 어떻게 시야를 넓혀가는가? 앞서 「석고(石鼓)」에서 이야기된 「일본국에 대한 단념」의 경우, 그것이 갖는 의미와 예의 헌법구상을 통해 어떤 형태로 오키나와의 이미지, 구상을 만들어 미래로 연결해가는가? 80년 이후 현재에 이르기까지 오키나와의 사상과 실천의 경험에서 말하자면, 국가의 틀 안에서 요청하거나 진정(陳情)하거나 하는 일을 끝없이 되풀이해왔습니다. 그런 양태가 전후 60년, 동일한 원환(円環)

속에서 되풀이되고, 반복되었습니다. 그로부터 어딘가로 벗어나고 싶다는 강한 동기가 있었으리라 생각됩니다. 지금의 미일군사재편 및 일본국헌법의 개정문제—아베가 무너지고, 참의원선거에서 자민당이 대패함으로써 개헌문제는 최전선에서 약간 물러난 상황[97]이긴 합니다만—, 일본의 경우도 전환기이고, 오키나와의 경우도 미일군사재편·군사방위문제 등, 커다란 전환기라고 생각됩니다. 다시 한번 헌법을 지금의 상황적 맥락 속에서 재검토하고, 오키나와의 가능성을 아시아를 향해 열어가는 길을 어떻게 닦아가면 좋을지, 두 분께 여쭙고 싶습니다.

히야네 씨는—류큐공화사회헌법이든 공화국헌법이든, 고전근대적인 것, 혹은 마르크스주의적인 국가관의 흔적을 지닌—그것을 넘어서지 않으면 안 된다고 합니다. 하지만 그 헌법안은 마르크스를 부정한다기보다는 마르크스를 괄호에 넣는 식으로 일단 유보하면서 다른 가능성, 회로를 열어간다는 것이었다고 생각됩니다. 그럼 오키나와의 오늘날의 상황 속에서 헌법적 이념으로 구상되는 문제, 끝없이 원환을 되풀이하는 오키나와의 실천과 사상을 어떻게 단절하고 새로 열어 갈 수 있을까요?

---

97 2006년에 성립한 아베 1차정권이 2007년에 참의원선거에서 패배하고 무너진 상황을 가리킴. 주지하다시피 2012년 말 아베 2차정권이 성립하고 다시금 개헌을 추진하고 있다.

히야네 『카오스의 얼굴』에 「미추혼돈(美醜混沌)」이라는 시가 있습니다. "미추혼돈(美醜混沌) 취안몽롱(醉眼朦朧) 더 이상 천하를 논해서는 안 된다(もはや天下語るべからず)", "요시모토 다카아키라는 일본어의 마술사에게 대접받은 어리석은 머리에 고약을 붙이고 곰곰이 생각하니 더 이상 천하를 논해서는 안 되고 또 정말 일본어에 현혹되지 말 것."[98] 그리고는 "만 72세, 2004년 10월 25일, 도마리공원(泊公園)에서"라는 날짜가 붙어 있습니다. 가와미즈 선생의 말씀에 따르자면 환력 1년(還曆一年)[99]이 되는 것 같습니다. 앞서의 이야기와도 이어집니다만, 요시모토의 '이족론'이란 것은 그 분 자신이 일본민족의 입장에 있으면서 오키나와의 문제를 이야기하는 게 아니냐는 식으로 가와미즈 선생은 말씀하셨습니다. 그런 것이 아니고 요시모토 씨는 천황제의 문제나 일본국가의 근거라는 것을 오키나와가 지닌 야요이식(弥生式)[100] 이전의 역

---

98 이 대목에 대한 저자의 보충설명은 다음과 같다. "시대적 상황은 혼돈의 정도가 더해가고, 정의가 부정의가 되고 선이 악으로 뒤바뀌어, 술주정뱅이마냥 사태를 정상적으로 판단하기 힘들게 되었다. 일본어를 마술부리듯 능숙하게 사용하는 요시모토 다카아키라는 사상가에 휘둘리어, 스스로도 천하・국가를 논해볼 작정이었으나 그런 일은 이제 그만 두는 게 좋겠다. 어리석은 내 머리에 고약이라도 붙이고, 엉터리 천하・국가를 논하거나, 제대로 구사하지도 못하는 일본어로 희희낙락거리는 일은 그만두는 것이 좋겠다는 의미로 썼던 시이다."

99 저자에 따르면 60세 연령대의 경우 환력(還曆), 70대는 환력 1세, 80대는 환력 2세라고 표현한다. 2014년 현재 저자는 환력 2세이다.

100 약 2천 년 전에 성립한 일본의 생활문화양식. 벼농사에 기반을 두고 청동기와 철기를 사용함.

218

사의 무게를 통해 뒤집어엎고, 지배의 등식을 토막내어 이를 전복시키지 않는 한, 오키나와·류큐에 희망은 없다는 이야기를 한 것이라 생각합니다.

저희들은 가와미츠 신이치, 아라카와 아키라, 오카모토 게이토쿠 세 분의 존재와 반복귀론으로부터 류큐공화사회헌법까지의 사고의 경로를 전부 돌아보고, 어떻게든 앞으로 진전시키고 싶다고 생각해왔습니다. 제 결론을 말씀드리자면, 유럽의 경우 주관·객관의 문제를 해결한 것은 훗설(E.Husserl)의 현상학입니다. 훗설의 현상학을 통하지 않으면, 60년대부터 70년대에 걸쳐 저희 세대, 일본의 전후사상이 벽에 부딪히고만 아포리아를 타개할 수 없을 것이라 봅니다. 미추(美醜)의 가치평가가 혼돈에 빠지는 것은 인식론과 욕망론=에로스론의 관계축이 확실하지 않기 때문입니다. 즉, 무엇이 가장 문제인가 하면, 사회와 개인을 잇는 사회비판의 경로, 인간과 사회의 관계를 어떻게 파악해야 좋은가, 라는 문제가 주요한 테마가 될 것입니다. 이때 실존의 문제와 사회의 문제가 어떻게 상호 관련되는지를 생각해야 합니다. 가장 근본이 되는 것은 사회비판을 행할 때에 인간의 가치문제로부터 전개해가야 한다는 발상의 전환입니다. 이 점에서부터 다시한번 사회비판을 재조직해갈 필요가 있지 않을까요?

가와미츠 지금 이야기하는 인간의 가치란 무엇이죠?

히야네 인간의 가치란 것은 아까부터 이야기되는 욕망 속의 실존적 욕망―니체 등이 앞서서 욕망이라는 용어를 사용했고, 이를 들뢰즈/가타리가 욕망기계라는 형태로 수용했는데―, 부정적인 것이 아니라―니체에게 '권력에의 의지'라는 말이 있습니다만―가치를 만들어내는 것은 인간의 생(生)의 의욕이라는 것입니다. 이것이 욕망이며 다른 말로 하자면 에로스라는 것입니다.

욕망=에로스라는 것이 의미와 가치를 만들어낸다는 관점에서 사회를 파악할 경우, 근대의 재정의(再定義)라는 문제가 대두됩니다. 포스트모던 사상이 벽에 부딪히게 된 것은, 앞서 가와미츠 선생께서 말씀하셨듯이 욕망의 장치, 시스템 속에서 다람쥐 쳇바퀴 돌듯이 그저 그 안쪽을 빙글빙글 돌 수밖에 없기 때문입니다. 이렇듯 자본주의는 되돌이킬 수 없는 절망적인 욕망의 시스템이라는 발상이 어디에서부터 나왔냐하면, 근대의 주관·객관의 파악방법에서입니다. 주관은 객관을 파악할 수가 없고, 인간은 더 이상 시스템을 어찌할 수가 없다, 따라서 포스트모던 사상은 절망으로 갑니다.

가와미츠 그건 절망이 아닙니다. 절망을 말하는 것은 쉬운 일입니다. 하지만 절망의 경계를 어떻게든 타개하고 스스로의 생존 가능성을 발견하기 위해서, 사상은 어떠해야 하는가에 대해 지금 이렇게 끊임없이 논하는 것입니다.

히야네 사상은 어떠해야 하는가 하면, 초월(超越)이란 것을 점검(check)해야 한다는 것입니다. 어떠한 초월적 사상이나 이야기(物語)에도 의존하지 말고, 욕망의 일상생활권에 입각하여 시민사회의 이념을 내세워가는 것이라고 보는 것입니다. 그러면 헤겔이 제기했던 자유의 상호승인이라는 관점이 나옵니다. 근대가 성립한 시점에서 시민사회가 봉건사회를 무너뜨립니다. 그때 근본원리가 된 것이, 개인의 자기결정권을 성립시키기 위해서는 자유의 상호승인이라는 것이 전제가 되지 않으면 안 됩니다. 이것을 현실적으로 보장하는 것은 무엇인가 하면, 타인의 자유를 침해한 경우에는 이를 법률로 벌한다는 것인데, 이 법률을 누가 보증하느냐 하면 일반의지에 기초한 국가권력 외에 있을 수가 없습니다.

가와미츠 그건 지나치게 단락(短絡)적인데…, 국가권력 밖에 없을까.

히야네 그것을 보증하는 것이 권력이라고 위치지우면, 권력이라는 것은 모두 악이라는 관점은 성립하지 않게 됩니다.

가와미츠 말도 안 돼. 권력을 악이라거나 필요악이라고 논하는 것은 내가 보기에는 난센스입니다. 그런 맥락에서 권력의 문제를 논해서는 안 됩니다. 권력은 어디까지나 개인을 넘어선 시스템으로 성립하고, 또 그 시스템은 스스로의 내부에도 침투하는 것으로 보아야 합니다. 각 개인이 자기 안에 재판정을 갖는다는 것이 상호승인의 기본이라고 생각합니다. 권력에 의존하지 않으면 자신의 원죄성을 인식할 수 없다, 다스릴 수 없다는 것은 자기결정도, 상호승인도 법권력이나 국가권력에 위탁하려는 회로에 지나지 않습니다.

히야네 그건 그렇습니다. 하지만 자유의 상호승인을 확보하기 위해 권력은 정당화됩니다. 무엇이 권력의 통치를 승인하는가 하면, 거기서 사회계약론, 일반의지라는 사고방식, 정치원리가 도출됩니다.

가와미츠 그런 논리로 간다면, 군대도 필요하고, 경찰도 필요하고, 해상보안청도 필요하다고 되는 식으로, 현상적으로 완벽하게 자신을 위임하는 사상이 될 뿐입니다. 위임함으로써 자신은 급료를 받아 한 사람의 시민으로서 살아간다는 것밖에 안 됩니다. 오키나와가 아무리 수탈당하건, 수탈당한 곳에서 살아갈 수 있다면 별로 문제는 없다는 게 됩니다. 하지만 무엇인가를 생각한다거나, 사회를 인식한다는 것은 대체 무엇인가? 자기자신은 관계성에 연결되어 존재합니다. 이러한 인식을 포기하지 않고 사고를 진전시키지 않으면, 결국 그러한 관계성을 모두 끊어버리고, 상호자유의 승인 같은 것이 되어버리고 맙니다. 그다음은 신자유주의가 기다리고 있는 게 아닙니까?

또다시 헌법안과 동아시아의 현재에 대해서

―조금 이야기가 확대되고 말았습니다. 세계의 부분질서에 지나지 않는 주권국가가 세계를 뒤덮고 있습니다. 그 속에서 동아시아의 근대라는 것이 전개되었다는 의심할 여지없는 세계사적 궤적이 존재합니다. 냉전구조 하에서도, 이에 규정된 오키나와의 전후사가 존재합니다. 그 속에서 전후 60년간, 동아시아 권역의 일본, 또 오키나와, 나아가 다른 나라들과의 관계를 수립해왔습니다. 이러한 흐름 속에서 앞서도 이야기되었듯이 80년대에 류큐공화사회헌법이 구상된 의미란 무엇인가? 그리고 그것이 오늘날 동아시아의 맥락 속에서 가능성을 지닌다고 한다면 그것은 어떤 것일까? 혹은 공화사회헌법은 동아시아의 글로벌한 전개 속에

서 사어(死語)가 되어버린 것일까? 이번 심포지엄은 이런 점까지 다루지 않으면 안 된다고 봅니다. 마지막으로 이 점에 대해 말씀을 듣고 싶습니다.

가와미츠 공화사회헌법의 시도는 매우 커다란 의미가 있었다고 지금도 생각하고 있습니다. 현재 일본의 헌법개정문제가 제기되는데, 이에 대해 나는 다음과 같은 입론을 제시하고 싶습니다. 지금의 대의제국가에 자신을 위임하여 의회에서 개헌을 한다는 것에는 절대 반대한다고. 다만, 하나의 방법으로서 47개 도도부현 전체에 헌법안 기초를 의뢰하여, 각 현이 대표자를 모아 헌법 초안을 만들고, 그 헌법 초안을 고시엔(甲子園)의 고교야구대회처럼 한곳에 모으는, '우리의 헌법'(「おらが憲法」)과 같은 형태로 지역에서부터 대표를 각각 보냅니다. 그 초안을 심의회가 심의하여, 가장 이상적인 헌법안을 채택하여 개정하는 식으로 한다면, 이것은 좋은 기회가 될 수 있습니다. 나는 이렇게, 풀뿌리 차원의 밑으로부터의 자주헌법을 만들자는 문제설정을 제안하고 싶습니다. 그런 의미에서는, 단독으로 공화사회헌법을 작성한 경험이 사물을 생각하는 토대가 되었다고 생각합니다. 지금 눈 앞의 개헌문제에 대한 자세도 이 토대로부터 나옵니다.

또 하나, 『아사히신문』에 쓴 적이 있습니다만, 자본주의는 글로벌화하고 있기 때문에 자본 측은 이미 국경을 넘어섰습니다. 그렇다면 국경을 넘어선 자본에 대항하는 구상이 필요해집니다. 국민국가라는 경계설정의 의미는 점점 약해지고 있습니다. 그 대신 광역 통화권을 확립할 필요가 생깁니다. 유럽에서는 EU를 만들고, 미국은 달러권을 만듭니다. 이처럼 국가를 넘어선 커다란 틀짜기에 대해서, 단계적으로 아시아에서 하나의 통화권을 만들어 EU 및 미국에 대항해가는 시스템을 구상해야한다는 것을 말한 적이 있습니다. 일거에 이상적인 상태에 도달하는 것은 쉽지 않은 일이지만, 이념적인 지표를 세워 놓으면, 단계와 수단도 차차 나타나게 될 것이라 생각합니다.

히야네 지금 『류큐신보(琉球新報)』에 사토 마사루(佐藤優)씨의 『우치나평론(ウチナー評論)』이라는 연재기사가 게재되고 있습니다. 거기서, 역사교과서의 오키나와전투 관련 기술 개찬(改竄) 문제 등을 염두에 두고 오키나와는 '주장(主張)의 시대'에 들어섰다는 이해방식을 보이고 있습니다. 그러한 오키나와의 외침 가운데 핵심에 위치하는 것이 '반복귀론'과 '류큐공화사회헌법'의 시도라고 생각하고 있습니다. 이하 후유(伊波普猷)의 말 가운데 '시마마디(島惑い)'[101] 라는 말이 있습니다. 이 시마마디 및 오키나와의 외침을, 우리 세대가 계승

하여 미래의 오키나와의 전망으로 이어가야 한다고 늘상 생각하고 있습니다. 오카모토 게이토쿠 추도 심포지엄 때에도 "마르크스와 헤겔은 모순되지 않는다"라고 말하자마자, 가와미츠 선생에게 일축당하고 말았습니다. 제 생각으로는, 실존적인 에로스라는 것을 중심으로 사회계약을 재검토해가면, 어떻든지 간에 권력론, 국가론을 다시 설정하지 않으면 안 됩니다.

그런데, 현재 위기감을 느끼는 일이 한 가지 있습니다. 우치다 다츠루(内田樹)[102] 및 가토 노리히로(加藤典洋)[103]의 헌법 9조 현상유지설이 아마도 일본 국민 다수의 의견을 대표하는 것이 아닌가 싶습니다만, 그렇다면 오키나와의 현상은 언제까지나 '일본과 미국이라는 두 무뢰한 국가와 국민'에게 무시 받고 짓밟힌 채 지내야 하는 것이 아닌가, 하는 의심을 버릴 수가 없습니다. 이런 의심을 일본 국민(보통 사람들)의 사상적 정통성(orthodoxy)을 향해 오키나와의 일반의지의 정당성으로 승화시켜 맞부딪힘으로써, 미래로의 전망을 열고 싶다고 절실히 생각합니다.

---

101 島惑い(シママディー)란, 오키나와의 고어나 현대어에도 없는 말로서 이하 후유의 조어(造語)이다. "고향 오키나와(우치나)의 갈 길을 잃어버리는 것"을 뜻한다.

102 일본의 철학연구자, 사상가, 윤리학자, 무도가, 번역가(1950~), 코베여학원대학 명예교수.

103 일본의 문예평론가(1948~). 전 와세다대학 국제교양학부 교수. 『사죄와 망언 사이』(원제 『敗戰後論』)의 저자.

그 전에, 이사 신이치(伊佐真一)[104] 씨의 『이하 후유 비판 서설(伊波普猷批判序説)』[105]에 대한 비평을 마무리 지으면서, 나하, 도쿄, 서울, 평양, 북경, 타이베이를 묶는 키워드는 '반복귀론'이라고 썼습니다. 그리고 그 '반복귀론'의 핵심은 자기결정이라는 것. 이것이 동아시아공동체라거나, 또는 앞서 가와미츠 선생께서 말씀하신 달러권 및 EU에 대응하는 아시아의 미래 전망이 아닐까 생각하고 있습니다. 그 근간에 있는 것이 시민사회의 성숙일 것이라 생각합니다.

가와미츠 사상을 바통터치하기 위해서는, 일정한 시간이 필요할지도 모릅니다. 시대적으로 특정한 상황 속에서, 사상이 공유화된다는 것은 특히 오키나와의 경우는 어려운 것이 아닌가, 따라서 당신이 지금 논하는 문제는 앞으로 30년 정도 지난 후에 "아, 그런거였구나" 하고 납득하게 될지도 모릅니다. 후대의 사람들이 베어 쓰러뜨릴만큼의 반응이 있을만한 사상의 근간을 꼭 키워주시기 바랍니다.

히야네 저희들보다 젊음이 넘치는 가와미츠 선생님께서는 앞

---

104 오키나와 출신 근대사연구자(1951~).
105 2007년에서 출간(影書房)된 책으로, '오키나와학의 아버지'로 추앙받는 이하 후유가 일본제국에 협력한 이면을 드러내어 주목을 받음.

으로도 현역으로 활약해주셨으면 합니다.

가와미츠 여러분들처럼 젊은 활력이 넘치는 두뇌로 공부할 수는 없는 상태이기 때문에, 전 세계에서 자료를 모아 훌륭한 사상을 단련하여 만들어주기를 바란다는 말로 오늘은 일단 이야기를 마칠까 합니다.

(2008년 『정황』 5월호)

제3부

한반도·아시아·이바(異場)으로부터의 시선

'재일'[1], '차별', '조국'을 넘어서

김시종(金時鐘)[2]의 평론집 『'재일'의 틈새에서(「在日」のはざま で)』와 시집을 통해 '재일'이라는 개념을 처음 접했을 때, 몸 깊숙이에서 스멀거리는 듯한 의식의 마찰을 느꼈다.

우연히 오사카에 갔다가 가이후샤(海風社)의 사쿠이 만(作井満) 에게 이끌려 김 씨의 부인이 경영하는 '수영'이라는 작은 요리점에서 처음 김 씨를 만났다. 그 후 또다시 우연이라고 해야 할까, 볼 일을 보고 돌아오는 길에 오사카를 들렀는데, 김 씨의 책 출판 축하모임이 있어서 사쿠이 군과 함께 출석했다.

회장에서 츠루미 슌스케(鶴見俊輔)[3] 씨도 만났는데 무슨 말을 나누었는지는 기억에 없다. 다만 공부가 부족해서 '재일'이라는 용어가 국가가 제도적으로 규정한 말인지, 사회적 관용어인지 이해하지 못한 채, 혼자서 고개를 갸우뚱거린 인상만 남아있다.

'재일'이라는 용어가 국가의 제도적인 용어라고 한다면, 전후

---

1 '재일(在日, 자이니치)'이란 표현 자체는 재일한국·조선인을 가리킬 뿐 아니라, 일본 거주 외국인 전반을 가리킬 수 있는 중의성을 띠고 있다.

2 재일 한국인 작가(1929~). 원산에서 태어나 제주도에서 성장한 후 1949년 도일. 1986 년 수필집 『'재일'의 틈새에서』로 마이니치출판문화상 수상. 시선집 『경계의 시』(소화, 2008) 등.

3 일본의 철학자, 평론가, 대중문화연구가, 정치운동가(1922~).

27년간 일본국의 시정권에서 제외되어 미 군정 아래에 놓여 있던 오키나와 출신의 본토 거주자들도 '재일'이 되는 셈인데, '재일'이나 '조국'에 관한 인식과 감성이 고사명(高史明)[4]과 김시종처럼 가혹한 것이었을까 어땠을까.

나 자신도 분명히 1964년부터 68년까지 미국 고등판무관부(高等弁務官府)가 발행한 여권을 가지고, 류큐와 역사적 인연이 깊은 가고시마(鹿児島)에서 『오키나와타임스』가고시마 지국장으로 머물렀다. 하지만 '재일'이라는 소외의식보다도, 공통어에서 한참 떨어진 가고시마 방언을 들으면서, "거두(巨頭) 사이고 다카모리(西郷隆盛)의 세이난전쟁(西南戦争) 덕분에 가고시마도 일본 근대국가의 변경으로 따돌림을 당했구나"라는 동병상련의 느낌이 강했다.

그것은 내가 이미 류큐 안에서 벌어지는 '차별' 문제를 스스로 극복했기 때문에 가고시마 사람들에게 남아있는 '리키진'(りき人)[5] 차별에 감응하지 않게 된 탓일지도 모른다. 아무튼 한반도에서 온 사람들과 오키나와인들의 '재일'이라든가 '조국'이라는 용어에 대한 감성은 기묘하게 역방향으로 교차되어 왔다.

1945년 무렵부터 오키나와의 '조국복귀'라는 정치 슬로건은

---

4 재일 한국인 작가(1932~), 평론가. 일본 야마구치현(山口縣) 출신, 부모는 경남 마산 출생으로 일제의 토지 수탈과 전쟁에 내몰려 일본으로 이주, 평생 탄광노동자로 일함. 재일조선인 소년의 성장소설 『산다는 것의 의미』로 일본아동문학자협회상 수상. 외동아들의 자살 후 신란(親鸞)의 가르침에 귀의해 각지에서 강연 활동.
5 오키나와인을 가리킴. 류큐 사람(りゅうきゅう人)의 약칭.

'재일 오키나와인'과 오키나와 안의 반미 지식층의 지도로 점차 정치 조류를 확장시켜 갔다. '재일 오키나와인'에게 있어서 조국이란 오키나와가 아니라 일본국(본토)이다. 오키나와는 미군 점령으로 조국을 잃어버렸다. 조국을 잃어버린 오키나와인 동포들에 대한 동정을 금할 길이 없으므로 '조국', '모국'의 품에 끌어안자는 논리였다.

오키나와에서 태어나서 오키나와에서 사회생활을 하고 있어도 이곳은 '조국'도 '모국'도 아닌 부재의 공백지대로, 일본국에 편입됨으로써 비로소 '조국'과 '모국'이라는 개념이 성립된다는 것이다.

일본 근대국가 형성과정에서 다소 시간차나 과정의 차이는 있어도 대만, 조선, 만주는 오키나와와 서로 비슷한 역사의 길을 걸어왔다. 그렇다면 대만이나 조선도 일본국에 편입되지 않는 한, '조국'도 '모국'도 성립되지 않는 공백 부재라는 기묘한 이론이 된다.

하지만 재일대만인과 재일한국인이 '조국'이나 '모국'을 일본 본토나 일본 국가를 가리키는 말로 받아들이는 것은 절대 불가능한 일이다.

이른바 '재일'의 조국과 모국에 대한 감성이나 이미지는 오키나와와 분명히 역행하고 있다. 조국과 모국에 대한 개념이나 감성에 변혁이 일어나지 않는 한, 현재 국민국가 사이에서 벌어지는 부조리한 강제로부터 자신의 심신을 해방시키는 것은 어려운 일일 것이다.

　김시종과 양석일(梁石日)[6] 그리고 최근 교토 심포지엄에서 이야기를 나눈 최양일(崔洋一)[7], 98년 <오키나와 독립의 가능성을 둘러싼 격론회>에서 함께 사회를 맡아준 신숙옥(辛淑玉)[8]은 이미 역사적·시대적인 제약 아래에서 성립된 조국과 모국에 관한 개념과 감성에서 해방되었다.

　그중에서도 몸소 역사의 불길 속에서 타인의 이익을 위해 위험을 무릅쓴 김시종의 사상적 편력에 대해서는, 애처로운 실존의 고뇌를 공감하지 않을 수 없다.

　오키나와는 전승국 미국의 전리품으로 분리 지배되었는데, 한반도의 분단은 미국과 일본, 소련과 중국의 외압과, 민족 내부의 이권 및 이념의 충돌로 인한 내전의 결과였다.

　한국 영토에서 태어났으면서도 이념 때문에 북한으로 이주해 간 사람들, 한국 정권의 탄압을 받아 추방된 사람들, 일본 제국주의에 의해 고국에 돌아갈 기회를 빼앗긴 사람들 등, 현재 '재

---

6 재일한국인 소설가(1936~). 부모가 제주도에서 이주해 온 후 오사카에서 태어남. 재일한국인을 소재로 한 작품 『피와 뼈』, 『밤을 걸고』 등 발표, 이 소설들은 모두 영화화되어 주목을 받음.

7 영화감독(1949~), 각본가, 배우. 한국인 아버지와 일본인 어머니 사이에서 태어남. 고향은 나가노현(長野縣). 인간의 폭력성을 통해 현실의 잔혹함을 드러내는 선이 굵은 영화를 찍어옴. 재일한국인 문제를 다룬 영화로는 『피와 뼈』, 『달은 어디에 뜨는가』 등이 있음. 1994년 북한 국적을 버리고 한국 국적을 취득.

8 재일한국인 3세 기업인(1959~), 인권운동가. 일본인학교에서 받은 차별 때문에 조총련계 민족학교로 전학을 했는데, 여기에서도 일본인학교를 다녔다는 이유로 차별을 받았다고 함. 자신은 '국가를 사랑하기보다는 인간을 사랑하고 싶다'고 말한다.

일’ 개개인의 발자취는 그야말로 천차만별이다. 그렇다면 그들의 조국이나 모국도 천차만별이 되는 것이다.

오키나와는 소수자 의식에서 조국이나 모국을 일본 본토나 일본 국가에서 찾고자 했다. 그러나 재일 한반도인들은 다수파 민족의식에서 남쪽이나 북쪽에서 그들의 조국을 찾고 있다.

하지만 그 조국의 역사적 현실은 무참하다. "성냥불 긋는 사이 바다에 안개가 깊어, 몸을 내던질 조국은 있는가"라고 노래한 데라야마 슈지(寺山修司)9조차도 모국을 말하며 일본의 산과 강을 떠올렸음이 분명하다.

마찬가지로 김시종으로 상징되듯이, 현실 속의 남한과 북한에 기대를 걸지 않더라도 태어나고 자란 산하(모국)에 대한 생각은 지울 수 없다. 아니 자연에 대한 것이라기보다는 오히려, 김시종이나 양석일 등과 같은 창작자들에게는 광주와 제주도의 민중이나 전라도 농민들의 압정에 대한 투쟁이 흑백 이미지의 모국이 되었다.

그러므로 조국이나 모국은 더 이상 지금의 국민국가가 아닐 뿐더러 영토적인 의미에서의 국가도 아니다. 그것은 현실 부조리를 향해 한걸음 내딛는 거점으로서의, 심역(心域)에서 출렁이

---

9 일본의 천재시인(1935~1983). 시, 단가, 하이쿠, 소설, 평론, 에세이, 영화, 연극, 사진 등 전방위적으로 활동. 책을 버리고 거리로 나서라, 도발을 꿈꿔라, 사투리를 드러내라는 등의 고정관념을 깨는 도발적인 상상력과 역설로 젊은이들의 우상이 되기도 했으나, 가치전복적인 메시지가 사회적 논란을 불러일으키기도 함.

는 무엇일 것이다.

만약 '재일'이라는 용어에 민족이라는 고고학적 감성이 배어 있다면 그것은 근대 국민국가의 의도에 놀아난 다수파 의식의 투영일 뿐이다.

일본사 연표를 뒤적이면 366년에는 이미 백제와의 조공관계가 기록되어 있고, 391년에는 왜군이 바다를 건너 백제·신라를 쳐부수고 신민으로 삼았다는 기록이 있다[10].

왜국과 백제·신라·고구려의 관계는 왕의 암살과 구원 등, 오늘날 우리가 생각하는 것 이상으로 역사의 무대가 동아시아 전역에 펼쳐져 있었다는 것을 보여준다.

663년이라면 텐지(天智) 천황의 시기일 것이다. 그 무렵에는 "당, 신라 연합군이 백제와 일본군을 멸하다. 백제 유민 일본으로 난을 피하다"라고 기록되어 있다.

300여 년에 걸친 왜와 백제의 관계에서 보더라도 백제의 기술자나 관료, 승려들이 일본 지배권의 핵심으로 들어갔는데, 수많은 귀화인과 고대 재일인들의 자손이 사라졌다고는 볼 수 없을 것이다.

야나기타 민속학에서는, 일본의 시조는 보물을 찾아 미야코지마(아아! 나의 섬이여!)로 건너와서, 해로를 통해 북쪽으로 가

---

10 저자는 한일관계가 아주 오래전부터 진행되어 왔다는 점을 부각시키고자 하는 뜻에서 일본사의 기록을 인용하고 있지만, 한국사에서는 이 부분에 대한 기록을 일본의 날조로 보고 있다.

다가 일본에 도착해 벼농사문화를 전파한 사람들이라고 한다. 그리고 또 다른 역사학자는 기마민족이 한반도를 경유해서 일본으로 건너와 일본 야요이 문화의 기초를 만들었다고 한다. 양쪽의 이야기가 모두 맞을 것이다.

남쪽과 북쪽에서 들어와서 가운데에서 혼합되었다고 한다면 삼색 혼합 민족이다. 역사의 기간을 일만 년 정도로 묶는다면 일본 민족은 도대체 무엇인가. 오키나와의 경우는 13세기 무렵에 건너온 구메 36성(久米三十六姓)[11]이 크게 번영해, 오키나와-류큐 민족이라는 이름으로 사이좋게 살고 있다.

다만, 야에야마 향우회라든가 미야코·아마미 향우회의 머리에 '재(在)오키나와'를 씌운 우호조직이 있고 선거의 표밭이 되기도 하지만, 그 '재오키나와'에 '재일'과 같은 심각한 균열이 있다고 생각하지는 않는다.

지배 권력의 계략으로 민중의 감성에 앙금을 만들어 버린 '차별'의식과 감정은 밑바닥으로 갈수록 뿌리 깊게 계속되는데, 지금도 슈리·나하 출신자들 사이에는 밖에서 온 사람들에 대한 보이지 않는 '차별'이 꼬리를 드리우고 있는 것 같다.

그러나 그런 종류의 사람들은 이미 생물학 상 잔존종(relict)에 불과하다. 아무리 민족이라는 개념으로 차이를 주장하고 우

---

11 1392년 명나라 홍무제의 명으로 류큐왕국으로 이주해 온 학자나 항해사 등의 기술자들을 말함. 36성이란 36개의 성씨를 말하는 것이 아니라 무수히 많다는 의미를 담고 있다. 오늘날의 중국 복건성에 해당하는 곳의 주민들이 이주했다고 한다.

열의 차별을 만들려고 해도, 무릇 민족이라는 개념의 근거가 성립되지 않기 때문이다. 백, 흑, 황이라는 색깔에 따른 종족 구분은 있어도 민족이라는 분류는 의미가 없다.

'조국'과 '모국'이 부모의 묘지라는 의미로 둔화되고, 민중사를 침식해온 심적 영역의 허상이라고 한다면, 우리들의 실존은 휘몰아치는 사회적 관계성에 벌거벗은 채 맞서고 있는 것일 뿐이다. 국민국가 사이의 부당한 약속이 장벽이 된다면 그에 대해 항의하거나 무시하고, 장벽 해체를 위해 각자 나름대로의 방법으로 살아가면 된다.

잔존생물의 사회적, 심리적 차별이 있다면 너털웃음으로 상대의 치부를 백일하에 드러내면 된다.

"너 미야코 출신이었다면서?"

"그래, 그런데 그게 뭐?"

"미야코 사람은 빨간 개 자손이라면서?"

"응, 맞아, 너 몰랐냐? 그러는 넌 어디 출신인데?"

"난 슈리 출신이야."

"그래? 슈리 사람들은 돼지 자손이라면서? 슈리라서 넌 얼굴이 돼지 상이냐?"

"뭐라고?"

하며 주먹을 치켜 올려도 휘두를 명분을 잃어버렸다.

김지하와 유춘도[12]를 포함해 '한'의 노래를 버릴 수는 없겠지만, 소외의 전체성으로 '아시아적 신체'의 복권을 지향하는 양석일의 '너털웃음', '재일'이라는 개념을 사어(死語)로 만드는 최양일의 『달은 어디에 떴는가』, 신숙옥의 날카로운 지와 감성의 질주를 통해 엿보이는 비국가성 등, 시대의 톱니바퀴는 확실히 돌아가고 있다. 재일, 차별, 조국을 넘어서, 근대 국민국가의 틀과 20세기적 가치관 붕괴의 갈림길로 나아갈 뿐이다.

(2001년 『정황』 5월호)

---

12 뒤의 제3절에 수록된 '내 안의 한국인'의 관련 내용 참조.

재일·한국의 사상, 어떻게 접근할 것인가[13] [증보]

1. 오키나와의 시선

이제 막 간행된 윤건차(尹健次) 교수의 『사상 체험의 교착(思想体験の交錯)』[14]을 읽고 다시 한 번 책장을 넘기니 한숨이 나왔다. 1945년은 15년 전쟁, 즉 태평양전쟁으로까지 확대된 일본제국의 식민지 전쟁에 제동이 걸린 해였다. 일본제국의 역사를 어디까지 거슬러 올라가느냐에 따라 견해가 크게 달라진다. 또한 윤 교수가 지적하듯이 '사상과 윤리'를 취하는 자세에 따라 전쟁사(戰爭史)에 대한 해석도 달라진다. 종전, 전쟁종결, 패전이라는 용어의 간극 속에 숨겨진 관점의 차이는 복잡하게 얽힌 일본의 전후사상(戰後思想)이 되어 오늘날까지 이어져 내려왔다. 제국 국민, 일본 민족, 식민 지배자, 대미관계에서의 패전희생

---

13 이 글의 원제는 「在日·朝鮮の思想にどう向かうか」이다. 이 글과 다음의 글 두 편은 저자가 보내온 글을 추가로 실은 것이다. 또 저자가 역자에게 보내온 파일에는 "오키나와로부터 한국에(沖繩から朝鮮へ)"라는 제목도 붙어 있었다. 그만큼 이 글은 저자의 입장에서 한국 측에 전하고 싶은 말을 담은 것이라 볼 수 있다.

14 재일한국인 2세인 윤건차 교수의 저서 『思想体験の交錯－日本·韓国·在日1945年以後』(2008, 岩波書店).

자, 역사 체험을 매장시킨 세계시민, 탈근대, 후기식민주의, 즉 개인이 사상적 태도를 어디에 두느냐에 따라 각기 관점이 달라지고 착종된다.

책장을 뒤적이면서 한숨을 내쉰 것은 오키나와와 한국의 전후 체험의 차이, 재일한국인이라고 하는 자기규정, 민족주의, 민주주의 등 출신·체험·관념의 위상적 차이에 관련해서 빨간 줄이 잔뜩 그어져 있었기 때문이었다. 또한 한국과 북한에 대한 나의 공부가 부족한 탓에 여백에는 많은 설명들을 달려 있었다.

우선 조선이라는 호칭을 써야 할지 망설여졌다. "…중국의 식민지 국가 기자조선(箕子朝鮮)이 생기고, 기원전 2세기 초에 위만조선(衛滿朝鮮)이 되었다."[15] "…남부에는 한족(삼한)이 있어 …열 개의 나라로 나뉘어 있었다. … 고구려, 신라, 백제, 임나의 대립을 거쳐 7세기에 신라가 통일국가를 확립했고, 10세기부터 14세기까지 고려 통일국가를 거친 후, 조선왕조로 이어졌고, 또 일본에 의해 병합되었다." 사전적인 정리에 따르자면 한반도에서 '조선'이라는 호칭이 사용된 것은 매우 오래전의 일이되, 또한 아주 최근의 일이기도 하다. 하지만 중국의 식민지에서 출발한 나라의 이름이나 민족의 호칭을 사용하면 피식민지로 인한 깊은 상처 때문에 비판을 받지는 않을까? 또 고려라는

---

15 한반도의 역사는 기원전 2333년에 단군이 세운 고조선에서 시작된 것으로 보는 것이 일반적이며, 기자조선의 진위에 대해서는 논란이 있다는 점에서 저자의 집필내용과 일정한 차이가 있다.

호칭에 대해서 생각해도 그보다 앞서 7세기에 이미 통일국가 신라가 있었다. 그러나 신라라는 이름이 한반도의 국가나 민족을 떠올리게 하는 일은 본 적이 없었다. 지금은 남쪽은 대한민국, 북쪽은 조선민주주의인민공화국으로 기원전의 국가 구조처럼 분단되어 있다. 이러한 역사적 바탕 위에서 재일한국·조선인[16]이라고 불리는 사람들의 '조국', '민족'주의라는 말을 들으면 오키나와에서 하는 주장을 거꾸로 뒤집은 것 같다는 생각에 사로잡힌다. 오키나와는 6, 70년대에 '조국복귀', '민족통일'이라는 슬로건 아래에서 일본으로 귀속되기를 열렬히 요구했다. 복귀운동의 조류가 압도적인 상황에서는 메이지시대 이후의 차별적인 국가정책과 식민지 동화정책, 그리고 전쟁책임 등에 대한 제대로 된 역사적, 사상적 정리가 필요하다는 의견을 제시해도 전열을 흐트러뜨리는 놈이라고 배척을 당했다. 나는 '모국(母國)의 품으로'라는 식의 정서적 대중운동을 벌이는 것은 미국과 일본의 거래를 후원하는 꼴일 뿐이라고 비판했다. 즉, 국가와 민족이라는 개념에 먼저 의문을 가지고, 기존의 민족 개념을 해체하고 난 후에 선택지를 결정해야 한다는 것이 그 무렵 나의 상황인식이었던 것이다. 미국에서 수입한 '민주주의'에 대해서도 대통령 행정명령(미군의 오키나와 통치헌법에 해당하는 기본법)과 고시, 포고 등의 실정법적 장치를 보면서 그 거짓말

---

16 이하 재일한국인으로 표기한다.

에 질려 있었다.

"민족을 지배하는 민족사상은 / 결국은 없어지지 않으면 안 된다 / 너희 지배의식의 망령들이여 … 너희들은 틀림없는 인류사의 오점이다 … 풍부한 자연을 가진 / 세계지도 속의 / 너희 나라 미국을 / 저주받은 먹물로 칠하리라 / 더러운 일을 계속할테면 하라 / 너희들은 끊어진 다리다 / 포장도로 끝의 폐허다 / 까마귀가 춤추는 상복의 행렬이다", "우리들은 패전의 절망과 / 기아의 고통과 / 거꾸로 도는 초조한 역사에서 / 우리들의 길을 확신했다 / 전쟁의 악몽에서 깨어나지 못하는 너희들보다 / 우리들이 얼마나 현명해졌는가."

「돌아가라! 무기를 버리고(帰れ! 武器を捨てて)」라는 제목의 이 선전 시(詩)를 통해서 미국 통치에 대한 환멸을 드러냈고, 일본이 민족주의 운동을 고양시키던 시기에는 "풍화한 1963년의 꿈과 / 얼어붙은 불신의 문을 부수어 / 의안(義眼)의 논리에 결별을 고하고 / 기억의 어둠 속에 묻힌 굴욕의 늪에서 / 야생의 굶주림을 끌어올려 / 새벽의 찬바람에 헤쳐 놓는다"(「의안과의 결별(義眼との別れ)」)며 사상의 황야로 길을 떠날 결의를 굳혔다.

그렇다면 오키나와와 한국의 엇갈리는 전후사 체험에 가로놓인 기본적인 문제에 대해 혼신의 힘을 다해 추구하는 윤 교수의 무거운 '민족사'에 대해, 과연 우리는 어디에서부터 접근해 가야 할까.

2. 차별과 식민지

류큐(琉球)가 일본 근대국가의 판도에 편입된 것은 1872년이었다. 앞서 일어난 '대만 사건[17]'이 도화선이 되었다. 메이지유신으로부터 겨우 5년이 지났을뿐인데 일본제국의 국외 식민지 확장이 시작된 것이다. 류큐왕조를 폐하고 류큐번(蕃)으로, 그리고 1879년에는 류큐번을 폐하고 오키나와현(沖縄県)으로 만들었다. 당시 일본 국내에서는 '정한론(征韓論)'이 주류를 이루었지만 조선으로 출병을 해야 하는 이유가 떠오르지 않자 제국 군인들의 야망은 갑자기 류큐와 대만으로 향했다. 즉 제국일본의 식민지확대 제1호가 류큐·오키나와였고 2호가 대만(1895년), 3호가 조선(1910년), 4호가 만주(1932년)였다.

재일한국인 윤건차 교수가 고발하고 있는 천황(제)과 '차별' 문제의 예로 오키나와를 보면 1903년 '인류관 사건'이 상징적인데, 종족·언어·풍속·문화의 차이가 모두 열등한 것으로 평가되어 일본 국민의 감성에 각인되었다(지금도 전철 한 대 없으니 열등한 문명지인 것만은 틀림없다).

지배 방법으로 '차별'을 이용하는 것은 세계 어디에서나 마

---

17 1871년 대만 원주민들이 류큐왕국에서 표류해 온 미야코섬 주민 54명을 침략자로 오인하고 살해한 사건을 말한다. 당시 류큐왕국은 청나라와 일본에 조공을 바치고 있었는데, 메이지 정부는 이를 핑계로 청나라에 사과와 배상금을 요구하고 대만을 공격한다. 이 사건을 계기로 청나라는 류큐에 대한 종주권을 포기했고 류큐국은 일본에 오키나와현으로 편입되어 정식으로 일본의 통치를 받게 되었다.

찬가지이겠지만, 문화라는 정신영역에서 생활이라는 경제영역까지 모조리 동화시키려고 했던 일본 군부가 주도한 급진적 국가정책은 피식민지의 비참함을 필요 이상으로 증폭시켰다. 영국이 인도를 지배할 때 힌두교나 불교, 언어까지 모두 영국화하는 정책을 썼다면 어떻게 되었을까. 기본적으로 식민지화에는 두 가지 방식이 있었다.

첫 번째는 시장주의이고 두 번째는 동화주의다. 양쪽 모두 진출할 때는 전쟁이라는 폭력과 함께 선진문명을 수반한다. 단, 시장주의는 자원과 시장의 독점을 목적으로 하고 그와 더불어 선진문명도 가져온다. 하지만 상대의 문화까지 송두리째 동화시키려고는 하지 않는다. 그러나 동화주의는 자원과 시장뿐만 아니라 영토·민족·역사·문화를 모두 점유하고 동화를 강제한다. 동화주의 식민지에서는 노동과 임금의 차별뿐만 아니라 '민족'의 정신영역까지 파고 들어가 차별이 이루어진다. 일본의 아시아 식민지화가 대표적이다. 류큐, 대만, 조선에서 했던 '천황의 백성', '창씨개명', '언어말살' 등의 황민화정책을 전형적인 사례라고 볼 수 있다. 일본이 근대화를 시작할 때는 그럭저럭 의회주의제도를 지향했는데, 이후 천황은 기관적(機關的)[18] 위치에서 천황신권제(天皇神權制)로 변질되어 갔다. 천황이 가지

---

18 천황주권제에서는 주권이 천황에게 있다고 하는 반면, 천황기관제에서는 통치권은 법인인 국가에 귀속되고 천황은 국가의 여러 기관 가운데 최고의 위치에 있는 존재라고 해석한다.

는 종교성이 과도하게 강조되면 윤리적 순수성이 급진적으로 강조된다. 천황을 신성화함으로써 이슬람 원리주의나 좌익의 내부 숙청과 유사한 배척과 부정의 심리가 첨예화되는 것이다. 그렇기 때문에 천황의 힘이 미치지 못하는 민족에 대한 차별이 더욱 가혹해졌다. 민족문화의 개성이 강하고 지배가 순조롭지 못할 때는 민중 차원에서 열등한 문화라는 차별의식을 훈련시키고 시간을 들여서 목적을 실현한다. 서민의 감성에 뿌리내린 '문화적 차별'은 제도적인 차별보다 견고하게 지속된다.

그런데 같은 식민지라도 미국의 경우는 조금 다르다. 이주자가 원주민을 추방하고 격리함으로써 영토를 점유했다고나 할까. 나는 그렇게 식민지의 역사를 해석하고 있다.

3. 동화와 교육

교과서에 '피었네 피었네 벚꽃이 피었네'가 나오고, 천황폐하의 백성으로 길들여진 쇼와(昭和)[19] 전기(前期) 세대인 나는 천황의 이름을 진무(神武)·스이제(綏靖)·이토쿠(懿德)의 순으로 통째로 외웠고, "기구치 상등병, 죽어도 나팔을 손에서 놓지 않겠습니다"라든가 '신국의 노래(神国のうた)'를 암기했다.

---

19 일본 천황 히로히토의 연호. 1926. 12. 25.~1989.1.7. 재위.

대일본

대일본, 대일본
신의 현신 천황폐하
우리 국민 7천만을
내 자식처럼
사랑하시네

대일본, 대일본
우리 국민 7천만은
천황폐하를 신으로 받들고
부모로 여기고 섬기겠나이다

대일본, 대일본
신화시대 이래 한 번도 적에게
패한 적 없이, 해와 달과 함께
나라의 광영이 더욱 빛나네.

나카무라 케이고『국가와 교과서와 민중─교과서 이야기』[20]에서

이 노래 7천만 속에 내 머리 숫자도 들어있는 것일까? 어쨌든 학교를 한 발자국 나가면 성가신 표준어를 버리고 자유롭게 사투리로 싸우고 떠들고 돌아다녔다.

러일전쟁 때 발틱함대가 미야코섬 앞바다를 지나가는 것을 보고, 이를 알리기 위해서 전보시설이 있는 야에야마섬까지 통나무배를 저어 갔던, 이른바 '히사마츠(久松)의 다섯 용사'의 부

---

20 中村圭吾, 「国家と教科書と民衆」 新評判『教科書物語』 1970, ノーベル書房.

락이 나의 출생지다. 까맣게 잊혀졌던 이 일이 해군성에 의해 '애국정신'의 교재로 각색되고, 교과서에서 '히사마츠의 다섯 용사'로 각광을 받게 된 것이 1937년의 일이었다. 거의 32년이나 지나서 기억난 '애국용사'들이었다. 천황이 인두세의 후유증으로 빈궁에 허덕이던 마을에 갑자기 기념품과 상장을 보냈고, 황민화 교육에 박차를 가하게 된 것이다.

윤 교수가 아사히신문에서 인용한 투고, "죽으면 조선인도 일본인과 동등해진다. 그래서 누구보다도 훌륭하게 죽고 싶었다"는 '조선인 군부(軍夫)[21] 애국자'의 왜곡된 마음은 오키나와 전투에 결사대로 참여한 학도병이나 패전 후에도 여전히 일본의 승전을 믿고 계속 천황폐하 만세를 외치던 브라질의 오키나와 이민자 '가치구미(勝ち組み)[22]'들의 마음과 비슷한 감정이었다. 차별을 피하기 위해서 차별의 선두에 서는 것도, 변경(邊境)과 식민지의 피차별자가 교육에 길들여져서 신체에 각인시킨 기억의 멍이다. 차별이라면 유년기 때부터 혹독하게 겪어왔다. 사회적 차별은 미야코지마를 비롯해 오키나와 본섬에서도, 본토와의 관계 속에서도 뿌리 깊은 그림자를 드리우고 있다. 차별의 기원과 구조에 대해서는 「미야코론(宮古論)」이라는 제목으로 쓴 바가 있다(『오키나와, 근원에서 묻는다』[23] 수록).

---

21 군대에서 잡일을 하는 인부.
22 당시에는 정보 전달이 원활하지 않았던 탓에 브라질이나 하와이의 일본 이민자들은 일본이 연합국에 이겼다고 믿고 있었는데 이들 집단을 가치구미라고 한다.

1970년대에 해방동맹[24]으로부터 연설을 부탁받고, 부락 차별이 고대천황제 하의 직종차별(도축업)에 뿌리를 두고 있으므로 시민사회를 향해 평등을 요구할 것이 아니라 일본사회를 밑바닥부터 개조하지 않으면 해결되지 않는다고 말한 적이 있다. 그리고 하야토족(隼人族)[25] 포로에게 궁정경비직 '하야토 이누보에(隼人の狗吠)', 즉 악령을 쫓기 위해 개가 울부짖는 소리를 내는 일을 시킨 것과 섬에서는 마을을 당연히 '부락'이라고 불렀기 때문에 신경을 곤두세울 일이 없었다는 등의 이야기를 했다. 하지만 서로 이야기가 통하지 않아서 밤을 새워가며 토론을 했던 씁쓸한 기억이 있다. 차별과 동화는 지배 수단으로서 동전의 양면과 같다. 또한 동화와 차별문제를 생각할 때는 제도와 사회·문화의 양면에서 살펴보지 않으면 혼란스러워진다. 차별을 어떻게 극복할 것인가에 대해서는 『정황』의 특집 <나카가미 켄지(中上健次)[26]와 아시아적 신체론(양석일)>에서 「재일·차별·조국을 넘어서」[27]라는 제목으로 글을 썼으므로 여기에서는 생략한다.

---

23 川満信一, 『沖縄·根からの問い―共生への渇望』 1978, 泰流社.

24 피차별부락(민)에 대한 차별 해소를 목표로 하는 부락해방동맹(部落解放同盟)의 약칭.

25 오늘날의 가고시마현(鹿児島県)에 해당하는 사츠마, 오스미(大隅)에 살던 사람들을 말한다.

26 일본의 소설가(1946~1992). 피차별부락민 출신. 1976년, 『곶(岬)』으로 제47회 아쿠다가와상(芥川賞) 수상.

27 川満信一, 『「在日」「差別」「祖国」を超えて』, 特集 「中上健次とアジア的身体論(梁石日)」, 『情況』 2001年 5月號. 이 책의 제3부 첫 글이기도 하다.

4. '국체'와 근·현대

식민지의 일반적인 성격은 시장주의인데 반해, 일본 제국이 아시아에서 펼친 식민지 정책은 동시에 동화주의였고, 그 결과 아직까지도 각 국민들의 피눈물 섞인 원망과 탄식을 자아내고 있다는 것은 앞에서도 언급을 했다. 지금부터는 조금 관점을 바꿔서 '동화주의'에 대해 생각해 보기로 한다.

근대자본주의에 바탕을 둔 메이지제국은 영국 왕실을 모방하면서도 서구 열강들의 식민지화 방식과는 차이가 있었다. 천황을 신권화한 종교적 축(유교 윤리와 신도적 순종)을 바탕으로 하여 동화주의 정책을 강행한 것이다. 종교성을 과도하게 정책화한 동화주의의 특징은 순수화와 숙청이다. 독점자본체제를 급속하게 추진한 '압축적 근대화'의 지배구조는 제2차대전 패전으로 일본제국이 해체될 때까지 존속되었다. 이 동화주의와 '압축적 근대화'의 침략 이데올로기가 아시아 식민지 국가들의 상황을 한층 더 심각하게 만들었다는 것이 나의 역사인식이다.

윤 교수는 이 책에서 재일한국인과 한국 문제를 생각하는 열쇠로 '천황(제)'을 강조하고 있다. 1972년 미국과 일본의 합의로 이루어진 오키나와 반환을 앞두고 역사의 경위를 정리해야 할 필요성을 통감했을 때, 나 역시도 '오키나와의 천황(제) 사상' 수용과 단층의 문제에서 출발하게 되었다. 메이지제국에서 시작한 아시아 침략과정을 올바르게 인식하기 위해서는 '천황

(제) 사상'에 대한 근본적 고찰이 반드시 이루어져야 한다. 오키나와의 입장에서 본 천황(제) 사상에 대해서는 기회가 있을 때마다 썼기 때문에 여기에서는 언급하지 않겠다.[28] 한편, 일본 야요이(弥生)[29] 문화와 관련된 벼농사 의례나 야마토(大和)[30] 조정의 고대사를 조사해 보면 천황가의 조상은 백제 부근이라는 일부 역사가들의 설이 유력하다. 그러므로 고대의 재일한반도인과 오늘날의 재일한국인의 차별구도를 단층으로 그려 내지 않으면 천황과 한반도인의 역사적 관계가 보이지 않는다. 또한 삼한(三韓)이 일본 해안 각지로 도래함으로써 고대 한민족의 대립관계가 숨겨진 형태로 이어졌고, 구 재일한반도인과 신 재일한반도인 사이의 차별에 왜인(倭人)들이 가세했다는 추리도 성립된다. 그렇다면 야마토 민족의 실체는 무엇일까?

1984년에 간행된 『일본사연표(日本史年表)』(도쿄학예대 일본사연구실)를 보면 왜국과 한반도 백제의 관계는 서기 366년으로 거슬러 올라가는데, 같은 땅 위에서 계속 씨름을 하듯이 전쟁과 포로교환이 반복된다. 고대사를 더듬어 가면 일본과 조선은 친족 다툼을 반복하고 있는 것 같은 인상을 받는다. 생김새를 보아도 양쪽을 구분하기는 어렵다. 결국 '그럼에도 불구하

---

28 대표적인 것이 川満信一, 「沖縄における天皇制思想」, 『沖縄の思想』(木耳社, 1970)이다.
29 기원전 3세기부터 기원후 3세기에 걸친 시기로 벼농사에 기반을 두고 청동기와 철기를 사용하고 있었다.
30 일본 최초의 통일 정권이 이루어진 시기로 3세기 말부터 7세기 중엽까지를 말한다.

고…'라는 식의 논리[31]를 전개할 수밖에 없게 된다.

어찌 되었든 교육으로 각인된 '천황(제)주의'는 2차대전 이전이나 이후 그리고 현재까지도 굴절된 프리즘으로 계속 되고 있다. 그 지층은 상황 위기에 직면하면 또다시 민족사상이나 국가주의 내셔널리즘으로 드러날 것이다. 국민과 민족이라는 집단 결속 윤리는 국가 방위와 사회의 안전의식이 접점을 가질 때 아시아적 전제주의의 망령을 깨울 가능성을 내포하고 있다. 천황 신권이 되살아나는 것이 아니라 '국체신앙(國體信仰)'이 다시 일어나는 것이다. 체제 권력이 서두르고 있는 헌법개정(개악)은 이미 시작된 '국체신앙'의 법적 증거가 아니겠는가?

5. '국체수호'와 헌법

'국체수호'의 대가로 오키나와는 미군에 넘겨져 점령되었는데, 시정권(施政權)을 반환받은 지금도 미군과 일본군 기지의 중압에 시달리고 있다. 또한 앞으로도 미일 간의 거래 카드로 그 운명은 농락당할 것이다. 이것이 세계에 자랑하는 일본 '평화헌법'의 실체다.

체제권력이 헌법 개정을 서두르는 것에 대해서 공산당과 야당, 양식 있는 사람들이 '헌법을 지켜라', '호헌'이라는 기치를

---

31 많은 유사성과 공통점이 존재하지만 '그럼에도 불구하고 다른 민족'이라는 식으로 내셔널리즘의 논리가 전개된다는 뜻.

내걸고 있지만, 그 헌법 제1조에 '국체수호'라는 천황 조항이 있고, 제98조 '조약 규정'은 미군기지가 오키나와에 존속하는 것을 보장하고 있는데도 그 점은 생각하려고도 하지 않는다. 또한 재일한국인 문제 등 인권보장 면에서도 결함투성이다. 다수파를 보호할 뿐, 오키나와나 재일한국인 등 소수자의 인권은 외면한 '헌법'이다.

그러나 오키나와인과 재일한국인을 비롯한 많은 사람들이 아무런 의심도 없이 무의식적으로 쇼와에서 헤세이(平成)[32]로 바뀐 연호를 사용하고 있다. 황제 즉위를 맞아 그 연호를 사용한다는 것은 절대복종을 맹세하는 것을 뜻하는 것으로 되어있다. 즉 현행 헌법상 일본은 '입헌군주제' 국가인데도 이를 불문에 붙이고 '사이비 민주주의'를 구가하고 있다. 이러한 무의식에 어떻게 대응할 것인가를 생각하는 것도 현재의 상징적 천황을 생각하는 하나의 기점이 될 것이다.

또한 천황 문제를 생각할 때는 도쿄재판의 진행과정까지 포함시켜 시야를 넓히지 않으면 한쪽으로 치우친 사고를 가지게 될 것이다. 전쟁범죄를 심판하는 경우, 과거의 부족 간의 전쟁이라면 몰라도, 현대의 법 개념 위에서 전승국이 일방적으로 패전국에게 유죄를 선고하는 것은 지나치게 편파적이다. 도쿄 공습, 히로시마(広島)와 나가사키(長崎)의 원폭투하, 오키나와 10·

---

32 현재의 일본 연호. 1989년 1월 8일부터 시작되었다.

10 공습 등, 시민의 생활기반(사회)에 선제공격을 가하는 집단학살(genocide) 전법은 '휴머니즘'이라는 서양사상의 원리에 비추어 보아도 유죄일 것이다. 이미 많은 연구자들이 도쿄재판에 대해 비판을 했지만 전쟁책임을 생각하기 위해서는 잊어서는 안 되는 점이다. 어설프게 도쿄재판을 매듭지음으로써 한국전쟁, 베트남전쟁, 중근동전쟁이라는 결과를 낳았고, 그에 대한 뉘우침도 없이 집단학살 전법이 반복되고 있다. 전쟁에 대한 전승국 미국의 무책임한 태도와 세계 패권에 대한 야망이 아시아 분단과 지배의 근원이라는 윤 교수의 견해는 전적으로 타당하다.

'테러'라는 꼬리표가 붙으면 무한정으로 군대가 투입되는 노골적인 위기 속에서, 사람들은 전쟁범죄를 심판하는 법정을 어디에 두면 좋을 것인가? 의회제 민주주의에 무턱대고 기대는 것이 아니라, 어떻게 하면 성숙한 민주주의 시민사회 시스템을 창조할 수 있을 것인가? 남북한의 분단 문제뿐만이 아니라, 아시아의 분할 상태를 극복할 수 있는 방법은 무엇인가? 그것을 위한 여러 가지 시도가 당면 과제일 것이다.

의회제에 의지한 조심스러운 호헌운동이 아닌 '9조만은 절대 바꾸지 못하게 하겠다'는 한 걸음 더 나간 운동이라면 납득이 간다. 더불어 체제 권력이 획책하는 헌법 개정을 무효화시키기 위해 자주적인 민중과 창의적인 지식인들이 '신헌법 초안'을 만들면 어떨까? 그렇게 선수를 칠 용기가 필요한 것은 아닐까? 그럼으로써 의회제 민주주의의 함정을 뛰어넘는 운동이 가능한 것은 아닐까? 윤 교수도 지적한 것처럼 호헌운동은 천황의 위상에 관한 한, 아시아 국가들과의 역사적 관계를 무시한 일본 국민들의 폐쇄적 이기주의라고 할 수 있다. 아시아 공통역사교과서에 대한 발상처럼 국경을 초월한 '초국경 헌법초안'이 구상되어도 좋을 것이다.

국내의 계급적 모순에 대한 관심을 돌리고 국민감정(내셔널리즘)을 집결시키기 위해서 헌법 개정을 모색하고 있다는 것을 간파할 필요가 있을 것이다.

6. 민족을 둘러싸고

미국과 일본의 단독강화조약으로 인해 류큐의 섬들은 일본에서 분단되었고 미군의 통치 아래에 놓이게 되었다.

그 경위는 앞에서 말한 것처럼 '국체수호', 즉 천황의 지위를 보장하기 위한 거래였다. 당시 일본공산당은 이를 류큐·오키나와의 독립과 해방이라고 평가하고 독립 축하 메시지를 보냈다. 류큐민족, 류큐국이라는 근대 이전의 판도를 생각하면 식민지 지배에서 해방되었다고 해도 무방할 것이다. 다만, 미군의 반영구적 점령이라는 상황에 대한 인식이 결핍되어 있었다는 것이 문제였다. 오키나와의 해방운동이 미군의 압제에 항거해 '미국은 돌아가라'는 요구로부터 '조국복귀'로 방향을 전환했을 때, 류큐에 독립 축하 메시지를 보냈던 일본공산당의 방침을 떠올린다면 '다시 식민지화를 원하다니 어찌된 일인가' 하는 자가 당착에 빠지게 된다. 그러나 1950, 60년대에는 식민지 해방투쟁이라는 세계적 흐름을 반영하여 일본의 사상적 상황도 '민족독립'으로 변화하고 있었다.

그래서 오키나와가 미국 통치로부터 복귀를 쟁취한다는 것과 본토의 '민족독립'이 연대한다는 도그마 속에 오키나와의 반미·복귀투쟁이 흡수된 것이다.

류큐 민족으로 분리되기도 하고 일본 민족독립운동의 선두에 위치지워지기도 하면서 '민족'이라는 개념이 근대국가를 구성할 때 얼마나 편의적으로 사용되는가, 하는 씁쓸한 인식을 가지게 되었다. 민족이라는 개념은 다수가 결속하기 위한 배제와 포섭의 편리한 도구에 지나지 않는다. 국민이라는 개념도 비슷한 속임수를 감추고 있다. 차별과 피지배의 밑바닥에서 만들어진 체제 불신의 정념(情念)을 은폐하는 것이다. 민족이라는 개념의 허구를 해체하기 위해서는 역사를 마을 단위까지 소급해야 하고, 더 나아가 현대사상이 세계적으로 유통되는 혜택에 힘입어, 개개의 사상을 자립시키고, 허위의 민주주의를 넘어 이념을 해방시켜야 한다.

한편 한반도는 배후에 놓인 미·중·소의 역학관계로 인해 같은 민족 간의 전란을 겪은 후에 남과 북으로 분단되었다. 정보 부족으로 현재 남북한 사이에서 한민족으로서의 동족의식이 어느 정도 유지되고 있는지는 판단할 수 없다.

윤 교수의 저서도 분단된 민족의 불행을 극복하기 위해 남북의 일체화를 간절히 바란다는 것에 그치고 있다. 조선의 식민지 해방은 동서냉전의 대리전쟁이라 할만한 상황으로 비참하게 내던져졌다. 동시에, 해방된 '민족' 내부에서 벌어진 국가형성 이념을 둘러싼 대립도 끔찍한 시련을 가져왔다. 그 경위는 제주도 4·3 사건만 보아도 알 수 있다. 다만, 이승만 군사정권에서 김대중 정권에 이르기까지 대륙인(한국 본토의 대다수)[33]들은 제주도 사람들에게 얼마나 관심을 가지고 있었는가라는 마이너리티로서의 의문이 남는다.

이런 의문을 기준으로 삼아 생각해보면, 나로서는 재일한국인과 한국의 해방 사상으로 내세워진 '민족주의'는 헛발질에 불과한 듯한 기분이 든다. 앞서 말한 것처럼 미 대통령 행정명령 하에서 지배자의 형편에 불과한 '민주주의'의 기만을 뼈저리게 경험해 온 입장에서 말한다면, 한국이 내건 또 하나의 깃발 '민주주의'도 역시, 혁명이라도 일어나지 않는 한 진정한 민주주의는 아득히 먼 이념 속에서만 존재한다는 비관적인 자세가 된다. 윤 교수가 지적한 것처럼 전후 일본의 체제사상과 일본국 헌법에는 재일, 오키나와 소수자, 아시아 피식민지의 피해자에 대한 윤리적인 관점이 결여되어 있는 것은 분명하다.

단지 마음에 걸리는 것은 '민족주의'와 '민주주의'라는 사상

---

33 저자의 표현을 그대로 옮겼다. 제주도의 관점에서는 육지인이 될 것이다.

으로 이 문제를 해결할 수 있는가 하는 점이다.

7. 민주주의에 대해

여하튼 천황(제) 식민지와 제국주의 식민지에서는 해방되었다. 하지만 대부분의 식민지 해방국에서는 민족독립국가 건설 과정에서 부족과 이데올로기 간의 피비린내 나는 싸움이 계속되었다. 식민지 시절에 훈련을 받은 군부와 치안기관의 지도자들이 조직의 중핵으로 복귀해서 민중 간의 대립에 편승해 동족상잔의 권력전쟁을 전개하고 있다.

민중에게 있어서 식민지 해방은 일순간의 꿈으로 사라지고, 군과 치안 권력은 계엄령을 펼치고 그들을 감옥에 처넣었다. 해방 독립국에서 일어난 신체적 감옥이라는 현실과 비교해서 일찍이 식민 지배를 했던 나라들, 예를 들면 일본의 현실은 어떠한가? 신체적 감옥은 사회적 범죄의 범위 안에서 가까스로 멈추고, 정치·사상은 행동을 수반하지 않는 언론의 범위 내에서 허용되고 있는 것처럼 보인다. 그러나 윤 교수도 지적했듯이 매스컴이 황실과 관련된 뉴스를 자제하는 식으로, 보이지 않는 규제는 점점 강해지고 있다. 즉 사회심리학적 감옥 안으로 무의식적으로 이끌려가고 있다. 앞에서도 말했듯이 국가의 '나라를 지킨다'는 정보선전과 민중의 '생활을 지킨다'는 안전의식이 군대와 치안기관을 강화시키는 것이다. 미셸 푸코가 말하는 감옥사회는 소위 선진국이라고 하는 나라에서도 피할 수 없는 일이다. 의식의 감옥은 사회에 대한 '침묵'이며 자기규제이다.

　한국의 '민주주의' 투쟁은 풀뿌리 투쟁의 양상이 강해서 그 점에서는 일본보다 앞선 것으로 보이는데, 군대와 사회적 안전 의식은 항상 '민주주의'를 봉쇄하는 제도를 요구한다.

　어찌 되었든 의회제 국회는 제도상의 어중간한 민주주의에 불과하다. 진정한 민주주의의 이념이 성립하려면, 진행 중인 감옥사회를 어떻게 하면 극복할 수 있을까를 모색하는 과정에서 답을 찾아야만 할 것이다. 이를 위해서는 민족과 국가 저 너머로 상상력을 더욱 개방시켜 가야 한다.

(2008년 10월 29일 『정황』 원고)

제3절

내 안의 한국인[34] [증보]

1.

발행일자도 없는 한 권의 시집을 어떤 경위로 손에 넣었는지는 기억에서 완전히 사라지고 없다. 조선과 한국 관련 책꽂이에서 누렇게 변해버린 한 권의 책. 목차의 밑줄, 색 바랜 메모, 몇 번이나 다시 읽은 흔적. '내 안의 한국인 상(像)'을 로댕의 조각처럼 새겨 넣은 것은 그 시집이었다.

김지하(金芝河)의 『민중의 소리(民衆の声)』에는 발행일자가 없다. 또한 일본어로 번역한 사람의 이름도 없다. 김지하 작품집 간행위원회, 사이마루출판회(サイマル出版会)의 발행으로 되어 있다. 단지, 서문을 기록한 날짜가 1974년 7월이어서 그 광기의 시대가 가파른 내리막길로 접어들고 있었다는 것을 알 수 있다.

일본에서는 60년 안보투쟁으로 기성 정당과 노동조합은 리더십을 잃고, 전학련과 신좌파들은 70년 안보투쟁을 배수의 진으로 삼아 싸우고, 패배한 잔당들은 노선을 벗어나 달리던 시절이

---

34 원제는 私の中の朝鮮人. 현대를 다룬 내용이 많으므로, '내 안의 한국인'으로 표기하였다.

었다. 한편 오키나와에서는 59년에 개최된 '오키나와 조국복귀 촉진 현민대회'에서 '안보개정보다 시정권(施政權) 반환'을 요구하자는 방침이 정해지고 복귀협이 결성됨으로써 60년 6월 '아이젠하워 데모'로 대중투쟁의 방향을 잡았다. 당시 미국 대통령이었던 아이젠하워는 극동 아시아의 우호국을 돌아 마닐라, 대만, 오키나와를 거쳐 일본으로 갈 계획이었다.

그러나 만 오천 명의 해병대와 칠백 명의 류큐(琉球) 경비관의 경비에도 불구하고 가데나(嘉手納) 기지에서 류큐 정부청사 앞까지 약 이만 오천여 명의 항의데모가 이어져서, '아이젠하워는 돌아가라, 오키나와를 반환하라'는 슬로건이 오픈카를 탄 대통령에게 위기감을 주었다. 해병대는 착검을 한 총으로 진압을 했지만 여기저기에서 노조와 민중이 맞서 작은 충돌이 벌어졌다. 결국 대통령은 계획을 변경하고 예정시간을 30분이나 앞당겨서 정부청사 뒷문으로 빠져나가 헬리콥터를 타고 나하(那覇) 공군기지로 <도망을 갔다>. 힘을 얻은 대중투쟁은 복귀협의 지도로 국정참가, 70년 시정권반환 투쟁으로 이끌려가면서 혼란은 지속되었다. 그리고는 72년 5월에 일본 복귀가 실현됨으로써 기대와 실망의 여분(餘憤)이 식지 않은 상황 속에서 김지하의 시집을 만난 것이다.

김지하는 누구인가. 겨드랑이 밑의 달짝지근한 땀내가 물씬거리며 흙냄새를 풍기는 혁명이라는 거친 분노의 불꽃. 언제 어디서나 한결같은 정권과 사리사욕의 부패에 순진무구한 칼을

차고 돌진한 '젊은 피, 활활 타오르는 지성의 멧돼지'. 74년 한
국에서는 "젊은 학생과 세계적으로 저명한 지식인들이 연이어
사형이나 무기를 선고받았다. 그중에 한 사람 김지하가 있다"
(머리말). 71년 투쟁에서 기동대의 뭇매를 맞고 유치장 신세를
진 적이 있는 나에게 있어서도 김지하의 시는 살갗을 벗겨내는
듯한 응답이었다.

말하라
말하라
찢겨진
몸으로
상처
모조리
열린
입술 삼아
혀 삼아

표지 속 프로필, 치켜뜬 샛말간 눈으로 김지하가 꿰뚫어 보고
있던 시대의 불행. 그것은 언어로 분출시킬 수밖에 없었던 실존
의 가혹이었다.

발버둥 쳐도, 발버둥 쳐도
무엇 하나 이룰 수 없는 곳
별도 닿지 않는, 갈 곳도 모르는, 벗어 날 수조차 없는
한 번 묻으면 두 번 다시 파낼 수조차 없는
늪이여, 저주의 도시

저 하늘에도 **빽빽**이 칼이 솟아 있는 곳
바라건대
너에게 이기기 위해
바라건대 너에게 이기기 위해, 서울이여
영혼은 너의 칼날 아래, 남김없이 받쳐졌다
굶주림에 병든, 텅 빈 육체도, 모조리
승산 없는 반역 속에 타버리고 말았다

(「꽃처럼(花のように)」 발췌)[35]

약력을 보면 김지하는 나보다 9살 아래이다. 소위 일본에서 말하는 전공투 세대에 속한다.

일본에서는 '한국전쟁'을 시장(수요)으로 삼아 진무(神武)경기라느니, 이와토(岩戸)경기[36]라느니 하면서 전후체제의 권력이 반석의 기초를 다진 시기였다. 그러나 미국과 소련의 대리전쟁의 무대가 된 한국에서는 동족상잔의 비극으로 처참한 상황이 계속되었다. 해방 이후의 제주도로 상징되는 것처럼, 이승만은 무시무시한 탄압 속에서 분단국가체제의 고착을 강행해 대리전쟁의 상처를 더욱 깊게 만들었다. 허영선(許榮善)이 쓴 『제주 4·3』(민주화운동기념사업회 간행)에 의하면 섬 인구 아홉 명 중의 한 사람 즉, 약 3만 명이 4·3으로 살해당했다. 남북으로 분단

---

35 김지하의 작품 중 이와 같은 제목의 한국어 원본 시를 찾지 못하여 부득이 일본어 역본을 다시 우리말로 번역하여 싣는다.

36 진무 경기란 일본 초대 천황인 진무 천황의 이름을 따서 붙인 것으로 유사 이래 첫 호경기라는 뜻으로 사용되었다. 이와토는 일본 신화에 나오는 지명으로 진무 경기를 능가하는 호황이라는 뜻을 담고 있다.

된 국가적 비극의 축소판이었다. 그 깊은 상처는 박정희의 군사 쿠데타에 의한 장기집권과 총격사를 거쳐, 광주를 피로 탄압하며 성립된 전두환 군부정권(1980년)으로 이어졌다. 그러나 계속된 민중의 저항은 '아래로부터의 민주화'의 기반을 튼튼하게 만들었다. 그런데 우리와 인연이 깊은 이 반도의 역사는 그들만의 숙명인 것일까. 역사의 심층으로 내려가면 그 원인은 서기 4세기까지 거슬러 올라간다. 모르는 게 약인, 얼기설기 엮어놓은 듯한 야마토와 일본국의 역사의 밑바닥까지 파고들지 않으면 근대국가 합병이라는 무모한 식민지정책을 이해할 수 없다. 현재 일본은 아시아의 이웃나라들을 식민지로 삼았던 역사적 반성을 지우개로 지우고, 새로운 야망을 갑옷 속에 숨기고 미일안보를 간판으로 아시아와 대적하고 있다. 오키나와 기지확대정책을 둘러싸고 벌어진 일본과 오키나와의 대립의 소용돌이 속에서 아래의 시를 읽었을 때, 그대로 우리 자신들의 심정과 오버랩이 되었다.

걸레

바람 부는 날
바람에 빨래 펄럭이는 날
나는 걸레가 되고 싶다
비굴하지 않게 걸레가 되고 싶구나
우리나라 오욕과 오염
그 얼마냐고 묻지 않겠다

오로지 걸레가 되어
단 한 군데라도 겸허하게 닦고 싶구나

걸레가 되어 내 감방 닦던 시절
그 시절 잊어버리지 말자
나는 걸레가 되고 싶구나
걸레가 되어
내 더러운 한평생 닦고 싶구나

닦은 뒤 더러운 걸레
몇 번이라도
몇 번이라도
못 견디도록 헹구어지고 싶구나
새로운 나라 새로운 걸레로 태어나고 싶구나

고은 시선 『지금 너에게 시가 왔는가(いま, 君に詩が来たのか)』[37]

2.

어렸을 때 가끔 옛날 이야기와 향토사 한 토막에서 카라(カ
ラ)[38], 신라, 백제라는 곳에서 떠내려 온 어부들에 대해 듣곤 했
다. 그러나 학교에서 배운 '조선'이 떠오르는 일은 없었다. 섬에
는 나카마(仲間)라는 이름과 상호를 가진 집이 몇 채 있었다. 그
나카마의 조상과 관련이 있는 전설 때문에 당(唐)나라의 반대편

---

37 고은 『조국의 별』 창작과 비평사, 1984. 원문에는 출처가 『지금 너에게 시가 왔는가』
로 되어 있으나 찾아본 결과, 한국에는 이런 제목으로 발간된 시집은 없었다.
38 일본의 옛 기록에서는 조선이나 한반도에 관한 것을 카라 또는 카라쿠니라고 표기
하고 있다.

에 있는 우수한 문화를 가진 카라쿠니(ヵラクニ)에 대한 상상력이 커져만 갔다. 요나하(与那覇)는 섬 생활의 터전이자 어릴 때부터 밤낮으로 고기를 잡으러 드나들던 바다였다. 하지만 풍부한 해초와 산호 속에는 '스사무스'라는 벌레가 숨어 있었는데 이 벌레는 하필이면 사람의 음부를 무는 골칫거리였다. 생명에 위험을 줄 정도의 독충은 아니었지만 물리면 미치도록 가려워서 참을 수가 없게 되었다. 특히 야간 고기잡이의 경우에 피해가 심각했다. 그런데 "나카마 이스투누가 후환마가두[39](나카마 이스투누(仲間石殿)의 후손이다)"라는 주문을 외우면 '스사무스'에게 물리지 않는다는 말이 있었다. 주문이 효과가 있었는지 없었는지는 알 수 없지만 이야기의 유래는 다음과 같다.

어느 날 이스투누가 고기를 잡으러 나갔는데 못 보던 배가 요나하 만에 떠내려와 있었고 그 안에는 사람이 쓰러져 있었다. 확인해 보니 아직 숨이 붙어 있어서 집으로 업고 돌아와 보살펴 주었다. 그러는 동안 완전히 회복되어 손짓 발짓으로 카라쿠니의 어부라는 것을 알게 되었다. 고기를 잡으러 나왔다가 바람에 떠내려왔다고 했다. 고향으로 돌아가고 싶다고 해서 배를 수리하고 있던 중에 소문이 관청에 들어가게 되었는데, 우치나(류큐 조정)로 가는 공선(貢船)이 있으니 그편에 태워 보내기로 했다.

---

39 원문은 「ナカマイストゥヌガ フファンマガドゥ」.

이스투누는 고향에 도착할 때까지 먹을 수 있는 식량으로 좁쌀(粟俵)을 주었다. 카라쿠니의 어부는 그에 대한 감사로 그물을 주고 고기 잡는 법을 가르쳐 주었다. 이스투누는 그물로 고기를 잡을 수 있게 되어 밤에도 스사무스에 물리지 않게 되었다. (혹은 이 이야기의 변형으로, 용왕이 이스투누의 선행을 높이 사서 스사무스에게 '이스투누는 물지 말라'고 했다는 선행담이 있기도 하다.)

필시 이 설화와 관계가 있으리라 생각되는데 조선왕조실록이나 류큐의 역사책에는 노자키 쿠루가니(野崎黑鐵)가 조선으로 표류한 기록이 남아 있다. 슈리(首里) 왕조로 가는 공선을 탔다가 암초를 만나 카라쿠니로 떠내려갔다. 인가를 찾아 걷다가 비석을 발견했는데 거기에 '미야코(宮古)'라는 글자가 있었다. 이상하게 생각하고 있는데 마을 사람이 와서 어디에서 왔느냐고 물었다. 비석의 글자를 가리키자, 그것은 조상이 세운 것으로 유래가 이러저러한데 만약 미야코 사람이 이곳에 오게 되면 마을 차원에서 은혜에 보답하라는 유언을 남겨놓았다고 했다. 쿠루가니는 깜짝 놀라 미야코의 노자키 이스투누의 자손이 자신이라고 했다. 그 사람은 감격해서 쿠루가니를 마을로 안내했고 마을 전체가 그에게 융숭한 대접을 했다. 그리고 돌아갈 때는 말린 소고기 가루와 융단을 선물로 쥐어 주었다는 기록이 있다.

또한 세 사람의 조선인(어부)이 류큐 각 섬의 풍속을 빠짐없이 관찰해서 보고한 조선왕조실록의 기록은 섬의 생활풍속을 짐작하게 하는 매우 귀중한 자료이다.

대륙의 역사와는 무관하다고 생각했던 외딴섬에서 전해 내려온 이야기들이 오늘을 생각하는 단초로서 사실성을 가진다는 것이 놀라웠다. 하지만 그것은 나이가 든 다음에 알게 된 것이다. 전쟁 중에는 마을 밖과 소나무 숲에 격리된 오두막이 있었는데 '가까이 가서는 안 된다'고 단단히 주의를 받았다. 그곳에는 '초센삐'(종군위안부)라고 하는 히닌(非人)[40]이 있다고 했다. 나카마 이스투누와 노자키 쿠루가니의 사람과 사람의 자연스러운 교류 이야기와 히닌 '초센삐'의 사이에는 상상할 수도 없는 단절이 있었다.

다케시타 총리였는지 누구였는지, 버블경제 전후에 고향발전자금(ふるさと創生資金)[41]이라는 명목으로 일억 엔을 뿌렸다. 오키나와 중부에 있는 구시카와(具志川) 시는 이 자금의 사용처로 『구시카와 문학상』을 만들고 상금 천만 엔을 걸었다. 내가 『신오키나와문학』(문화・사상 종합지)의 편집을 맡고 있을 때여서 나도 심사위원으로 참가하게 되었다. 그때 차석 작품에 재일조선인 의사를 주인공으로 한 「봉선화」라는 작품이 있었다. 서울에 있는 대학에 입학한 시골 학생이 여름방학에 고향으로 돌아

---

40 원래 일본의 피차별 천민 중의 한 계층을 가리키는 말.
41 '스스로 생각하여 스스로 행하는 지역만들기사업(自ら考え自ら行う地域づくり事業)'
   의 통칭. 1988년에서 89년에 걸쳐 각 시구정촌에 지역진흥을 위해 1억 엔을 교부한
   정책.

갔다가 마을 우물에서 소녀를 만났다. 소녀는 마을사람이 아니었는데, 아버지가 도시에서 반체제 투쟁을 하다가 국가기관에 쫓겨 함께 몸을 숨기고 있었다. 학생은 그것도 모른 채 소녀와 가까운 사이가 되고, 내년 여름에 다시 만날 것을 기약하고 대학으로 돌아간다. 여름방학이 되어 설레는 마음으로 고향에 돌아가 보니 소녀가 보이지 않았다. 그는 의대를 졸업하고 해방 후에 일본에서 개업의를 하면서 오로지 소녀의 행방을 좇았다. 그러다가 소녀가 '인신매매' 업자에게 납치를 당해 군 위안부가 되어서 오키나와 쪽으로 끌려간 것 같다는 정보를 얻는다. 노년에 접어들 때까지 결혼도 하지 않고 한결같이 소녀만 찾아온 의사는, 전후에도 살아 있었던 것 같다는 희미한 정보에 의지해서 소녀를 찾을 결심을 하고, 오키나와 행을 준비한다는 줄거리였다고 기억한다. 그 소나무 숲 속, 가까이 가서는 안 되는 금기의 오두막집 여자들 중에 납치를 당한 소녀도 있다는 생각에 나의 유소년기의 무지는 산산조각이 났다.

2000년 카이후사(海風社)에서 간행된 류춘도(柳春桃) 씨의 시집 『잊히지 않는 사람들(忘れえぬ人々)』을 만났을 때 상처는 더욱 깊어졌다. "이 시집은 시가 치유하는, 아니 시가 아니면 치유되지 않는 세월의, 응고된 기억의 흐느낌이다"라고 김시종(金時鐘) 씨가 추천한 것처럼 이 '흐느낌'은 한국전쟁이라는 이름의 타국의 전후사로 밀쳐놓을 수 있는 것이 아니다. 1927년 경상남도에서 태어난 류춘도 씨는 일본에서 고등교육을 받고 45

년 일본 패전과 더불어 한국으로 귀국한 후, 서울대학교에서 의학을 공부하다가 50년 6월에 북한 <의용군> 간호원으로 징발된다. 야전병원에서 상처 입은 병사들의 치료에 전념하고 있는 동안에 한국군의 반격으로 이번에는 한국군 부상병을 치료하게된다. 그러나 북한군을 치료했다는 이유로 스파이 혐의로 체포되어 사선을 넘나드는 옥중 체험을 한다. 전쟁이 끝난 후 서울에서 의사로 일하며 72세가 될 때까지 침묵을 지키던 류춘도씨는 손자들의 시대에는 이런 비극이 반복되어서는 안 된다며, 갑자기 신이라도 지핀 것처럼 한 권의 시집을 써 내려갔다고한다.

어느 장기수의 노래로 쓰여진 「석양」은 다음과 같다.

석양

저녁노을이 진다.
핏빛 태양이 진다.
소 떼들은 몰려서 제집에 들고
적막한 이 언덕에
나만 홀로 서 있구나.

이상을 그리며 싸우던 내 혼아.
젊음을 불태웠던 아름다운 내 여인아.

지금은 간데없고 적막한 이 언덕에
나만 홀로 서 있구나.

핏빛으로 지는 저 태양은
아침이 되면 다시 올라 타오르는데
내 이상 내 젊음은 간데없구나.

백발의 세월만 한이 되어 적막한 이 언덕에
나 홀로 서 있구나.

어둠 속에 갇힌 사십 년
내 젊음 내 정열도
아침이면 떠오르는 저 태양처럼
또다시 불태우고 싶구나.

(『잊히지 않는 사람들』[42]에서)

3.

일본이 조선을 식민지로 '병합'한 지 백 년이 지났다. 역사의
시간을 시대로 나누어 의미를 찾는 것도 하나의 방법이기는 하
다. 그러나 그런 방법으로 의미를 찾고 정리한 역사는 어딘가에
놓친 부분이 남아 있을 것 같다.

관계로서 이해된 역사는 무한소급의 나선형 구조로, 인연은
인연을 더듬어 되살린다. 즉 일본과 조선의 관계를 식민지 병합
백 년이라고 정리하면 근대국민국가의 팽창주의로 수렴되기 때
문에 뒤엉킨 한국과 일본의 전모를 볼 수 없게 된다. 그러면 근

---

42 류춘도 『잊히지 않는 사람들』, 사람생각, 1999.

대국가 이전에 조선 사람들과 일본 사람들의 교류, 문화의 영향 등 중요한 사실이 누락되어 서로에 대한 이해의 틈을 더욱 벌어지게 만드는 결과가 된다. 무한소급의 나선형 구조라는 역사 인식방법을 깨달은 것은 「오키나와의 천황제 사상」(1969년)을 썼을 때였다.

오키나와전투와 미군 점령의 역사적 배경을 찾는 과정에서 일본 천황제를 뒷받침하고 있는 사상을 파악하지 못하면 오키나와의 현재를 이해할 수 없다는 벽에 부딪힌 것이다. 복귀운동의 정념(情念)의 밑바닥에는 현실적인 이해를 넘어선 검은 힘이 작용하고 있다고 느낀 것이 동기였다. 천황제와 관련해서 한반도에서 전개된 동아시아의 고대사, 류큐왕조사, 섬 지배 경위 등을 거슬러 올라가는 사이에 놀랄만한 연관을 발견하게 되었다.

「신공기(神攻記)」에 등장하는 왜와 백제에 관한 기록은 서기 366년부터인데, 391년에는 "왜군(倭軍), 바다를 건너 백제, 신라를 파하고 신민으로 삼다"라고 기록되어 있다. 399년에는 "백제, 서약을 깨고 왜와 손잡고 신라를 공격하다. 신라는 고구려 왕에게 구원을 요청하다", 405년에는 "아화왕(阿花王)이 죽고 왕자 직지(直支)가 왜국으로부터 돌아와 즉위하다", 438년에는 "왜왕이 진(珍), 송(宋)에 공물을 바치다. 왜, 백제, 신라, 임나(任那), 진한(秦韓), 모한(慕韓)[43] 6국의 모든 군사가 안동대장군왜국

---

43 한국사에서는 진한(秦韓)은 진한(辰韓)으로 모한(慕韓)은 마한(馬韓)으로 보고 있다.

왕(安東大將軍倭国王)이라 부르고 상소를 올려 허락을 구하다(宋書)", 661～663년에는 "나당 연합군이 백제와 일본군을 격파하다, 백제 유민 일본으로" 등의 기술이 보인다.

『역사독본(歷史読本)』(1983년 12월 임시증간호) 특집기사「고대 천황가 혈통 논쟁」에 나오키 고지로(直木孝次郎)가 「진신의 난(壬申の乱)」을 기고한 것을 보자.

"…7세기 중엽은 동아시아가 혼란스러웠던 시기로, 진신의 난에 대해서도 그 영향을 생각해 볼 필요가 있다. 626년에 수(隋)를 대신해 일어난 당(唐)은 드디어 강력한 대국이 되어 644년 이후에는 종종 고구려를 공격했는데, 660년에는 신라와 손을 잡고 백제를 쳐서 부여성을 함락시켰고, 일본이 백제를 돕기 위해 파견한 대군도 663년 백촌강의 전투에서 참패해 백제는 멸망했다. 대륙으로부터의 침공 위기에 직면한 일본은 세토나이카이(瀬戸内海) 서쪽 각지에 산성을 쌓아 수비를 배치했고, 또한 수도를 야마토에서 오우미(近江)로 옮겨 방위에 힘썼다. 그러나 의지했던 고구려도 오우미로 천도한 다음 해에 무너지고 위기는 점점 깊어만 갔다."

일본은 이러한 아시아 변동을 배경으로 진신의 난을 거쳐 다이카개신(大化改新), 율령제 등 중앙집권을 강화해 갔다. 한일병합까지 천칠백여 년 동안이나 얽히고설킨 한일관계사의 나선(螺線)은 역사란 반복된다는 말을 떠오르게 한다.

한편 류큐 역사에서는 무시되어 왔지만 류큐 왕조사의 기초를 뒤흔들만한 자료가 기록되어 있었다. 류큐 왕통은 쇼시쇼(尚思紹) 계통과 쇼엔(尚円) 계통과 류큐 토착인이라는 종래의 통설은 위조라고 말한다. 시마즈가(島津家)[44] 계보를 연구하고 있는 민간 연구자가 『일본교회사(日本敎會史)』에서 발췌해 복사한 자료라고 하는데 그 진위는 조사하지 않았다.

이에 따르면 류큐 왕통은,

* ( ) 안은 류큐 왕국의 역대 왕의 이름임[역자 주]

(1) 다카하시가(高橋家) 계통(쇼시쇼尚思紹 · 쇼하시尚巴志 ·
    쇼시타쓰尚思達)
(2) 시마즈가(島津家) 계통 (쇼추尚忠 · 쇼토쿠尚德)
(3) 조선 계통(쇼킨부쿠尚金福)
(4) 이주인가(伊集院家) 계통(＝사시키가佐敷家 계통, 쇼타이큐
    尚泰久 · 쇼엔尚円 · 쇼신尚真 · 쇼호尚豊 · 쇼켄尚賢)
(5) 하시구치가(橋口家) 계통(쇼세尚清 · 쇼겐尚元)
(6) 황실 계통(쇼에尚永 · 쇼네尚寧)

으로 분류되어 각 계통 간의 즉위 다툼이 계속되었다고 한다.

류큐는 나라(奈良)에 야마토(大和) 정권이 성립되기 300년 전부터 백제와 관계를 맺고 있었고, 중세 이후에는 본토의 혈통다툼의 무대가 되었다. 그렇다면 근대국민국가 성립과정을 비판할 때 요지로서 내세워 온 몇 개의 기본 개념이 흔들리기 시

---

44 사츠마번(현 가고시마현)의 번주 가문. 1609년에 류큐왕국을 침공하여 복속시킴.

작한다.

일본 지배층의 중추를 점유했을 고대 백제계와 내전에서 망명한 신라와 고려계의 사람들은 DNA적인 대항의식을 서로 숨기면서 귀화인으로 동화되어 일본인이 되었다. 그리고 그들은 근대 이후에 '재일한국인'이라는 신참을 소외시키는 입장에도 서게 된다. 한편 류큐왕국을 전제로 한 '류큐민족'이라든가 '류큐독립'의 발상도 그 개념의 근거가 흔들리게 된다. 조선과 류큐(한자 문화의 시점에서 보면 중국도)의 고대사에서 거꾸로 일본을 바라보면 '일본 민족'이라든가 '일본인'이라는 부동의 관념도 흔들릴 수밖에 없다.

어쨌든 역사를 나선형의 시간으로 소급해 가면 근대 국민국가가 만든 개념의 틀이 가축우리의 칸막이처럼 시야를 가려서 동아시아 규모의 장대한 교류를 보지 못하도록 한다는 생각이 든다.

조금씩 주변이 보이기 시작했을 무렵, 류큐인으로서의 나의 체험과 한국인의 체험을 비교 검토하는 자세로 재일한국인들이 쓴 것들을 뒤지고 다니던 때가 있었다. 그때는 서방에서 수입한 '과학주의' 사상의 조류에 편승하여 현학적이고 역사과학적인 관점으로 사물을 보는 냉혈동물 같은 사고방식을 따르고 있었다. 그러나 얼마 지나지 않아 과학주의란 무엇인가, 객관이란 무엇인가라는 의문을 가지게 되었다.

백 년이 지나도 천 년이 지나도 인종, 민족, 국민, 지구인이라는 분류와 차별을 갖다 붙이는 과학적 객관주의. 호, 불호, 편 가르기, 원망, 증오라는 감정과 계산에 휘둘리는 객관주의. 우리들은 주관과 객관이라는 가치관의 좁은 틈 사이에서 독버섯 같은 증오를 키우며 생쥐처럼 챗바퀴를 돌기만 한 것은 아닐까. <개미가 기어 왔네, 하면서 눈을 부릅뜨고 때려죽인 '반전·평화'>였다.

허공에 매달린 '반핵·평화'와 일상적인 우리들 자신의 에고는 항상 "하지만, 그래도, 그렇다고 해서, 그렇기는 해도"라고 하면서 이념과 현실, 주의와 주관의 늪에서 변명, 증오, 분쟁의 싹을 키우고 있다.

한일병합 100년을 맞아 아시아인은, 한국인은, 일본인은 무엇인가를 생각해 본다. 국가를 경계로 잘게 쪼개진 것이 인간은 아닐 텐데, 라고.

헐레벌떡 탈아입미(脫亞入美)한 일본은 지금 좌파도 우파도 아시아를 잊고 콧노래를 흥얼거리며 '방위'라는 명목으로 파멸의 길로 달려가고 있다. 서양식을 뒤섞은 일본 식민지학교의 제1기 학생 류큐인들은 지금 일본의 국민으로 동화, 합병되어 국가의 '궤변'에 기대고 있을 뿐이고, 일본 식민지학교 제2기생 대만은 바다 위에서 정처 없이 폭풍 속을 떠다닌다. 제3기생 조선, 한국인은 몸뚱이가 두 개여서 끊임없이 팔과 다리가 다투는 처지로, 동일한 민족으로서의 한(恨)이 계속되고 있다. 게다가 재일(在日)이라는 감찰표를 목에 건 공중에 뜬 존재들까지 있어서 내 안의 한국인은 깨진 거울 조각들이다. 제4기생 만주는? 누가 아시아를 이렇게 만들었냐는 타령조 가락이 흘러 나올법도 하다.

'민주주의'의 깃발 아래 통치하던 박정희로부터 난데없이 '사형' 선고라니 이건 말도 안 된다며 김지하의 옥중시를 접하고 주먹을 불끈 쥐며 떨던 그 무렵, '아리랑, 아리랑, 아라리요'하고 슬픔 속에서 격정이 끓어올라 동란 속에 있는 한국 사람들을 떠올리며 눈물을 흘렸다. 아리랑이 사랑하는 사람의 이름인지 뭔지, 그 의미는 알지 못했다. 하지만 이 노래를 한 번 듣고는 귀와 마음을 빼앗겨 무심코 눈물을 흘렸던 것이다. 고개라는 말이 붙어 있어서 이것은 경계라는 생각이 들었다. 아마미(奄美)의 민요인 아이가나부시(アイカナ節)도 삶과 죽음의 경계에 대한 노래지만 장소에 따라서는 불러서는 안 된다는 금기가 있다. 불러서는 안 되는 곳에서 부르면 그 사람의 영혼이 사람들이 사는 곳과 죽은 자들이 사는 곳의 경계(고개)를 넘어서 돌아올 수 없는 영혼이 된다고 한다.

그런데 아리랑 고개는 모두가 노래한다. 아리랑, 아리랑 고개를 넘어. 넘어서는 안 되는 고개를 도대체 누가 넘은 것일까. 네가 넘은 것인가, 내가 넘은 것인가. 사람과 사람을 가르고 마을과 마을을 나누고 과거와 현재를 나누고 생과 사를 갈라놓고, 아리랑(有るらん) 아리랑(在るらん)하며 슬픔의 늪을 휘젓고 있는 것은 누구인가.

한일병합 백 년은 '한'의 정념을 휘젓는다.

(2010년 11월 19일 『환』~『정황』)

*후지와라(藤原) 씨께

오키나와에서 즐거운 술자리 감사했습니다. 그때 이야기했던 「한국병합 백 년」에 관해, 나와 한국과의 인연에 대해 정리해 보았습니다. 원고를 보냅니다. 『환』에 실을 만한 내용이라면 잘 처리해 주십시오. 왕성하게 활약하시길 기대하겠습니다.

가와미츠 신이치

제주도의 해풍－4·3 제주학살사건 60주년 집회에 참가하고

1. 삼다의 섬

'한국작가회의 제주도 지부'의 초청으로 <동아시아 섬의 항쟁증언문학－평화의 섬에서 만나다－변경에서 중심으로, 공존을 향한 기억과 투쟁의 문학>을 테마로 한 기념 심포지엄에 참가했다. 멀리 떨어져 있던 60년 전 사건에 대한 기억이 제주 섬 하늘 위로 다가갈수록 조각조각 되살아났다. 비행기 창문에서 내려다보니 제주도의 바다는 푸르스름하고 무겁게 가라앉아 있었다. 역사의 거친 파도에 농락당해 온 변경의 섬의 쓰라린 기억을 흔들어 깨우는 파도가 쳤다.

지상에 발을 붙이고 가장 먼저 눈에 날아든 풍경은 8부 능선 부근부터 잔설(殘雪)로 화장을 한, 해발 1,950미터의 한라산이었다. 초여름의 오키나와에서 와 갑자기 설경을 눈앞에 하니, 이국의 자연에 대한 신선한 감동이 피어올랐다. 한라산은 제주도가 만들어진 신화가 전해오는 곳이다. 오키나와의 섬들이 생긴 신화와 비슷해서 마치 고향을 방문한 듯한 그리움도 느껴졌다.

해안을 달리자 새까만 화산암이 계속되어, 가고시마의 사쿠라지마를 걸었던 기억으로 이어졌다. 오래된 화산섬이어서 융기 산호초섬인 오키나와의 섬들과는 색다른 풍토였다.

섬사람들은 제주도를 표현할 때 '삼다도'라고 한다. 돌과 바람과 여자가 많다는 뜻이다. 되는대로 쌓아 올린 돌담과 길거리의 돌조각들은 석재가 풍부하다는 것을 말해 준다. 또한 바람이 그칠 새가 없는 바닷바람의 도시이다. 그런데 여성의 인구비율이 현재 얼마나 될까. 확실한 것은 4·3 사건으로 많은 남자들이 죽임을 당해, 장년층의 남녀 비율이 맞지 않는다고 한다. 남겨진 여자들의 '한'을 생각했다.

백색의 벗꽃이 만발했고 동백은 꽃잎을 땅 위에 흩어 놓고, 유채꽃은 선명하게 들판을 물 들이고 있었다. 파랗고 빨간 지붕은 오키나와에도 있는 민가의 모습이다. 4박 5일간 머무르면서 감탄한 것이 두 가지가 있다. 제주도의 풍부한 식문화가 그 한 가지이다. 길거리 식당에서는 김치의 가짓수가 엄청났고 횟수에 관계없이 계속 주었다. 이래서 장사가 되겠는가 싶어 내가 걱정스러울 정도로 인심이 좋았다. 또 한 가지는 60주년을 기념해 완성한 '제주 4·3 평화기념관'이었다. 드넓은 부지와 별관의 자료전시실이 있었는데, 기념관 입구에 몇 개로 분리된 세로 벽면에 섬의 역대 시인들 수십 명의 시가 새겨져 있었다. 행정이 시에 관심을 가진다는 것은 오키나와에서는 생각도 할 수 없는 일이었다. 추도식에서도 시가 낭독되었고, 지사나 유족대표의 인사까지 시를 낭독하는 것처럼 느껴진 것은 무슨 까닭일까. 그리고 자료전시관이나 시내 예술관에서도 그림이나 시가 전시되어 있어서, 행정가들의 예술 활동에 대한 이해와 관심이 높다는 것에 무심코 한숨이 나왔다.

1948년에 일어난 제주 4·3 사건으로 섬주민의 약 3만 명이 희생을 당했고, 난리를 피해 일본으로 망명한 사람도 2천 명에 이른다고 한다. 외국과의 전쟁이라면 모를까, 나라 안의 같은 민족 사이에서 이 정도 규모의 학살이 이루어졌다는 것은 치가 떨리도록 참혹한 사건이다. 추도집회에서 뿌려진 색종이 조각들이 바닷바람에 너울거리며 하얀 나비떼들이 되어 최후의 보루, 빨치산의 산으로 날아갔다.

"그대들 여래의 법으로 해방된 광명. 수많은 권세의 교만도 이제는 춤에 미치지 못하네."

2. 역사 체험의 공통성

심포지엄에는 베트남의 시인과 대만의 작가도 참가했다. 베트남 전쟁에서 학살을 당하거나 고엽제 등의 화학병기에 의해 벌어진 비인간적인 희생, 오키나와전투에서 민간인을 전선의 방패로 삼아 벌어진 희생과 집단자결, 양쪽 모두 미군의 침략이라는 전시 하의 공통된 상황이 있었다. 한편 대만에서는 대륙에서 철수한 '국민당' 장개석군의 졸렬한 통치에 섬 주민들의 불만과 분노가 폭발하자, 이를 진압하는 치안상의 탄압이 있었다. 그리고 제주도에서는 미국 대 소련과 중국이라는 냉전 전략과 한반도 내의 통치권 확립을 둘러싼 다툼으로 학살이 전개되었다. 배후에 공통된 것은 미국과 소련·중국·일본이라는 대국 사이의 이기적인 줄다리기였다. 이는 주변 섬들의 참극을 더욱 확대시켰다. 되돌아보면, "미국 민주주의는 죽어버려라, 소련 공산주의를 해체시켜라, 중화의식을 반성하지 못하는 중국과 어중간하게 역사를 반성하는 일본도 부끄러운 줄 알라"는 것이 제2차대전 후의 제주, 오키나와, 대만 등 동아시아 변경(edge) 섬들의 공통된 '전후 총정리'라고 할 것이다.

미국과 소련의 점령 이권 대립은, 일본의 경우 오키나와와 북방 영토를 잘라내어 버리는 것으로 처리되었다.

일본은 도마뱀 꼬리 자르듯 소수자들에게 패전의 빚을 떠넘길 작정이었는데, 결국 통째로 미국의 종속국가가 되어버렸다. 미국과 소련은 민주주의와 공산주의의 적대라는 조작된 개념으로, 자신들이 부정했던 '식민지'주의보다 더 악화된 '군사점령' 형태를 계속 유지한 것이다. 각 섬의 주민들을 이데올로기 투쟁에 쑤셔 넣고, 괴뢰정권과 군대와 경찰을 동원해서 강제로 점령 통치를 했다. 한반도를 둘러싼 대립은 제주도를 무차별적인 학살(탄압)로 몰아갔다.

한반도는 몸뚱이가 절반으로 잘려 상반신과 하반신이 각각 제멋대로 춤추고 있다. 제주 도민이 가장 처음 내세운 이념, 즉 외교를 통한 '남북통일 조선독립'을 위해 노력했다면 2년 후의 한국전쟁으로 인한 동족의 비극은 면할 수 있었을지도 모른다. 이데올로기와 관계가 없는 밑바닥 민중이 좌와 우로부터 적대성을 의심받고 참혹한 주검이 되어 산과 들에 흩뿌려졌다. 지상전에서 벌어진 오키나와 민중의 부당한 희생, 대만에서의 백색테러[45]로 인한 희생, 베트남전쟁의 고엽제 후유증 등을 견주어 보면서, 동아시아 대륙 국민국가의 경계에 해당하는 제주, 오키나와, 대만 그리고 공통의 역사 체험을 가지는 베트남, 필리핀 등이 평화 창조의 보루가 되어 깊은 대화를 나누고, 역사 창조에 참가해야 한다는 확신을 가졌다. 제주의 문학과 예술 활동이 더욱 번성하기 위해서도 쿠로시오(黑潮)[46] 해류의 해풍을 좇아, 남쪽으로 그 시선을 더욱 빛내길 바라는 마음이었다.

> 때리는 자 맞는 자 가늠하기 어려워 죽인 놈은 어디에 있는가
> 혀 뽑히고 팔 잘린 참혹함에 눈을 돌리지 말고 똑바로 응시하자
> 만지작거리면 기억은 흐느껴 울고 피눈물 4월의 바다에 바람도 통곡한다

---

45 주로 우익이나 극우파에 의한 테러. 대만의 경우 1947년 2.28 사건을 진압하며 대만 본성인(本省人)에 대한 무차별적 학살이 행해졌으며, 1949년부터 1987년까지 38년간 계엄상태에 있기도 했다.
46 필리핀의 동쪽 해역에서 대만의 동쪽, 일본의 남쪽을 거쳐 북위 35도 부근에서 동쪽으로 굽어 흐르는 해류.

3. 세계인식

역사에 대한 회한은 미래 창조를 위한 기회가 되지 않으면 의미가 없다.

한라산의 잔설을 바라보며 나의 환상은 바닷바람처럼 자유롭게 날개를 펼쳤다.

미국을 중심축으로 하는 '신자유주의' 글로벌리즘은 결국에는 금융자본의 자가당착으로 인한 국제적 공황의 위기에 직면하고 있다. 미국은 거대한 군사력과 달러기축통화 발행권, 이른바 오른손에는 칼, 왼손에는 '마술지팡이'를 가지고 세계패권을 꿈꾸고 있지만, 코끼리 군대는 급회전에 능한 베트남, 이라크 등 개미 군대의 출몰로 죽는 소리를 내고 있다. 그리고 마술지팡이는 '신자유주의'의 경쟁원리와 지팡이의 무분별한 사용(금본위제 폐지와 지폐의 자유 증쇄)때문에 생긴 필연적 결과, 즉 '금융자본의 자가당착적 파탄'에 이르러 경제위기를 맞고 있다. 미국의 국가이기주의는 분단되어서 한 나라의 군대 유지의 필연성조차 동요하고 있는 것으로 보인다. 대국들의 자존심(내셔널리즘)은 글로벌리즘에 의해 과거의 영광이 되었고, 신자유주의에 바탕을 둔 부의 편중은 세계 민중의 원망과 탄식을 불러오고 있다.

미국의 이기주의를 기축으로 발전한 신자유주의와 글로벌리즘이 실패한 원인은 '격차의 분배'라는 사상을 가지지 못하고,

어떻게 분배를 실천할 것인지 생각해 보지 않은 것에 있다. 격차를 분배함으로써 저변층의 약자에게 의식주 문화의 기초를 보장하고, 사람들에게 '제 몸에 걸맞는 행복'의 기회를 부여하지 않은 점에 있다고 할 것이다. 격차 분배의 사상을 버린다면 오랜 옛날 노예제도가 있을 때처럼 무산층이 확대되는 것은 당연한 일일 것이다. 그렇다면 오늘날 신 노예제도는 가능할까. 오늘날은 신·구 자유주의라는 지배자들의 사상과 민주주의라는 사상을 통해 이미 민중도 개념 무장을 하고 있다. 그렇다면 격차 분배조차 집어 던진 지배층의 부당성에 대한 이의신청은, 세계의 리버럴리즘을 선봉으로 삼아 민중(지식층)의 세계적 봉기를 촉구할 것이고, 글로벌 사회의 불안정성을 증폭시킬 것이다.

미국의 국책에 종속되어, 미국의 실패를 뒤좇으며 마지못해 뒤치다꺼리를 해 온 일본의 경박한 '신자유주의자들'과 정권은, 일본이 전후에 구축한 국민생활의 최저수준 보장정책을 내버리고, 국민의 공적 자산을 '민영화'라는 명목으로 대자본에 팔아넘겨 국가 단위의 노예화를 추진해 왔다. 궁여지책으로 내놓은 정책이 책임전가 식의 '도주제(道州制)'이고, 만화 같은 '자기결정'이 아닌가. 관료와 '신자유주의자'가 조종하는 일본 정부는 지방의 고통은 뒤로하고 책임전가 식의 도주제를 밀어붙일 것이다. 국민에게 있어서 일본 관료라는 존재들은 사이즈가 너무 큰 녹슨 철모이며 국민을 짓누르는 비대한 기관이다.

하지만 글로벌리즘의 시스템은 전혀 다른 사상으로 전환함으

로써 새 활로를 개척할 가능성을 가지고 있다. 「유태 현인의 서(ユダヤ賢者の書)」[47]에서 선언한 세계적 과두지배는 서양의 조종에 의한 제한 없는 부의 추구에 지나지 않는다. 그러나 그 방향을 아시아적 이념으로 전환한다면 '현자의 정치'를 실현할 수 있을지도 모른다. 이상적인 통치로 꿈꿔왔던 중국 고대의 황(黃)·요(堯)·순(舜) 시대의 성(聖)정치적인 방향으로 틀을 다시 짜는 것이다. 격차 분배의 균형을 유지·조정하고 저변층에게 '제 몸에 걸맞는 행복'을 보장하는 가능성을 추구하는 것이다.

하이테크놀로지에 의한 대량생산과 수송수단의 고도화를 활용해 지구 규모의 '격차 분배'로 정책의 이념이 바뀔 때 '신의 정의'는 부활할지도 모른다. '신의 정의'란 약자는 약자대로 기본적인 생존권, 즉 시대와 문화에 어울리는 '의식주'를 보장받는 것이다. 그러기 위해서는 지배자의 양보와 성숙한 시민의, 진정한 민주주의에 의한 사회시스템의 소생이 전제가 되어야 한다. 지배당하는 쪽에 놓인 계층은 두말할 필요도 없이 민중이다. 한편 시민이란, 자기이해를 바탕으로 지배 시스템을 선택하고, 적절하게 지배와 민중의 생존 형태를 만들기 위해 항상 주체적으로 사회에 참가하려고 노력하는 계층이라고 생각한다.

지배 시스템이란 국가이며, 기업이며, 또는 왕제나 군주제인

---

47 이스라엘의 건국지도자이자 시오니즘의 창시자인 테오도르 헤르셀 박사의 문서. 高橋良典 『세기의 비밀-세계대예언연표(諸世紀の秘密-世界大予言年表)』 및 데이빗 아이크(David V. Icke)의 『커다란 비밀(大いなる秘密)』(하권) 등 참조(저자의 추가 설명).

데, 그것 자체는 아마도 문제가 아닐 것이다. 다만 지금까지의 역사에서는 영토 확장과 이권주의를 위해 군대라는 폭력조직을 강화시키고, 침략과 약탈이라는 저차원적인 수단을 고집해 왔기 때문에 사회의 불안과 불행이 증폭되었다. 정치에서의 종파적 불관용은 모든 시스템에서 안이한 통치방법으로 사용되었다. 그것이 사상과 발상의 자유를 억압하고 지혜가 자라는 싹을 꺾어 버려 사회의 발전을 저해했다. 오늘날의 사상 시스템은 세계를 시야에 넣은 초경계성(越境性)에 있다고 본다. 오늘날의 글로벌리즘이 세계와 개인의 직접적인 관계를 필연화했기 때문이다. 그러한 시점에서 본다면 국민국가라고 하는 형태는 소위 점경(點景)[48]에 불과하다. 세계적인 유동성 속에서 하나의 점경이 포석으로 어떻게 배치되어 가는지 장기판을 보는 듯한 태도로 국민국가를 지켜보고, '개개의 존재'가 어떤 사상을 가지고 세계에 대응해야 할지 생각하는 시대가 되었다. 국민국가와 지역 공동체는 이러한 세계적인 유동성에 대응하는 사고의 매개체로 존재하는 것이다. 세계적 유동성을 바라보지 않고 일본 대 오키나와라고 하는 사고의 틀에 갇혀 있으면, 정의라고 생각하면서 정의가 아닌 것에 가담해 버리는 현실 모순에 빠질 위험이 크다. 또한 세계에 직접 맞서는 시민사상에 족쇄를 채우는 결과가 될 수 있다.

---

48 사진이나 그림의 멋을 더하기 위해 부가적으로 그려 넣은 인물이나 동물.

4. 동아시아 환상 공동체

지금부터는 오키나와의 당면 과제인 '도주제(道州制)' 그리고 '독립·자주'에 대한 주제에 대해 알아보겠다.

외국 여러 나라에 주둔하고 있는 세계 최강의 미군은 언젠가는 일반 국가의 수준으로 군대가 약해질 것이다. 그 요인은 첫째, 동맹국과 우호국들이 자국 군대 유지와 시민들의 저항으로 미군 철수를 요구하고 있기 때문이다.

둘째는 안전보장을 이유로 다른 나라들에 주둔하고 있는 미군의 유지비 문제이다. 지금까지는 반 공갈적으로 다른 나라들에게서 미군 주둔비를 갹출해 왔지만, 안전보장을 담보로 한 각국의 지출 부담이 과중되어 감액 또는 폐지를 할 수밖에 없을 것이다. 그렇다면 미국의 군사예산은 감액을 피할 수 없다. 그리고 고성능병기가 있기 때문에 전략적으로도 후퇴할 수밖에 없으므로, 군대의 합리화와 축소화는 피할 길이 없다.

셋째는 달러경제권을 조절해 온 기축통화발행권이 전지전능한 힘을 발휘할 수 없게 된 것이다. 기축통화권이 몇 개로 분할되고 달러의 권위가 상대화된다는 것이 그 분야의 전문가들의 인식이다. 기축통화의 상대적 분산이 이루어지고, 그에 따라 미국의 재정정책도 긴축되지 않을 수 없다는 예측은 당연한 것이다. 이러한 미국의 사정을 배경으로 일본의 '작은 정부', '지방분권' 정책이 부상하고 있다. 거기에서 오키나와 도주제도 눈앞의 과제로 논의되고 있는 것이다. 문제는 부풀어 오른 국가 재정적자의 해결책이다. 정치가와 관료들은 무한정 빚을 쌓았다. 현재 정부 시스템으로는 대책을 세울 수 없는 지경이 되었고, 지방에 떠맡기려고 하는 '신자유주의'적인 발상이 그 배후에 숨겨져 있는 것은 확실하다. 따라서 오키나와 도주제를 생각할 때, 우선 중앙의 재정적자 정리를 위해 어떤 정책이 부과될지 샅샅이 간파하고, 복귀 당시의 한심한 실수를 반복하지 않도록 역전의 발상을 해야 할 것이다.

도주제와 관련해 여기에 제기하는 '동아시아 환상(幻想) 공동체'의 구상은 오키나와가 약자의 논리에 의해서, 약자이기 때문에 더욱 그 가능성이 열린다는 역전의 발상이다. 대국의 입장에서 보자면 만화 같은 발상이라고 웃을지도 모르고, 정치 역학에서는 현실적인 구상으로 납득시킬 수 있는 발상이 아니라고 생각되고 있다. 단적으로 말한다면, 대국 간의 군사적 역학 관계를 역이용하는 것이다. 오키나와를 군사상의 에어포켓으로 만들고 균형지대로 삼는 것이다. 이 발상은 이미 몇 사람이 착안했다.

신자유주의와 글로벌리즘으로 인해 지배자들과 자본은 이미 실질적으로는 내셔널리즘을 훌쩍 넘어섰다. 그러나 내셔널리즘은 아직도 국민 착취에는 효과적이다. 그렇기 때문에 이미 과거의 것이 되어 가는 민족주의나 국민주의에 대한 집착은 계속될 것이다. 그리고 대국 사이에는 종래의 역사에 얽힌 자존심(내셔널리즘)이 뿌리 깊게 남아 있다. 각국의 군대는 강력한 조직으로 이권을 구성하고 있어서, 국가가 군대를 없애고 자국을 비군사지대로 만드는 것은 일단 불가능하다고 생각된다. 군사적 에어포켓으로 가장 적합한 곳은 동아시아에서는 육지의 실크로드에 대응하는, '쿠로시오 로드'에 위치한 제주도부터 아마미를 포함한 류큐제도, 대만 등이다. 일본, 중국, 한국, 미국, 동아시아 제도의 군사력이 3자 견제, 4자 견제가 되어 아무도 전쟁을 벌일 수 없는 지세적(地勢的) 교차로를 균형지대로 만드는 것이다. 그러기 위해서는 현재 일본에서 벌어지는 헌법 개정의 움직임에 편승하여 '초국경 헌법안(超國境憲法案)'을 구상하는 것이 좋다. '초국경 헌법'은 '쿠로시오 로드' 비무장지대의 헌법이다.

그다음으로 동아시아 국가연합본부의 설치를 구상한다. 이것 또한 현실적인 운동이 진행되었다. 균형지대를 만들기 위한 효과적인 발상 중에 하나라고 생각한다. 어딘가의 나라에 동아시아 국가연합본부를 유치하려고 하면 올림픽대회 유치와 같은 줄다리기 싸움이 되어서 결말이 나지 않을 것이다. 대국으로서의 프라이드를 서로 양보하지 않기 때문이다. 미국을 비롯한 몇 개의 대국들이 부당하게 좌지우지하는 국제연합의 현 상황을 개혁하기 위해서라도 중국, 일본, 한국이 가진 '마지막 카드'(미국의 국채[49])를 활용할 수 있는 장이 필요하다. 그 장이 바로

---

49 2014년 4월 미국 재무부 발표에 따르면, 전 세계 미국 국채 보유 현황은 1위가 중

'쿠로시오 로드'의 지세를 활용하는 것이다. 문제는 '쿠로시오 로드'의 연대에 의한 고도의 자주외교 태도를 어떻게 만들어 가야 할 것인가이다. 이것이 앞을 가로막는 첫 번째 시련이 될 것이다. 우선 지식층과 문화 교류 형식의 대화에서부터 시작해야 한다.

그다음은 동아시아 공동체의 신기축통화 발행처에 대한 구상이다. 이것도 동아시아 공동체의 구상을 전제로 한다. 이 발행처를 어디에 둘 것인가. 어디에 두든지 역시 프라이드로 인한 상호견제를 막기 위한 규칙을 만드는 것은 어려운 일이다. 어느 나라든지 양보하지 않을 것이다. 그 간극을 극복하고, '쿠로시오 로드' 안에 '동아시아 공동체 기축통화 발행청'을 유치하는 것이다. 오키나와는 이미 역사적인 경험을 통해 고유의 내셔널리즘에 바탕을 둔 프라이드를 극복했기 때문에, 내셔널리즘에 얽매이지 않는 관용성을 가지고 있다.

US 달러, EU 유로에 대항하는 '동아시아 기축통화'권 공동체가 원만하게 동의를 이루어내고, '기축통화 발행청'을 중심으로 한 국제금융센터를 '쿠로시오 로드' 안에 설치해서 찍어낸 통화를 세계로 보내는 것이다. 이를 위한 국제공항으로 가장 적합한 것이 가데나 비행장[50]이다. 군용 시설에서 생활 창조를 위한 공

국, 2위가 일본으로 두 국가가 보유량은 전체의 40% 이상에 이른다. 한국은 한때 4위(2004년)에 올랐으나 현재 보유량은 1% 이하이다.

50 오키나와 본섬에 위치한, 아시아 최대 규모의 미 공군기지.

간으로 변신하는 것이다.

5. 초국경 헌법과 오키나와의 도주제

실리콘밸리 방식의 생산 공장을 오키나와에 유치하는 것은 어리석은 생각이다. 그 성과만을 활용하는 컴퓨터 소비 센터를 구상하는 것이 좋다.

미군이 여전히 아시아 기지에 미련을 두고 있다면, 물론 '배려예산' 없이, 기지와 군대의 유지비는 '동아시아 기축통화'를 사용하도록 의무화하면 된다. 이는 수지가 맞지 않는 이야기이므로 곧바로 가데나 비행장을 비워줄 것이다.

오키나와는 섬이라는 조건 때문에, 제1차산업이나 제2차산업 발전계획은 큰 희망이 없다. 오키나와의 대형제당공장은 완전한 실패였다. 그 책임을 일본 정부가 지게 해야 한다. 그리고 본섬을 일주하는 철도도 전쟁 피해 복구책으로 실현시켜 주지 않는다면, 국철민영화 때의 부당성은 속죄를 받을 수 없다. 이를 도주제 이행의 조건으로 요구하고, 광역물류와 관광의 기본노선으로 활용하는 것이다. 각 마을에는 예전처럼 흑설탕 공장을 만들고, 그 밖에는 취미로 하는 원예작물이나 약초원, 공예, 예술의 산지로 계획해야 섬으로서의 정신적 풍요를 유지할 수 있다. 또한 풍부한 산호초(環礁)를 활용해서 자연과 조화를 이룬 해초 양식장이나 어장을 만들고 식량공원으로 삼는다. 종래의 정부 지도에 의한 단일재배 농업이나 해안 파괴로 만들어지는 자원화에서 탈피한다. 초국경헌법에 의해 보장된 비무장지대의 해양 영역 자원은 그 사용법에 따라 인류의 미래를 좌우할 가치를 가질지도 모른다. 기본적인 구도가 정해지면 구체적인 아이디어는 세계에서 밀려들 것이다. 자본과 패권주의의 글로벌리즘을 아이디어 제공과 실천의 글로벌리즘으로 전환하는 것이다. 이러한 발상에는 타력에 의지해 바라는 것을 이룬다는 아미타 신앙적인 측면도 있다. 또한 만화 같이 과대망상적인 측면도 있을지 모른다. 그러나 변경에 위치한 '쿠로시오 로드'의 비무장 자립과 '오키나와 도주제'의 발상을 자극할 실마리가 될 것이라고 생각한다.

(2008년 『정황』 7월호)

이바(異場)의 사상이란 무엇인가

인연이 있으면 만난다

1◎ 저는 교학부장 다마미츠 준쇼(玉光順正)[51] 씨와의 인연으로 히가시혼간지(東本願寺)[52] 21세기 비전위원회의 회원으로 참가해, 5개월 정도 수행을 한 적이 있습니다. 제가 생활하고 있는 오키나와는 1879년에 일본국에 포함된 지역입니다. 역사적으로는 왜국(倭國)과 마찬가지로, 중국 황제의 책봉을 받아 독립적인 류큐왕국으로 4백 년 가까이 유지되어 온 곳입니다. 다만, 시마즈번(島津藩)의 무력정벌에 의해 1609년부터 그 지배에 놓였기 때문에, 독립이라고는 해도 중국, 즉 명나라와 청나라를 눈속임하기 위한 명분에 지나지 않았습니다. 이러한 이중 지배로 인해 류큐는 고대 천황이나 역대 막부의 직접적인 지배에서 벗어나서 조금 색다른 역사를 거쳐 왔습니다. 그렇기 때문에 풍속, 문화, 사상 등 모든 분야에서 이질적 요소를 오늘날까지 이

---

51 진종대곡파(真宗大谷派)의 승려(1943~). 종의회(宗議会) 의원, 전 교학연구소(教学研究所) 소장

52 교토에 위치한 사원으로 아미타불을 모시고 있다. 정토진종(淨土眞宗)의 종파 중에 하나인 진종대곡파(眞宗大谷派)의 본산이다.

어온 것입니다. 그리고 원폭의 표적이 된 히로시마와 나가사키가 전후에 사람들의 마음속에서 특별한 장소로 각인된 것처럼, 오키나와도 국내에서는 유일하게 참혹한 지상전을 벌인 곳이어서, 특별한 장소라는 인식이 정착되고 있습니다. 오키나와는 역사적 이질성과 전후 27년에 걸친 미군의 점령 통치라는 사정이 중첩된 데다가, 지금도 계속되는 광활한 미군기지의 존재로 인해 몇 겹이나 중복된 이미지가 만들어진 특수한 장소가 되었습니다. 이런 까닭으로, 그와 같은 환경 속에서 만들어진 나 자신의 사상 형성과정과 상황보고 등을 겸해 21세기 비전위원회에 참가하게 된 것입니다.

시인의 자세

2◎ 저는 신문기자와 잡지 편집자, 대학 시간강사 등을 지냈고 그와 동시에 학생시절부터 동인지 등에 시나 평론을 써 왔습니다. 그래서 신분을 편의상 시인이라고 말하고 있습니다. 세상에는, 시인은 상식에서 벗어난 괴짜들이라는 암묵적인 이해가 있습니다. 범죄가 아닌 한, 세상의 상식을 벗어나도 너그럽게 봐 주는 겁니다. 그래서 시인은, 마치 구걸처럼 한 번 맛을 보고 나면 좀처럼 그만두기가 어렵습니다. 특히 전후 일본의 현대시는 미사여구를 사용한 어려운 말투를 추구하고 있었기 때문에 가끔은 문법을 무시하기도 하고, 방언을 직역한 형용사를

사용해 새로운 경향이라고 말하는 눈속임 같은 시도를 하기도 했습니다. 이것은 일본어, 이른바 교과서에서 배운 표준어에 대한 나의 초라한 저항이기도 했습니다. 오키나와 시인들의 대부분이, 사투리를 통해 정이 든 풍토를 어떻게 일본어로 번역할지에 대해 지금도 고심하고 있습니다만, 이러한 언어의 미묘한 '이바(異場)'는 나름대로 풍부한 언어의 원천이 되기도 합니다.

3◎ 오키나와는 흥미로운 곳입니다. 미국의 로젠버그(J. Rothenberg)[53]나 게리 스나이더(Gary Snyder)[54]처럼 시 낭독으로 유명한 시인들이 와서 함께 무대에 서기도 하고, 동남아시아의 시인들과 경연을 하기도 합니다. 외국 시인들과 낭독을 할 때는 일본어와 방언이 뒤섞인 시나 방언으로만 쓴 시를 낭독하는데, 표준어로 쓴 시보다 리듬이 좋고 흐름이 살아있는 시가 됩니다. 이쪽은 영어를 모르고 상대방도 섬 언어, 즉 방언인지 일본어인지조차 알지 못합니다. 그러면서도 꽤나 즐거워하는 것을 보면, 낭독하는 쪽이나 듣는 쪽이나 괴짜들이기는 한가 봅니다. 도쿄 쪽 시인들 중에는 권위적인 사람들이 많아서 무대가 더 까다로워지는 것 같습니다.

여하튼 시인은 가난뱅이에, 괴짜에, 무법자에, 이탈자라는 것

---

53 미국의 시인(1931~).

54 미국의 환경운동가이자 생태시인(1930~). 교토에 있는 다이토쿠지(大德寺)에서 10년간 수행. 시집 『거북섬(Turtle Island)』(퓰리처상 수상), 미국의 전설과 불교신화를 다룬 시집 『신화와 텍스트(Myths and Texts)』 등. 2000년 9월에는 한국을 방문해 법련사(法蓮寺)에서 생태와 불교에 대해 강연을 하기도 했다.

이 일반적인 생각입니다. 시는 소설 같은 산문처럼 돈이 되지 않습니다. 그래서 시를 팔아서 먹고 산다는 것은 거의 불가능한 일입니다. 세이부백화점(西部デパート)의 츠츠미 세이지(堤清二)[55]나 오오카 마코토(大岡信)[56] 교수처럼 돈이 많은 시인들도 있지만, 그것도 시 이외의 수입으로 그렇게 된 것 뿐입니다. 외골수이고 비뚤어진 데다가 자존심만은 보통사람의 갑절인 것이 시인들의 일반적인 특징인데, "무사는 굶고도 이를 쑤신다"는 식으로 오기를 부리는 겁니다. 발길 닿는 곳이 집이였던 사이교(西行)[57]나 마츠오 바쇼(松尾芭蕉)[58], 서기 400년 무렵의 중국 시인 도연명(陶淵明)[59] 등이 그 전형적인 예입니다. 그런데 시인들의 이야기를 왜 꺼냈느냐하면 오늘 이야기의 주제인 '이바의 사상'을 설명하는데 시인들의 이탈자적인 모습이 좋은 예가 되기 때문입니다.

---

55 일본의 실업가, 시인, 소설가(1927~2013). 세이부그룹의 창업자인 츠츠미 야스지로 (堤康次郎)의 아들. 도쿄대 경제학부를 졸업, 1955년 세이부백화점의 대표가 됨과 동 시에 처녀시집 『불확실한 아침(不確かな朝)』을 발표.

56 일본의 시인(1931~). 도쿄대학 국문과 졸업, 메이지(明治)대학과 도쿄예술대학에서 교직. 일본 펜그룹, 일본현대시인회의 회장 역임.

57 헤이안시대의 승려, 시인(1118~1190). 5·7·5·7·7 형식으로 이루어진 '단가(短 歌)'의 대가. 23세 때 승려가 되어 전국을 떠돌며 일생을 보냈는데, 주로 자연에 대 한 사랑과 불교에 대한 헌신을 노래했다.

58 에도시대의 시인(1644~1694). 5·7·5의 17음절로 이루어지는 하이쿠(俳句)작가로 널리 알려져 있다. 전국 각지를 여행하며 수많은 하이쿠와 기행문을 남겼다.

59 중국 진나라 때의 시인(365~427). 29세 때 처음 관직생활을 시작했으나 전원생활에 대한 그리움으로 인해 41세에 낙향한 후, 다시는 벼슬길에 오르지 않았다. 전원생활 을 담담하고 사실적으로 묘사한 시를 썼다.

간단하게 말하면 일상으로부터 비일상(非日常)으로, 그것이 바로 '이바'로의 전이(轉移)입니다.

방법으로서의 '이바'

4◎ '이바의 사상'이라는 말은 귀에 익숙하지 않은 용어일 겁니다. 이 단어는 제가 만든 말이라서 정의가 필요합니다. 이렇게 말은 해도, 실은 글자 그대로 "다른 장소에 사고와 감성의 자세(stance)를 두는 사상"[60]이라는 의미입니다. "뭐야, 별로 새로울 것도 없는 개념이네"하며 실망하실 분도 계실 겁니다. 저는 안이한 진보주의자가 아니기 때문에, 인간의 사상이나 감성이 시대와 더불어 진화한다고 생각하지 않습니다. 그러니까 나날이 새로운 사상이 나온다고도 믿지 않습니다. 입을 열면 포스트에 포스트를 덧씌우면서 새로운 체하고 있는 사상들을 별로 신용하지 않습니다. 다만 역사를 가지고 있다는 것은 시간의 퇴적을 보다 깊게 파헤칠 수 있고, 역사적 사실과 현상을 보다 넓게 조감하고 비교·검토할 수 있다는 점에서 유리한 위치에 서는 것이라고 생각하고 있습니다. 풍부한 역사의 시간적 퇴적과 넉넉한 사실과 현상의 사례들을 가지고 있으면서도 그 역사적 유산을 무시하고 배우지 않는다면, 그 시대의 인간은 진보는커

---

60 참고로 원문 표현은 "異なった場所に思考や感性のスタンスを定めた思想".

녕 퇴화를 면할 수 없을 겁니다. 시간과 장소를 포괄하고 있는 역사나 일상과는 다른 지점에서 사고와 감성의 태도를 결정하고, 거기에서 다시 현실로 돌아오는 사상, 그것이 '이바의 사상'이고 인간의 진정한 진보에 참여하겠다는 생각입니다.

5◎ 제가 '이바의 사상'을 생각할 때 떠오르는 것으로는, 신란(親鸞) 스님의 '비승비속(非僧非俗)'의 장소, 불이원(不二元)의 아미타불을 만나는 장소, 그리고 깨달음과 열반이라는 경지가 있습니다. 그곳에 이르기 위해서는 적어도 4단계의 방법을 생각할 수 있습니다. 제1차는 현재라고 하는 공통된 시간 속에서의 '이바의 사상'입니다. 제2차는 역사의 시간을 소급해서 발견하는 시간 계열 상의 '이바의 사상'입니다. 제3차는 체험하지 못한 역사적 사실이나 현상, 가본 적 없는 곳에서 벌어지는 '사태'를 찾아내는 공간상의 '이바의 사상'입니다. 그리고 제4차는 깨달음이라고 하는 원환(圓環)의 시공에서 찾아내는 형이상학적 '이바의 사상'입니다. 여기서 말하는 장소의 이미지는 결코 정적인 곳이 아니라, 사색이 끊이지 않는 운동의 장으로 생각해야 합니다. 왜냐하면 뒤에서 이야기하겠지만, 부처도 신(神)도 운동그 자체이기 때문에, 자기 존재에 대한 인식도 명사가 아니라동사로 이미지화하기 때문입니다.

각 '이바'의 차이

6◎ 말하자면, 제1차는 농민・회사원・어민이라는 생활 모습이나 지금의 민족・국민이라는 육안으로 구별되는 물질적 차이를, 상대방의 위치에 서서 바라보는 '이바'입니다. 농민이지만, 바다가 오염되어 비명을 지르고 있는 어민의 입장에 서서 상황을 인식하고자 노력하는 겁니다. 즉 농민이 자신의 인식이나 감성 속에 '어민의 입장'을 집어넣으려고 하는 것이 일차적인 '이바의 사상'이 되는 겁니다. 본 적도 없는 이라크의 민족이나 국민의 입장에 서서, 진행 중인 전시 하의 사태를 생각한다. 교토에 있으면서 히로시마나 나가사키의 피폭자의 몸이 되어 생각한다. 75%나 되는 미군기지의 중압에 괴로워하는 오키나와의 입장이 되어 사태를 생각해 본다. 부락인, 재일한국인, 아이누족, 류큐인이라는 차별의 대상을 끌어와, 내 안에 '이바'를 설정하고 생각한다. 또한 동시에, 세계가 붕괴되거나 말거나 나와는 무관하다는 부(負)의 이바(에고의 구덩이)도 있습니다. 이러한 일상으로부터 비일상을 향한 사고, 감성의 전이 방식을 취하는 것만으로도 사회에 참여하는 방식은 달라질 것입니다.

그 '이바'에서 생겨난 사상이나 감성에 의해 실제적인 행동을 취했을 때, 제2차, 제3차 '이바'는 더욱 시련을 주는 듯이 움직이기 시작할 것입니다.

7◎ 제2차 '이바'는 역사에 대한 시간의 계열적 소급에 의해 발견되는 '이바'입니다. 집안 가계도에 있는 위인이나 공적이 있는 선조에 대해 묻고, 그 선조에게 자신의 몸을 중첩시켜 보는 것도 바로 이 '이바의 사상'을 만들어 내는 사례에 해당됩니다.

예를 들면, 여성의 사회적 지위나 권리 향상을 실현시키기 위해서 역사를 고대로 거슬러 올라가 『모계제 연구』를 쓴 다카무레 이츠에(高群逸枝)[61] 등이 좋은 예입니다. 모계를 희생시킴으로써 부계가 확립되고, 시대가 지남에 따라 유교적 여성관이 정착되었습니다. 따라서 고대의 모계제도를 똑바로 보고, 여성관을 다시 볼 필요가 있다는 선구적인 사상이 바로 그녀의 '이바'적 태도에서 나온 것입니다.

메이지 이후에 일본에서는 근대국가를 지향하면서도 유교적 사상을 기본으로 하는 천황제로 인해, 국민은 막대한 희생을 강요당했습니다. 그러나 천황제에 대한 국민들의 자기희생적인 감미로운 도취는 실로 불가사의한 사상적 조류를 형성했습니다. 일본 낭만파 사상의 야스다 요주로(保田與重郎)[62]와 그 연장선에 있는 미시마 유키오(三島由紀夫)[63]의 사상도 각각 방향은 다르지

---

61 여성사연구가, 시인(1894~1964).

62 일본의 문예비평가(1910~1981). 독일 낭만파의 영향을 받아 근대문명을 비판했고 일본 고전주의를 전개. 일본의 전쟁을 정당화하고 선동하는 논진을 펼침.

63 일본의 소설가(1925~1970). 일본 낭만파의 영향을 받아 죽음을 미화시킨 탐미적인 작품을 남김. 자위대 본부에 난입해 일본 자위대의 각성과 천황의 신격화, 군국주의의 부활을 외치며 할복자살.

만, 제2차 '이바'에서 사색하고 느낀 결과라고 할 수 있습니다. 야스다 등의 낭만파 사상은 만세일계(萬世一系)라는 천황 혈통의 연속성 안에서 '일본의 전통정신 및 문화의 미'를 찾아내고, 그 것을 일본 민족과 사상의 양식으로 삼으려고 했던 것입니다. 미시마도 이러한 계열 위에서 도착적(倒錯的)인 미학을 격하게 연기했습니다.

저는 소년 시절에 들었던 「애국의 꽃」(愛国の華)이라는 노래를 아직까지도 기억하고 있습니다만, 감미로운 자기희생의 심리는 평상시에는 이해하기 어려운 로망으로 유혹해 들인다는 것에 감탄하고 있습니다.

1.
새하얀 후지산의 드높은 품격을
마음 든든한 방패막이로 삼고
고향을 위해 애쓰는 여자들은
빛나는 세상의 산벚나무
지상에 아름답게 핀 나라의 꽃

2.
늙으나 젊으나 모두 함께
집을, 아이를 지켜가는
고향을 위해 애쓰는 여자들은
후방에서 힘쓰는 산벚나무
지상에 아름답게 핀 나라의 꽃

13살 때쯤이었던가, 해군비행장을 만들기 위해 강제노동에 끌려가는 군용 트럭을 탔을 때, 국방부인회(国防婦人会)의 누나들이 이 노래를 불러서 처음 듣게 되었습니다. 저는 그 무렵에 교과서에 나오는 '피었네 피었네 벚꽃이 피었네'나, 천황 가계도를 진무(神武), 스제이(綏靖), 안네이(安寧), 이토쿠(懿德), 고쇼(孝昭), 고안(孝安), 고레이(孝霊)하고 통째로 암기해 국어 점수를 100점을 받기는 했지만, 일본어로 이야기도 하지 못했고 듣는 것도 조금 밖에는 못했습니다. 그러니까 노래의 뜻 같은 것은 전혀 알지 못했습니다. 그런데도 영문도 모른 채, 기분에 취해서 눈물이 쏟아져 멈추지 않았습니다.

사람이면 누구나 자연스럽게 '국가'가 아니라 '고향'을 사랑합니다. 이「애국의 꽃」에는 그 순수한 마음이 솔직하게 묘사되어 있어 영문도 모른 채 눈물을 흘렸다고 생각합니다. 이 순수한 마음이 지배자들의 추악한 동기와 흉계에 의해 무참하게 짓밟혔기 때문에, 그 진실을 알게 되었을 때는 나 자신이 한심해져서 분노가 끓어올랐습니다.

포탄을 만들어야 하니 공출을 내놓으라고 솥 냄비까지 빼앗아 가고, 전쟁터에서는 구더기가 상처를 파먹어서 우는 판국에, 새하얀 후지산이나 지상에 아름답게 핀 나라의 꽃 따위가 있을 리가 없습니다. 게다가 청일전쟁, 러일전쟁, 태평양전쟁을 통해 국내의 독점자본은 엄청난 돈을 벌어들여 그 자본의 규모가 비약적인 숫자가 되었는데, 국민은 간신히 입에 풀칠할 정도의 빈곤에 허덕이고 있었던 겁니다. 이렇게 대비해 봤을 때, 일본 낭만파 사상에서 나온 감미로운 자기희생의 감성이 사람들을 얼마나 비정상적이고 광적인 희열로 몰아갔는지 알 수 있습니다.

감미로움에서 잔혹한 둔감으로

그저 안타까운 것은 히메유리 학도대(ひめゆり学徒隊)[64]의 소녀들과 국방부인회의 부인들, 즉 국민대중이 그 아름다운 함정을 깨달은 것은 스스로 죽음의 리얼리티에 직면하고 나서였습니다.

오키나와의 전장에서 살아남은 사람들의 체험담에 의하면,「애국의 꽃」에서 노래한 '과도한 낭만의 미의식'은 결국 '잔혹한 둔감'으로 전이되어 시체를 짓밟아도 아무렇지도 않고, 가족이나 친구가 옆에서 죽어도 눈물조차 나오지 않고, 아무것도 느끼지 못했다고 합니다.

메이지 이후의 근대화로 인해「토끼를 좇던 저 산(兎追いしあの山」[65]이나「고향의 작은 시냇물(古里の小川」로부터 멀어지고 공동체를 잃어버렸을 때, 공동체는 회고의 대상이 되었고, 사람들은 과거 지향의 낭만적 미의식에 감응하는 제2차 '이바'를 자신들의 내부에서 찾고 있었던 겁니다. 또한 쇄국으로 지켜 온 전통이 성급한 근대화에 의해 단절되자, 지식인들은 전통문화

---

64 130쪽의 각주 34 참조.
65 1914년 이후에 소학교에서 배우던 잘 알려진 노래 '고향'의 가사 중 일부.

로 되돌아가자는 사상 조류를 형성하게 되었고, 천황이라는 '이바'를 찾게 되었습니다. 거기에서 만들어진 원리주의(原理主義)의 도덕적 미학의 함정이 기요자와 만시(清沢満之)[66]와 같이 뛰어난 종교사상가까지 포함하여, 일본 사상의 대부분을 집어삼키고 말았습니다.

이러한 조류 외에도 외국에서 '이바'를 발견하고 사상을 전개한 사람들도 있었지만, 그들의 사상조차도, 자기도 모르는 사이에 일본 미화와 신흥국가의 내셔널리즘에 포섭당해 천황제라는 과격한 원리주의의 선동적인 역할을 하게 되었습니다. 예를 들면 오카쿠라 텐신(岡倉天心)의 '아시아는 하나'라는 말처럼, 불교문화를 통해서 인도와, 그리고 도교사상을 매개로 중국 문화와 공통점을 찾겠다는 친화·융합사상에서 한 발언이 '대동아 건설'이라는 침략 이데올로기로 왜곡되어 간 것은 좋은 예입니다. 『중국혁명외사(支那革命外史)』를 구상한 기타 잇키(北一輝)의 사상적 발자취에서도 비슷한 우여곡절을 찾아볼 수 있습니다.

요컨대 일본 낭만사상은 고향 상실이라는 시대의 요청에 부응해 성립된 사상으로, 잃어버린 것에 대한 감미로운 도취의 사상이었습니다. 게다가 천황이나 전통문화라고 하는 시간 계열의 '이바'에서 나온 자기희생적 책임을 요구하는, 원리주의적

---

66 진종대곡파 승려이자 사상가(1863~1903). 잡지 『정신계(精神界)』를 창간하고 '정신주의'를 제창했다. 그의 정신주의는 근대 불교신앙 확립을 위한 운동이라는 평가도 있지만, 근대천황제 아래 놓인 현실을 무조건 긍정하는 '종속이론'이라는 비판도 있다.

도덕사상이 덧씌워진 것입니다. 그 끝에는 더 이상 인간이라고는 할 수 없는, '잔혹한 둔감'이라는 '이바'로의 전락이 기다리고 있었습니다. 군대라는 조직은 그 '잔혹한 둔감'의 '이바'로 향하는 입구라고 할 수 있습니다.

그것은 결코 끝난 문제가 아니라, 내셔널리즘이 동요될 때 어느 순간 다시 추구되는 '이바'로서 계속 매력을 가질 겁니다. 지금 우리가 직면하고 있는 상황도, 상실한 무엇인가를 찾는 제2차적인 '이바'를 향해 달리고 있는 것은 아닙니까.

급진적인 충동의 근원

8◎ 천황의 만세일계에 대해 말하려면 오리구치 시노부(折口信夫)의 이야기를 언급할 필요가 있습니다. 오리구치에 따르면 '천황혼(天皇魂)'이라는 것이 있는데, 이것이 역대 천황의 육체를 빌려서 깃든다고 합니다. 천황이 죽으면 천황혼은 분리되어 다음 천황의 육체를 찾아가 깃듭니다. 그러므로 천황혼은 죽지도 않고 사라지지도 않는 만세일계라고 생각하는 겁니다. 여기에서는 영원불변의 '천황혼'이라는 '이바'를 자신의 내부에 만듦으로써 천황을 신격화하는 과정을 볼 수 있습니다. 오리구치에게는 육체로서의 천황이 문제가 아니라, 그 육체를 빌려 모습을 드러내는 '천황혼'이야말로 '천황'인 것입니다. 육체를 빌어 모습을 드러낸다는 생각은 옛날부터 불교와 신도(神道)가 절충

되는 기점이기도 한데, 이 문제에 어떻게 답을 내놓을 것인가는 불교 각 종파의 교학(敎學) 상 대단히 중요한 문제입니다. 여하튼 메이지 이후의 일본의 사상들은 천황을 추상적 상징으로 하는 만세일계 혈통의 형이상학에 완전히 사로잡혔던 것입니다.

츠다 소키치(津田左右吉)[67]의 『고사기(古事記)』와 『일본서기(日本書紀)』 연구에 의해 만세일계의 불가사의와 선험적인 천황 신격화가 부정되었습니다. 그리고 『일본개조법안대강(日本改造法案大綱)』을 쓴 기타 잇키의 현실적인 시선과 미노베 다츠키치(美濃部達吉)[68]의 천황기관설로 천황제의 폭주에 제동을 걸고자 했습니다만, 때는 이미 늦었습니다. 군벌 및 재벌권력과 동행을 하게 된 일본 낭만사상은 군부의 폭주를 촉진시켰고, 2·26 궐기[69]와 같은 과격한 대립을 현실화하면서 국민총력전(國民總力戰)의 파멸로 달려간 것입니다.

2차 '이바'의 다음은 형이상학적인 장소입니다. 민중도, 야스

---

67 일본의 역사학자(1873~1961). 『신대사 연구(神代史の硏究)』 등을 통해 고서기와 일본서기에 보이는 천황의 계보는 천황제를 정당화하기 위해 창작된 것이며, 천손강림은 사실이 아니라고 주장.

68 일본의 헌법학자(1873~1948). 1932년 귀족원 의원이 되었으나 천황기관설 사건으로 사직. 천황기관설이란 국가는 법인체이고 천황은 그 최고기관이라는 주장, 즉 천황은 입헌군주이고, 국회는 천황으로부터 독립된 국민의 대표기관으로서 국가의 최고 의사 표시 기관이라는 것이다. 이러한 주장으로 우익과 군부, 정당으로부터 비난을 받았고 그의 저서는 발행금지처분을 당했다. 전후에도 헌법 개정은 불필요하다는 일관된 자세를 유지했다.

69 1936년 2월 26일 간신배들을 척결하고 천황을 중심으로 한 일본을 건설하는 주장을 내세우고 육군 청년장교들이 일으킨 반란사건. 아이러니하게도 이 사건은 천황의 복귀명령으로 4일만에 진압이 되었고 사건에 가담한 장교들은 사형에 처해졌다.

쿠니신사(靖国神社)도, 전쟁의 흔적도 눈에 보이는 대상이 문제가 아니라, 그 형이상학적 장소에 서서 의미를 발견함으로써 급진적인 사상을 끌어내는 것입니다.

그러한 관점에서 이슬람 원리주의의 국제적 규모의 게릴라 활동을 보면 무엇이 보일까요? 알라도, 이슬람도 천황과 마찬가지로 메타포(은유)이기 때문에 급진적인 원리사상이 만들어지는 것은 당연한 일입니다. 아사하라 쇼코(麻原彰晃)가 이끈 옴 진리교 집단의 행동도 제2차 '이바'와 제3차 '이바'에서 나온 것이라고 이해됩니다.

실존성을 묻는 이바

9◎ 제3차 '이바'는 시간 계열을 벗어난 공간, 즉 무대 배경과 같은 '장면'이나 '사태'에 대한 상상적인 접근입니다.

법화경(法華經)[70]에는 석가가 자신이 전생에서 한 수행의 과정을 이야기하는 장면이 있습니다. 비유품(比喩品)의 「상불경보살품(常不輕菩薩品)」입니다. 마을에서 마을로 떠돌아다니며 수행을 하는 상불경보살은 왜 상불경이라는 이름이 붙은 것일까. 그것

---

70 불교 초기 대승경전 중 하나인 묘법연화경(妙法蓮華經)을 가리키는 말로 모두 7권 28품으로 되어 있다. 모든 부처는 본불(本佛)인 석가모니 부처의 분신불이고, 그가 이 세상에 출현한 것은 모든 인간들이 부처의 깨달음을 열 수 있는 대도(大道, 一乘)를 보이기 위함이며, 그 대도를 실천하는 사람은 누구나 부처가 될 수 있다는 것이 경전의 핵심 내용이다.

은 마을 사람들이 돌을 던져 쫓아도 항상 "저는 당신들을 결코 깔보거나 하지 않습니다. 당신들은 장차 모두 성불하기 때문입니다"라고 말을 되풀이 하고 다녔으므로 「상불경」이라고 비웃었다는 내용입니다.

어느 시대였는지가 문제가 아니라, 상불보살의 행위와 사상이 그림처럼 우리들의 사색을 촉구하고 있습니다.

그리고 오래 전에 『역사독본(歷史讀本)』에서 특집으로 구성된 「일본기인열전(にっぽん奇人変人列伝)」에 헤이안(平安)[71] 중기 천태종 승려였던 소가(增賀)의 통쾌한 반(反)권력적 행동이 소개되었습니다. 당시 귀족사회에서 소가와 한 집안이었던 다치바나(橘) 가문은 후지와라(藤原) 가문과 권력을 다투는 관계였기 때문에, 그가 출가한 것도 권력에 얽힌 상당한 이유가 있었을 겁니다.

불문(佛門)에 들어와서 세속의 권력으로부터 멀어진 것은 좋았으나, 유감스럽게도 히에잔(比叡山)[72]의 승려사회에도 그 세계 나름대로의 권력이 짜여져 있어서 명성과 사욕을 버리겠다는 소가의 생각과는 맞지 않았습니다. 결국 그는 히에잔에서 내려와 법복을 벗어 거지에게 주고, 알몸으로 도노미네(多武峰)로 가 수행을 계속했습니다. 어느날 그는, 스승 지에대사(慈慧大師)가

---

71 794~1185. 교토를 중심으로 중앙집권제가 약화되고 지방 호족을 중심으로 한 장원제가 발달함. 일본 문자인 히라가나와 가타가나가 만들어졌고 민중들 사이에는 정토종(淨土宗)이 널리 퍼진 시기였다.

72 교토와 시가(滋賀)의 경계에 있는 산으로, 일설에 의하면 소가가 10살 때 히에잔으로 가 지에대사(慈慧大師)의 제자가 된 후, 법화경의 독송을 게을리 하지 않았다고 한다.

천태좌주(天台座主)로 취임하기 위해 궁중으로 가는 화려한 의식 행렬 앞에 어처구니가 없는 모습으로 나타납니다. 즉, 피골이 상접한 암소의 등에 알몸으로 올라타서 허리에는 말린 연어를 칼처럼 차고, 나야말로 스승의 일등 제자이니 오늘 행렬의 선두에 서는 것이 마땅하다며 의식의 권위를 망쳐놓았다는 이야기입니다.

선명한 인상을 남기는 '장면'입니다. 이 '장면' 또는 '사태'에서 무슨 사상을 끌어낼지 그것은 개인마다 다르겠지만, 뭔가 생각하지 않고는 있을 수 없는 것은 분명합니다.

일본에서는 처음으로 식초를 만들었다는 도스이 운케이(桃水雲溪)라는 선승도 명예와 이익에 연연해하는 절에 염증을 느끼고 속세로 내려가, 죽은 광대가 먹다 남긴 상한 밥을 들개와 함께 나눠 먹었다는 이야기가 있습니다. 이 기행들은 행위의 의미를 공유하기 위한 '사태'로 환기되어, 이미지를 증식시키는 '이바'를 만들어 냅니다.

역사상 악인으로 평가되는 인물들의 소행도, 제3차 '이바'에서 간접체험이 되어 해석됩니다. 즉 제3차 '이바'는 실존적인 자기의 내면을 추구하는 실마리를 제공하는 장소일 것입니다. "학문은 알아도 인분(仁分)은 없다"[73]는 오키나와의 속담이 있습

---

73 원문은, "すみや(学問は)しちゅうていん(知っていても)じんぶんや(仁分は)ねーらん(無い)". 인분(仁分)이란 체험지(体験知)나 인덕(仁德) 등을 가리킨다.

니다. 즉 이 '이바'의 다양성의 폭을 얼마나 풍부하게 가질 것인지가 '인분·인문(人文)'[74]을 풍요롭게 하는 열쇠가 될 겁니다.

또 하나, 『일본잔혹사(日本殘酷物語)』였는지 『일본서민생활사료집성(日本庶民生活史料集成)』이었는지 기억이 정확하지 않습니다만, 이런 이야기가 있습니다. 어느 기근이 심했던 해에 마을 촌장이 볏가마니를 머리에 베고 굶어 죽었다는 이야기입니다. 이 '이바'의 사태는 지금도 나의 결단을 촉구하는 충동으로 작용하고 있습니다.

혹독한 기근이 든 마을에서 사람들이 연이어 굶어죽고 있습니다. 아이의 손을 이끌고 부모가 촌장에게 밥을 얻으러 왔습니다. 촌장 가족도 이미 굶어죽었지만, 촌장은 볏가마니를 베개 삼아 누워 있었습니다. 모자는 그 벼를 나누어 달라고 부탁했지만, 촌장은 "기근이 끝나고 내년에 파종할 때 벼가 없으면 마을은 끝장"이라며 거절을 하고, 자기 자신도 볏가마니를 벤 채 굶어 죽었습니다. 그리고 간신히 살아남은 마을의 젊은이가 그 볏가마니를 발견하고 못자리를 만들어 마을을 존속시켰다는 이야기입니다. 개인의 생사를 뛰어넘은 대의가 있었다고 해야 할지, 저는 지금도 결론을 얻지 못한 상태입니다. 물에 빠져 죽어 가는 사람을 보고 갑자기 물속에 뛰어드는 충동과는 달리, 아사(餓死)라고 하는 시련은 정념과 사고의 인내를 극단적으로 요구

---

74 인분(仁分)과 인문(人文)의 일본어 발음은 '진분'(じんぶん)으로 동일하다.

합니다. 그러한 시련을 극복할 수 있을 만큼 대의에 대한 믿음이 있는가. 여기에서는, 지성에 의해 대상화된 민중과 지성의 주체가 어떻게 화합해야 하는가라는 과제도 보이기 시작합니다. 제3차 '이바'에서 생겨나는 사상 역시, 자기 자신을 대상화하는 실존적 급진주의를 가져 온다 생각합니다.

원환체의 이바

10◎ 그럼 제4의 '이바'란 어디인가. 그곳은 역사의 시간성도, 사태의 공간성도 관계가 없는 자율적인 메타포의 장입니다. 신란이 '비승비속'이라고 자기규정을 했을 때, 그 자기규정의 사상이 만들어지는 내부의 추상적 영역을, 저는 일단 제4의 '이바'로 분류했습니다.

신란의 자기규정은 오해를 불러올 만한 미묘한 다양성을 가지고 있습니다. 승려도 아니고 그렇다고 해서 속인도 아니다. 그렇다면 무엇인가. 승려이기도 하지만, 동시에 속인이기도 하다. 수행이 부족한 승려로 아직 속세에서 벗어나지 못했다는 것인가. 당대의 권력으로부터 인가를 받은 히에잔 소속의 승려는 아니지만, 그렇다고 해서 무명(無明)[75]의 욕망에 휘둘려 권력을 다툴 정도의 속인도 아니다. 그렇다면 도대체 어느 쪽이란 말인가.

---

75 어리석음, 미혹, 무지 등으로도 표현되는 불교용어. 진리의 눈을 뜨지 못해 있는 그대로의 사물을 보지 못하고 어둠에 갇혀 있는 상태를 말함.

결국 신란은 세상의 개념이 안이하게 재단하는 이원론(二元論)의 바깥으로 나왔습니다. 아미타불에게 섭취(攝取)[76]되었다고 확신한 자기 내부의 정토, 신란은 그 곳에 자리 잡고 있습니다. 그 내부의 이바를 여기에서는 제4차 '이바'로 규정한 겁니다. 이 환원체(圓環體)의 장은 타자와 공유하기 가장 어려운 형이상학적인 '이바'입니다.

즉 이 '이바'는 푸른 하늘의 밑바닥에 내려선 것처럼 다른 차원에 있는 것으로, 거기에서는 산 자이자 죽은 자이며, 죽은 자이자 산 자이기도 한 역설이 가능해집니다. 거기에는 통상적인 분별과 차별을 지양하고 우주와 융합해 가는 사고와 감성의 과정이 있다고 할 수 있습니다.

반야심경(般若心經)의 '색즉시공 공즉시색(色卽是空 空卽是色)'이라는 개념을 이해하기 위해서는 제4차 '이바'로 내려서는 길밖에 없습니다. 또한 신란이 굳이 부모님을 위해 염불은 하지 않겠다고 한 것은 모든 중생이 아미타여래에게 섭취되고 있다는 융합의 인식이 있었기 때문일 겁니다.

용수보살[77]의 중관(中觀) 철학은 물질이나 생명체를 구체적으

---

76 부처님의 자비 광명이 고뇌 세계의 중생들을 교화하고 제도한다는 뜻이다.

77 120년에서 250년 사이에 활동했던 인도의 승려로 공(空)과 중도(中道) 이론을 체계화했다. 모든 현상은 서로의 관계 속에서 상대적으로 나타나는 연기(緣起)에 의한 것일 뿐, 고정불변의 실체는 없다고 말한다. 그의 사상은 "생하지도 않고 멸하지도 않으며, 상주하지도 않고 단멸하지도 않으며, 동일하지도 않고 다르지도 않으며, 오지도 않고 가지도 않는다(不生亦不滅 不常亦不斷 不一亦不異 不來亦不出)"는 중도에 의한 중관사상으로 대표된다. 여기서 말하는 중도란 있음과 없음 사이의 가운데를 말하는

로 관찰함으로써 '색즉시공 공즉시색'이라는 존재의 융합성을 찾아냈습니다. 세친(世親)이라고도 불리는 천친(天親)[78]의 유식론(唯識論)은 인간의 의식이나 심리를 관찰함으로써 존재의 가상성(假象性)[79], 즉 무상(無常)을 간파한 것인데, 모든 사색이 제4차 '이바'에서 이루어졌다고 봅니다.

저는 처음에 불교는 신비주의이며 유심론적(唯心論的) 사상이라고 생각하고 있었습니다. '유심(唯心)의 아미타여래', '기심(己心)의 정토'라는 말이 있는데, 자신의 마음속에 이미 아미타불과 정토가 존재한다는 말이라고 설명하고 있습니다. 교조(敎祖) 호넨(法然)[80]은 별도로 하고, 정토종(淨土宗)은 아미타여래나 정토에 대한 이해가 상당히 지방입상(指方立相)[81]으로 치우쳐 있어서, 서방정토와 그곳에 있는 아미타불이라는 이미지가 강합니다. 그러니까 '내 마음속의 아미타'란 굳이 말하자면 정토진종(淨土眞宗)[82]의 이해 방법이겠지요.

것이 아니라, 있음도 아니고 없음도 아닌, 있음과 없음의 분별을 벗어난 상태이다.

78 316년에서 396년 사이에 활동한 인도 승려, 바수반두(Vasubanhu)를 일컫는 말이다. 처음에는 대승불교에는 부처가 없다고 주장했으나, 후에 대승불교로 전환하고 '오직 마음(識)만이 존재한다고 여기며 모든 대상(境)을 부정하는' 유식사상을 완성했다.

79 주관적인 환상이 존재할 뿐 객관적인 실체는 없다는 말이다.

80 일본의 승려(1133~1212). 천태종의 본산 히에잔에서 천태종의 교학을 배웠고 오직 아미타불의 이름만을 부르는 전수염불(專修念佛) 수행법을 주장. 후에 정토종의 개조(開祖)로 추앙받았고 그의 가르침은 신란으로 이어져 더욱 급진적으로 발전했다.

81 아미타불이 있는 정토를 서방(西方)을 지정하고 그 모습을 떠올리는 것.

82 신란이 스승 호넨의 가르침을 계승하여 만든 종파이다. 진실한 마음으로 아미타불을 믿는 것만으로도 극락왕생을 이룰 수 있다는 타력신앙(他力信仰)을 기본으로 한다.

아무튼 저는 1950, 60년대의 시대 조류에 부응해서 헤겔 철학이네, 마르크스네 하고 나쁜 머리로 유물론을 뒤적이고 있었으니까, 아미타에 대해서는 깊게 생각하지 않았습니다. 그렇기 때문에 불교의 핵심을 이루는 아미타여래의 의미에 대해 오랫동안 알지 못했습니다.

용수보살의 중관론(中觀論)을 만나고 나서, 의외로 불교가 유물론적인 생각에 바탕을 두고 있다는 것을 깨닫게 되었습니다. 아미타가 무한한 빛을 의미하는 산크리스트어 아미타바(Amitabha)와 무한한 수명을 뜻하는 아미타유스(Amitayus)를 뜻하는 말이라는 것을 알고 나서, 불교 사상 전체의 윤곽이 조금씩 보이기 시작했습니다. 문학이나 사상서를 읽어 온 저로서는 처음 읽은 불교 경전은 비유적인 이야기나 모든 부처에 대한 예찬이 많아서 뭔가 부족한 느낌이었습니다. 그런데 모든 부처의 이름이 각각 그 자체로 의미를 가지고, 비유적인 이야기가 인간 존재의 본질을 여실히 보여주고 있다는 것을 깨닫고 점점 불교적인 사고에서 벗어날 수 없게 되었습니다.

부처님도 신도 동사

11◎ 저는 자신의 욕망을 없애지 못하는 속물에 불과합니다. 따라서 출가의 결단 같은 것은 내리지 못합니다만, 좌선(坐禪)을 흉내 내기도 하고 사경(寫經)[83]을 하기도 했습니다. 다리가 짧아서

가부좌가 잘 안 되고, 다리가 너무 저려서 선(禪)에서 하는 호흡법을 배워 스스로 '침선(寢禪)'이라는 것을 고안하기도 했습니다.

아미타여래를 명사로 생각하지 말고 동사로 생각해 봅시다. 그러면 아미타여래는 서방의 제3이나 제4세계에 고요히 앉아 있는 정적인 인격, 또는 불격(佛格)이 아니라, 현재진행형의 우주적인 운동이 됩니다. 그리고 호흡수를 세면서 그 운동이라고 할까, 혼돈의 에너지에 몸과 마음을 맡기는 겁니다. 나무(南無)[84], 즉 귀의(歸依)하는 것입니다. 그러면 장소적 변증법에 의해 '이 바'로서의 아미타불의 내부로 들어가게 됩니다.

처음에는 침대에서 떠올라, 눈 깜짝할 사이에 히말라야로 가서 산을 내려다보면서 하늘을 날고, 또 눈 깜짝할 사이에 아마존(이라고 생각합니다만)의 원시림 위를 떠다니고 있었습니다. 몇 번이나 그런 경험을 계속하고, 이것이 소위 말하는 깨달음인가 조심스럽게 생각하기도 했습니다.

어느 날, 여느 때처럼 떠올라서 여행을 떠난 것까지는 좋았는데, 오랜 시간 침대로 돌아오지 못해서, 이대로 다른 차원을 떠돌게 되는 것은 아닌지 불안해진 적이 있습니다. 그러고 나자 그 후에는 아무리 시도를 해도 떠오르지 못하게 되었습니다. 물론 인력의 작용을 받는 물리적인 신체가 떠오르는 것은 아니니

---

83 불교 경전을 베껴 쓰는 것.
84 산스크리스트어 Namasa를 음차한 말로 돌아가 의지한다는 뜻을 가지고 있다.

까, 일종의 유체이탈현상에 지나지 않는다고 생각합니다만, 이런 상태를 '마선(魔禪)'이라고 부른답니다. 혹시나 옴진리교 아사하라처럼 '나는 자유자재로 공중부양을 할 수 있다'면서 신흥종교의 교주가 되는 것은 아닌가 하는 두려움도 있었습니다.

그 후에도 싫증을 내지 않고 '침선'을 계속하고 있는데, 자신의 육체의 경계를 확장시킴으로써 마침내 무(無)로 돌아가, 우주만한 크기가 되어 신체의 경계를 초월해 존재한다는 명확한 의식과 느낌은 항상 있습니다.

그리고 청각에 의식을 집중하면 뇌간 부분에서 지구의 회전음이 들리고, 천안(天眼) 부근에 시력을 집중하면 빛의 카오스적인 운동을 볼 수 있습니다.

그러한 상태가 한동안 이어지다가 마침내 그 느낌도 사라집니다. 그것은 생리적 또는 정신적 중립으로서 해방된 상태인 것 같습니다. 저는 십수 년 동안 아파서 의사의 신세를 진 기억이 없습니다. 감기 기운이 있거나 천식 증상이 보여도 병원에 가지 않고 침대에 누워 '침선'을 시작합니다. 그러면 한 시간 후나 아니면 다음날에는 집회에 나갈 수 있게 됩니다.

그리고 그다음은 '이바'의 상실입니다. 시공과 무관한 상태에서는 가족들의 푸념도 들리지 않고, 이 세상 것이 아닌 '적멸위락(寂滅爲樂)'[85]의 해방감도 느껴지고, 깨어 있는 것인지 자고 있

---

85 적멸의 상태를 최고의 즐거움으로 삼는 일.

는 것인지도 알 수 없게 됩니다. 어디부터가 잠인지 그 경계가 판단이 서질 않는 것입니다. 이렇게 해서 주제넘은 '이바의 사상'이라는 강압적인 수다도 이바가 사라진 잠으로 떨어져 버리는 것입니다.

(2004년 『정황』 7월호)

오키나와 연표－복귀운동부터 현재까지

1951

4   일본복귀촉진기성회 결성

9   대일강화회의

1952

4   대일평화조약 발효, 류큐정부 출범

1953

1.10   오키나와제도 복귀기성회 발족

4   토지수용령 공포, 무장병 출동에 의한 토지접수 잇달음

1954

1   아이젠하워 미 대통령, 오키나와기지 무기한보유를 선언

1956

7.4   4원칙관철 현민대회(나하 10만 명)

1957

1   민정장관, 군용지 문제에 대한 최종방침(신규접수 시 일괄지불)

1958

10   미일안보조약 개정협상 시작

1959

6   이시카와시 미야모리(宮森)초등학교에 제트기 추락

1960

1   나이키 반대·오키나와반환요구 국민총궐기대회(가고시마)

4   오키나와 조국복귀협의회 결성

6   아이젠하워의 오키나와방문에 대해 조국복귀요청 데모

1961

4 　　조국복귀 현민총궐기대회(13명의 본토파견대표를 결정)

1962

4 　　강화조약발효 10주년 조국복귀 현민총궐기대회(수만 명 데모)

1963

4 　　조국복귀 현민총궐기대회(2만 수천 명 참여) 최초의 해상대회

1964

4 　　조국복귀 현민총궐기대회(3만 수천 명)

1965

1 　　사토·존슨 공동성명(극동의 안전에 오키나와의 기지 중요)

4 　　4월 조국복귀 현민총궐기대회(8만 명)

12 　주석공선요청 현민대회

1967

11.15 제2차 사토·존슨 공동성명

11.20 미일 양국 정부에 대한 항의 현민대회(나하)

1968

2 　　B52 가데나 기지에 비행해옴(이후 상주하게 됨)
　　　B52 철거요구 현민대회(가데나)

4 　　B52 즉시철거요구 제2회 현민대회(가데나)

5 　　베헤렌(ベ平連)과 오키나와원수협(原水協), 가데나 공군기지
　　　앞에서 연좌시위

10 　오키나와에 관한 미일협의위원회, 오키나와의 국정참여에 정
　　　식합의

11 　주석선거 야라 쵸보 당선

11.19 가데나 기지, B52 추락폭발사고

1969

3 사토 총리, 참의원 예산위원회 답변을 통해 본토 수준의 오키나와 반환을 제안

4.28 조국복귀현민 총궐기대회
오키나와데이, 전국 318곳에서 15만 명 또는 행동에 참가

6 전군로(全軍勞) 24시간파업

6.28 안보 폐기・B52 철거 즉시 무조건 전면반환요구 현민대회

7 류큐대학생이 미국 민정부 돌입 성조기를 끌어내림

11.21 사토・닉슨 공동 성명(1972년 시정권 반환 합의)

1970

4.28 일본・오키나와데이, 전국 449곳에서 약 20만 명이 행동에 참가

6 야라 주석, 시정방침연설에서 안보 반대입장 표명

11 국정 참여 선거

12.20 코자(현 오키나와시) 폭동

1971

5.19 오키나와 반환협정 분쇄 총파업에 10만 명 참가

6.17 오키나와 반환협정 미일 동시 조인식

10 오키나와 반환협정 비준반대 현민 총궐기대회

11.17 중의원 오키나와 반환협정 특별위원회에서 협정을 강행처리

1972

5.15 오키나와 반환협정 발효, 오키나와현 발족

1973

2 나하공항에서 미군기 착륙 실패, 화염에 휩싸임

1974

9   킨만(金武湾)을 지키는 모임, 현을 상대로 CTS(석유비축기지) 반대 소송

10   미군이 지방도 104호선을 봉쇄하고 실탄장착 훈련

1975

7   대일평화조약 발효, 류큐정부 출범

7   오키나와 해양엑스포 개최(~76년 1월)

1981

6   한평 반전지주회 결성

1987

10   제42회 국민체육대회(海邦国体)

1995

9.4   미군 소녀 폭행 사건

9.28   오타 마사히데(大田昌秀) 지사, 미군기지 강제사용에 대한 대리서명 거부의사 표명

10.21   미군에 의한 폭행사건을 규탄, 현민 총궐기대회 개최, 8만 5천 명 집회

1996

3.22   오타 지사가 하시모토 총리에게 후텐마기지의 조기 반환을 요구

4.12   하시모토 총리와 먼데일 주일 미국대사가 후텐마비행장을 5년에서 7년 이내에 반환 한다고 발표

4.14   후텐마 반환은 기지이전 조건부라는 것이 판명됨

9.8   미 지위협정의 재검토 및 기지의 정리 축소에 대한 현민투표, 기지의 축소 찬성 89%(유권자의 59.3%)

1997

8.23 하시모토 총리가 후텐마 반환은 해상기지 건설을 전제로 한 다고 발언

12.21 헬기 기지 건설 여부를 묻는 나고(名護) 시민투표
(반대: 16,254표 찬성: 14,269표)

1998

11.15 지사선거에서 기지의 현내 이전을 용인하는 이나미네 케이 치(稻嶺惠一)가 당선

1999

10.23 후텐마기지의 현내 이전을 반대하는 서명운동 시작

12.28 캠프 슈워브 수역 내 헤노코 연안지역에 기지를 이전하기로 각의 결정

2004

8.13 미 해병대 하와이 소속 대형수송헬기가 오키나와국제대학에 추락

2005

10.26 미일심의관협의에서 헤노코 연안 설치방안 기본합의

2006

11.19 나카이마(仲井真), 현내 이전을 반대하는 이토카즈 케이코(糸 數慶子)씨를 물리치고 현 지사에 당선

2007

5.23 미군재편추진법이 가결, 성립

2008

6.26 후텐마 기지의 폭음을 둘러싼 소송에서 나하지방법원 오키나 와지부가 국가에 대해 총액 약 1억 4,670만 엔의 지불을 명함

2009

2.24 민주당의 오자와 이치로 대표가 "극동에서의 미국의 존재감은 제7함대로 충분하다"라고 발언

9.25 하토야마 연립정부 출범. 총리는 기지의 현외 이전이 전제라는 생각을 표명

2010

4.25 미군 후텐마 비행장의 조기 폐쇄, 반환과 현내 이전에 반대하고 국외·현외 이전을 요구하는 현민대회에 9만 명이 참가

5.4 하토야마 수상이 처음 오키나와현을 방문하여, 현내 이전을 천명

5.28 미일 양국 정부가 헤노코곶(辺野古崎)지구와 이에 인접하는 수역을 이전 구역으로 삼는다는 공동성명을 발표

6.2 미군 후텐마 비행장 이전 문제가 혼란에 빠짐. 하토야마 수상 사임표명

9.7 센카쿠(댜오위댜오) 해역에서 해상보안본부 순시선과 중국어선이 충돌

2011

4.22 오키나와전투의 '집단자결' 재판에서 군이 관여했다는 판결

10.12 제5회 세계 우치난츄(오키나와인)대회, 24개국 참가

2012

2.23 오키나와현, 제32군사령부 방공호 설명판의 '위안부' 기술 삭제

10.1 미군의 수직이착륙수송기 오스프리 강행배치

12.16 제46회 중의원선거 자민당이 압승, 오키나와선거구 4개 중 3개 당선

2013

1.27　미군 후텐마 비행장의 현내 이전 반대를 요구하며 도쿄에 대표단 파견

2.28　오키나와현의 여성 수명, 일본 내 1위에서 3위로 하락

3.7　야에야마(八重山)에 신이시가키공항(新石垣空港) 개장

12.26　오키나와현 지사가 헤노코곶의 매립 승인

2014

1.19　나고(名護) 시장선거, 이전 반대파인 이나미네 스스무(稲嶺進)씨 재선

7.1　오키나와 방위국(防衛局), 미군 헤노코 이전 공사 착수